Os Reis do Rio

Rafael Lima

1ª edição

Editora Draco

São Paulo
2012

Rafael Lima
Nascido em 1986, Rafael Lima é carioca, publicitário formado pela PUC-Rio e webdesigner. Autor do romance tecnofantástico *Aura de Asíris – A Batalha de Kayabashi* (2009), participa também da coletânea *Fantasias Urbanas* (2012). Flamenguista de coração, é fã de ficção especulativa em qualquer mídia. Seus autores favoritos são Alan Moore, Neil Gaiman e Rubem Fonseca.
TWITTER @raglima SITE www.osreisdorio.com

Publisher: Erick Santos Cardoso
Edição: Eric Novello, Marco Rigobelli
Revisão: José Roberto Vieira
Produção editorial: Janaina Chervezan
Arte e capa: Ericksama, Licínio (ilustração de fundo), Rafael Lima (logotipo)

Dados Internacionais de Catalogação na Publicação (CIP)
Ana Lúcia Merege 4667/CRB7

L 732

Lima, Rafael
Os reis do Rio / Rafael Lima. – São Paulo : Draco, 2012

ISBN 978-85-62942-63-1

1. Ficção brasileira I. Título.

CDD-869.93

Índices para catálogo sistemático:
1. Ficção : Literatura brasileira 869.93

1ª edição, 2012

Editora Draco
R. José Cerqueira Bastos, 298
Jd. Esther Yolanda – São Paulo – SP
CEP 05373-090
editoradraco@gmail.com
www.editoradraco.com
www.facebook.com/editoradraco
twitter: @editoradraco

Prólogo 9
1 – Crônica para a R.R.L. – Música 13
2 – Grota IV 16
3 – Os Mongos de Nova Abolição 34
4 – Túmulos, acordos e flechas infernais 43
5 – O Carniceiro da Z.A. 56
6 – Políticos 69
7 – Armadilha para Lobos 81
8 – O Anelão 98
9 – Satanás 116
10 – Iraputã 125
11 – Quebra de regras 135
12 – O crepúsculo do tirano e do insurgente 148
13 – Crônica para a R.R.L. – O fim da Radius 163
14 – Fuga da Marambaia 167
15 – Rádio Rio Livre 177
Interlúdio 203
16 – Traidor 206
17 – A hora é agora 219
18 – Crônica para a R.R.L. – O último choro 240
19 – A batalha de Iraputã 242
20 – A senhora da destruição 256
21 – Luz para a humanidade 264
22 – Irmãos 279
23 – O Acidente 284
24 – Última chamada para a liberdade 288
25 – Diário de Oswaldo Américo – Novo Rio 294
Epílogo 297

OS
REIS
DO
RIO

Prólogo

Apesar do silêncio, o som das engrenagens do portão da Grota IV ecoou despercebido pelas vielas do tradicional bairro carioca. Era madrugada e seus moradores anestesiavam-se em sonhos merecidos.

Todos, menos um.

Com os olhos entreabertos, Michael Queiróz, o "Mic", observava as sete muralhas em forma de homens cruzarem sem cerimônias a passagem recém-aberta por ele. Ainda decidia se sua visão era causada pelos baseados que consumira horas antes ou, simplesmente, por sua sonolência. Piscou para lubrificar a córnea e se debruçou na janela da guarita sob sua proteção para ver melhor os brutamontes, bem ao lado da entrada suspensa.

Sua confusão era normal. Há mais de três anos guardando aquele portão, jamais vira o esquadrão de elite dando as caras em Grota IV. Na verdade, nunca soubera que ele visitara, algum dia, seu bairro.

Ficou se perguntando se sonhava. Porém, quando o grupo andou um pouco mais pela terra batida e se pôs de costas para Mic, o rapaz viu algo ameaçador demais para ser onírico: bordado de branco atrás dos coletes dos homens, o perfil de uma famosa e temida cobra-rei.

Aflito, Mic coçou a garganta. O que acontecia, afinal, naquele bairro-caverna de tão extraordinário que justificasse a presença desses sujeitos? Não gastou cinco segundos tentando adivinhar. Relaxou e largou-se no mesmo banco onde estava momentos antes, até ser despertado pelo líder do bando.

Encarou Rodney, seu companheiro de vigília, desabado no chão e amaldiçoou mais uma vez o vitiligo em seu rosto. Olhou o walk-talk, sobre uma mesa repleta de farpas, e decidiu não incomodar seu chefe. Recostou-se, jogou a aba do boné sobre o rosto e fechou os olhos.

Não contaria a ninguém, ao menos não naquele momento, sobre a presença dos homens. Sabia que, fosse qual fosse sua missão, não tardariam em cumpri-la e partir sem contratempos. Afinal, sua discrição e eficiência eram lendárias.

Assim como a sua crueldade.

***

Após entrar em Grota IV, o esquadrão seguiu por um beco que terminava na área B, notória pela concentração de oficinas eletroeletrônicas e mendigos. Nenhum dos homens tinha menos que um metro e oitenta e seus uniformes negros lhes conferiam uma camuflagem excelente sob a pouca luz.

Serpentearam em frente a casas de madeira e chapas de aço – poucas eram de alvenaria – e alcançaram a Praça do Ébrio. Contornaram-na. O líder do esquadrão ergueu o punho e todos pararam diante de um portal de ferro com a pintura desgastada. "Vila dos Justos" estava escrito no topo, em letras serifadas.

Após ler o nome, o líder gesticulou para que seus subordinados seguissem vila adentro. Os canos de seus P12H – rifles plasmáticos raramente vistos por aquelas bandas – foram apontados simultaneamente em várias direções, em gestos firmes de precaução.

Sem demora, chegaram ao penúltimo barraco da vila. Além, só havia mais um, colado na rocha da caverna que abrigava Grota IV. Ao ultrapassarem uma cerca de arame e pisotearem mudas de tomates, dois homens grudaram as costas nas laterais da porta. Quatro se curvaram e apontaram suas robustas armas para ela.

O coturno do líder atingiu a chapa com força. O fecho não resistiu e a porta tombou. Os sujeitos invadiram a escuridão e pressionaram um botão na altura das têmporas, acionando o infravermelho dos capacetes. As peças, de visor em forma de "V", impediam que seus rostos fossem vistos.

A busca não seria difícil. O barraco possuía apenas dois cômodos pequenos e a chance de abrigar ameaça a combatentes tão bem treinados era praticamente nula. Sem relaxar, porém, parte deles escolheu o ambiente da direita e, o restante, o quarto em anexo. O líder permaneceu na entrada, para se certificar de que olhos curiosos não atrapalhariam suas ações.

Os homens que seguiram para a direita pararam ao ver um adolescente deitado de bruços em um sofá, com a boca aberta e o braço direito pendendo até o chão. Um deles se aproximou e lhe cutucou as costas com a coronha do rifle. Notando que o corpo franzino continuava imóvel, agachou e retirou um dispositivo do bolso. Ergueu cuidadosamente uma das pálpebras do jovem e aproximou o aparelho em forma de bastonete de sua retina. Um feixe vermelho a percorreu. Quando sumiu, uma luz laranja acendeu no dispositivo.

Não era ele.

Gemidos foram ouvidos no ambiente ao lado. O trio correu e viu que seus companheiros agarravam outro garoto, aparentemente de mesma idade do adormecido. Debatia-se como um peixe recém-fisgado e sua boca já estava coberta por uma luva grossa. Apenas suas pernas estavam livres e, com elas, o jovem tentava agredir seus oponentes. Mas só conseguiu acertar sua cômoda, fazendo canecas e outros vasilhames desbotados irem ao chão.

Ao ouvir os objetos se espatifarem, o líder do esquadrão deixou a entrada. Chegando ao cômodo, viu o adolescente quebrar o dedo de um de seus apanhadores com um chute e se espantou. Decididamente, não era um alvo dócil como os anteriores.

O combatente atacado não revidou. Quieto, pressionou o dedo ferido contra o abdômen. O líder esperou o jovem em fúria ser amordaçado, parou a alguns passos dele e lhe apontou o rifle. Antes de atirar, girou uma pequena alavanca na arma com o indicador.

O dardo partiu do cano secundário do P12H e acertou o pescoço do adolescente. Seus movimentos ficaram lentos e os membros amolecidos. Segundos depois, a inconsciência lhe abraçou.

Os homens saíram da casa e partiram da vila, um deles com o jovem nos ombros. O líder parou no quintal e, por um momento, pensou em retirar o capacete para sentir a brisa que cortava as galerias de Grota IV, ainda viva em suas memórias de infância.

Mas o desejo não durou. Afinal, aquela era nada menos que a missão de número duzentos e quarenta do mesmo tipo que, em dois anos, ele e seus homens haviam cumprido. A meta tinha sido batida e recompensas muito mais sedutoras lhes aguardavam.

Sorrindo orgulhoso, correu para se reagrupar, pois sua equipe já alcançava a Praça do Ébrio. Agora só precisava sair com ela de Grota IV e levar o adolescente à cidadela para colher os louros.

O que o Espanhol e sua equipe de cientistas malucos fariam com ele não lhe dizia respeito. Não era premiado para questionar e sim para agir. Mesmo assim, especulou o que poderia acontecer ao jovem e sentiu pena.

Mas só um pouco.

1 - Crônica para a R.R.L. - Música

"(...) Antes de me despedir
Deixo ao sambista mais novo
O meu pedido final

Não deixe o samba morrer
Não deixe o samba acabar
O morro foi feito de samba
De Samba, prá gente sambar"

Edson Conceição e Aloísio, Não deixe o samba morrer

Hoje o samba morreu.

Certo, não o samba, mas um sambista. Acontece que esse sambista era tão importante que não resisti em comparar o homem à arte. E não podia fazer isso de outra forma a não ser parafraseando uma música tão antiga quanto o tempo em que essa cidade era bela.

Por que tão importante? – os desavisados se perguntarão. Simples. Wilson Souza Lobric, o eterno Seu Souza, era o último integrante de uma escola que seguia à risca, e apaixonadamente, lições deixadas por nomes consagrados como Edson Conceição e Aloísio, os autores de "Não deixe o samba morrer". Para o novato que ainda não sabe, canção eternizada na voz de Alcione Dias Nazareth. Isso mesmo. A patrona de nossa queridíssima Quadra dos Novos.

Seu Souza viveu sob a luz artística não só de Edson e Aloísio, mas de outros mestres, como Cartola, Elenir Cunha e Geraldo. Sujeitos cujas obras eram tão magníficas que transcenderam gerações, viraram hinos. Ignoraram os limites da cor, do credo e das extintas classes sociais, no período em que a segregação imposta por elas era a mais rígida.

Obras que traduziam tão bem o espírito do carioca médio do século XX e XXI que sobreviveram até mesmo à desgraça ocorrida nesse último. E cuja fineza e alegria ainda ecoam em nossos corações. Dissolvem, mesmo que por um instante, a gelidez que há neles.

É uma pena que Seu Souza fosse o último grande compositor do chamado "samba puro". Algumas de suas maiores obras, "Às dez na Grota", "Encantado" e "Plasma não" evocavam tudo que havia de genial nas antigas melodias dos séculos passados mesmo dentre os Cinco Magos.

Um feito que, a meu ver, os famigerados samba-*dumps*, samba-*techsa* ou samba-*hail*, são tantos nomes agora, estão longe de conseguir. Sem dúvida, repetir a simplicidade e emoção dos versos feitos pelos "Cinco" e todos os ícones que vieram antes deles será o grande desafio dos que batucam não só na Quadra dos Novos, mas em todas as outras do Rio de Janeiro.

Que ao menos aqueles que estão começando agora a adestrar seus cavaquinhos, pandeiros e buia-buias ouçam, não só com os ouvidos viciados, mas também com a alma, as músicas de Seu Souza e consigam captar e retransmitir as mensagens de amor, luta e redenção que ele nos passou. Afinal, seus arranjos e letras foram seus reais ensinamentos e legado.

É duro admitir que será difícil. Seu Souza não nos deixou um sucessor competente. Richard Brassan é uma promessa, mas ainda está longe de fazer samba como o mentor. Talvez por influência da tendência de fusões simplistas e infantis, seu trabalho ainda passe longe do de Seu Souza. Flerta, mas não tem o mesmo carisma do samba sincopado, imprevisível e espirituoso. Aquele de longa data e original, assim como o Seu Souza.

É realmente uma lástima. Mas, como diria o próprio em um dos seus bordões: fazer o quê?

Podem me chamar de nostálgico, antimisógeno e saudosista. Mas de uma coisa tenho certeza: com a morte de Seu Souza, o futuro do samba aqui, nesse pedaço de inferno, é nebuloso. Muitas mudanças virão. Vamos apenas torcer para que sejam boas.

Enquanto isso, Seu Souza, descanse em paz no panteão do samba, junto daqueles que um dia contribuíram para que o Rio de Janeiro conseguisse uma identidade tão forte e charmosa. A mesma que, por mais de cem anos, seduziu e povoou sonhos do mundo inteiro.

Que aquilo que restou dessa identidade jamais se perca, sejam quais forem os músicos a assumir o lugar de Seu Souza. Por isso, para eles, faço um último e humilde pedido: não deixem o samba morrer.

Hoje é 17 de janeiro de 2189 e sou Dilios Américo, para a Rádio Rio Livre.

2 - Grota IV

Era uma e meia da tarde e, como fazia todos os dias nesse horário, Lia entrou na Vila dos Justos, de microshort verde escuro, balançando o quadril avantajado e arrastando sandálias encardidas.

Bocejou e, pela enésima vez no dia, amaldiçoou sua rotina. Odiava ter que ir trabalhar antes que as lâmpadas de Grota IV brilhassem ao máximo, o que indicava aos moradores daquele bairro-caverna que era dia. Como fazia isso desde os seis anos – tinha agora catorze – sabia que não se acostumaria mais.

Preparou-se para gritar um nome ao se aproximar da penúltima casa da vila, mas desistiu ao vê-la sem porta. Franziu a testa, atravessou a cerca e, ao notar mudas de tomate esmagadas na grama, teve certeza de que algo errado acontecia. Com cautela, entrou na moradia silenciosa.

Andou até encontrar um adolescente de pele marrom, sentado no chão e encostado em uma carcaça de geladeira. De um dos olhos castanhos claros do mulato, lágrimas escapavam timidamente. O entorno do outro estava inchado e purpúreo, como um pedaço de carne crua.

O jovem estava indiferente ao hematoma e aos ferimentos em seu tórax, braços e pernas nus. Atentava apenas a uma foto, na qual dois garotos, descamisados, se abraçavam sorridentes. Um era ele e, o outro, um moreno mais claro, de cabelos arrepiados e olhos verdes.

– Will?

William Costa tirou os olhos da fotografia e encarou, apático, sua amiga. Lia perguntou novamente:

– Will, o que aconteceu?

– A Radius.

– A Radius? Como assim? Por que eles te machuca...

– Não foram eles. A Radius levou o Edu.

– O quê? Mas...

Os lábios grossos da adolescente se desgrudaram. Will se levantou, abriu a geladeira atrás dele e, ainda que soubesse que a água que possuía estava contabilizada para a semana inteira, pegou uma garrafa preenchida até a metade e, em um só gole, esvaziou-a. Atirou-se no forro arrebentado de seu sofá e olhou as chamas que escapavam de um barril em um canto. Refletidas nas chapas de aço soldadas por rebites, apenas elas iluminavam o barraco.

– O pessoal da Primeira Tropa veio aqui e me acordou. Perguntaram por que a Radius tinha vindo atrás do Edu.

– E aí?

– E aí que eu falei que não sabia de porra nenhuma, que tinha acordado naquela hora. Mas não acreditaram – o mulato sorriu e apontou para o olho inchado. – Falaram que o Mic tinha visto uma galera da Radius entrar na Grota de madrugada e ir embora com o Edu. E não eram os caras de sempre, eram aqueles com a cobra nas costas. Aqueles parrudos, com os capacetes cheios de trequinho. Esqueci o nome...

– Sombras.

– Isso.

Lia levou a mão calejada à testa e fechou os olhos, fazendo suas unhas pintadas de azul também refletirem o fogo que clareava o ambiente. Ouviu seu amigo esmurrar a porta da geladeira e desabafar:

– Porra, eu sabia que uma hora esses filhos da puta iam chegar em Grota IV! Tava demorando!

– Mas então não era pro pessoal da Tropa fazer isso contigo. Eles não sabem desse monte de sequestro que tá tendo? Não sabem que são os Sombras que tão fazendo isso pra Radius?

– Eles são tudo um bando de idiota, por isso a Radius faz o que quer com eles! – Will expirou com força. – Antes de ir embora, o Dinho disse que não queria mais problema com ela. Que, da próxima vez, vai queimar o barraco.

– Você falou que eles vieram de madrugada. Você não viu nada?

Will coçou a cabeça quase careca e olhou o chão. Lia percebeu nele uma ponta de embaraço e palpitou:

– Você tomou *hypes* de novo, não foi?

O silêncio do mulato a respondeu.

– Porra, Will, tá maluco? Já falei que isso vai te matar!

– Cara, eu sei que fiz merda, sozinho já tô me culpando pra cacete. Muito mesmo, não preciso de mais um pra fazer isso. É que ontem a gente foi pra Nova Abolição pegar bateria pro Edu no Mercado Velho e...

– Roubar, você quer dizer, né? Daqueles malucos. E bem na casa deles...

– Por isso mesmo. Eles não prestam atenção nas coisas, é fácil conseguir coisas lá. Mas, dessa vez, deu merda. O Edu saiu tranquilo, mas eu levei um tiro de sal – Will ergueu a bermuda, expondo um ferimento na coxa esquerda. – Eu sei que não era pra eu ter tomado, mas é que, porra, tava doendo muito.

Lia balançou a cabeça.

– E como eu ia adivinhar? Tipo, eu sei que eu devia tá acordado. Tinha que... que... – o mulato perdeu a voz.

Trêmula, a morena sentou-se ao lado do amigo, recostou a cabeça em seu ombro e começou a chorar. Will não se moveu e seus olhos também não demoraram a ficar marejados.

– E agora, Will?

– Não sei. Não sei mesmo.

Um grito soou fora do barraco. Era Tia Azaleia, costureira mais antiga de Grota IV e dona do Estrela Bordada, estabelecimento que abrira há mais de trinta anos com a ajuda do marido.

– Lia, tá na hora de largar o Edu e voltar pro Estrela! Olha que ele enjoa de você, hein?

Assim que a corpulenta senhora entrou na casa, seu humor se foi. Franziu o cenho ao notar o estado físico de Will e psicológico de Lia e se inclinou, quase encostando seus fartos seios na cintura, para observar o cômodo ao lado.

– O que aconteceu?

Lia continuou se derramando em lágrimas e, Will, em silêncio. A negra se aproximou e insistiu:

– Will, o que foi? Quem fez isso contigo?

– A Tropa, tia.

Azaleia disparou:

– Ah, não é possível! Vou falar com o Rodney, onde já se viu? Aquele Dinho não vale nada mesmo. O Gê, que tava antes dele, era bem melhor. Agora esse não. Diz que ajuda a Grota, mas tá sempre machucando os outros. Eu, hein? Você e o Edu nunca fizeram nada. Ele deve é tá com raiva por vocês por nunca terem dado bola pra ele. Por falar nisso... – Azaleia olhou ao redor – cadê o Edu?

Entre um soluço e outro, Lia revelou:

– A Radius levou ele, tia.

A costureira congelou e só o que conseguiu foi sussurrar um "meu Deus do céu". Esperou um pouco até falar:

– Vamo Lia, vamo pro Estrela. Vou te dar uma água com açúcar. E, Will, passa lá em casa – Azaleia sacudiu um molho na frente do mulato, que o apanhou sem convicção. – Tem três baldes d'água no quintal. Você tem que lavar isso tudo, senão vai dar problema. Pega também umas roupas do Rodney e, depois, encontra a gente lá na loja.

O mulato consentiu e observou a costureira e sua aprendiz se retirarem. Ouviu Lia lhe pedir, por fim:

– Me fala o que você decidir.

***

Na verdade, desde que Dinho e seus homens deixaram sua casa, Will já decidira o que fazer.

O que, não *como*.

Enquanto se banhava na tina dos fundos da casa de Tia Azaleia, decidia qual das ideias que brotavam em sua cabeça dolorida era a menos estúpida. Queria somente uma não suicida para resgatar seu irmão das garras da Radius.

Com os olhos fechados, entornou lentamente sobre o rosto uma jarra com água e inspirou fundo. Estalou os ossos do pescoço e sentiu o perfume dos jasmins do quintal de Tia Azaleia, único lugar florido que conhecia.

Estava quase conseguindo relaxar quando algo chamou sua atenção. Havia um rádio, sobre tábuas serradas, pelo qual Dilios Américo, cronista da Rádio Rio Livre, falava algo sobre um tal de Seu Souza e a morte do samba quando, de repente, o som de estática substituiu sua voz.

O adolescente olhou o visor empoeirado de cristal líquido do aparelho e não precisou se esforçar para entender o que ocorrera. A R.R.L. acabara de perder mais uma de suas repetidoras clandestinas, na verdade, ter a mesma destruída pela Radius, sua única concorrente no *dial* carioca.

Exatamente por saber disso, o mulato enrubesceu. Sabia o que viria a seguir. Ou melhor, quem. Em poucos segundos, outra voz, muito mais grossa e acalorada do que a de Dilios, entrou no ar:

– *...E vocês, meus queridos, sabem por quem eu falo e Suas razões. Apenas o Senhor pode mostrar o caminho da glória e da salvação. E o Senhor quer encontrar vocês. Sim, ele quer. Quer encontrá-los onde Sua luz brilha mais forte. Onde preces são atendidas e a Verdade revelada. E vocês sabem que lugar é esse. Sim, meus queridos, Iraputã. A Purificação os...*

Com os dentes trincados, Will saltou da tina e desligou o rádio.

Purificação. O mulato já não aguentava mais ouvir a palavra. Muitos menos dita por aquele homem, que a repetia de hora em hora, com suas pregações enfadonhas. Desejou-lhe morto, afogado em sua verborragia ou coisa pior, dessa vez com uma vontade ímpar. Afinal, o sujeito era agora também seu arqui-inimigo: Aurélio Dantas, comandante da Radius.

Enquanto se enxugava, Will pensou em uma maneira de calar de vez sua repugnância. Mas isso viria depois de invadir Iraputã, quartel-general da Radius, e resgatar seu irmão.

Mas como? – se perguntou novamente. – Como tirar Edu *daquele* lugar e dar cabo no sujeito que era, em última análise, o responsável pelo sequestro do seu irmão? Vestiu roupas limpas e deixou o barraco de Azaleia sem resposta para ambas as perguntas, apenas com uma coisa em mente.

À procura de sua nove milímetros, correu de volta para casa e encontrou a arma sob o colchão revirado de Edu. Olhou os *e-papers*, rebites e ferramentas espalhados ao redor e tentou visualizar os últimos momentos de seu irmão antes dele ser levado pelos Sombras.

Mas algo naquela bagunça o desconcentrou. Era uma corda de *nylon*, na qual se prendia uma minúscula turquesa. Will se abaixou, pegou o objeto e o estudou com o coração apertado.

Olhou o C.A. e o M.F. gravados na pedra, uma sigla de cada lado, e se lembrou das perguntas de Edu sobre elas e a gargantilha que as carregava, primeiro e único presente dado pelo suposto pai dos adolescentes ao seu irmão, quando ambos ainda eram bebês.

"Por que ele me deu isso?" e "o que quer dizer essas letras?" eram algumas das indagações que Edu lhe fazia e ele achava irritantes. Mas a saudade do irmão era tanta que ele desejava até mesmo voltar a ouvi-las.

Guardou o cordão no bolso da jaqueta e manteve a mão lá dentro, na tentativa de escutar um sussurro de Edu que respondesse às questões que *ele* agora tinha. O motivo de seu rapto ou uma forma de ajudá-lo, por exemplo. Ao menos, dizer como estava.

Respirou fundo e saiu de seu barraco abafado com a certeza de que, mesmo se nada ouvisse, nenhuma luz clareasse suas ideias e tudo em seu caminho dali em diante fosse apenas sombra, partiria naquele mesmo instante.

Iria até o fim, pois sairia de Grota IV, dessa vez, não para roubar tranqueiras, e sim para tomar de volta a coisa mais valiosa de sua vida. E estava disposto a tudo para cumprir sua missão. Embora nunca tivesse feito isso, mataria se fosse preciso, o comandante Dantas ou qualquer puto que ostentasse uma maldita harpia vermelha no peito.

***

Lia apoiava os cotovelos em uma Singer e, a centímetros da barra de agulhas da máquina de costura, a cabeça na palma das mãos. O Estrela Bordada estava fechado naquela tarde e, não fosse pelo bater de pés frenético da adolescente, se encontraria também no mais absoluto silêncio.

– E agora, tia? De todos esses sequestros aí, nunca ouvi que alguém tenha voltado.

Azaleia se acomodava no assento do operador da máquina, de frente para a morena, e olhava o chão, desanimada. Cuidava de Lia há mais de uma década, desde que a adolescente aparecera na porta de sua costuraria só com uma fralda de pano. Desde então, foram poucas vezes em que não soubera o que dizer para confortá-la em momentos delicados, como aquele.

– Eu não sei, minha filha. O Guimarães conhecia um homem lá de Iraputã. Não lembro o nome, só que era cientista.

– Um cientista da Radius? Amigo do tio?

– É. Ele vinha aqui no Estrela de vez em quando, saber como as coisas estavam. Parecia ser um bom homem.

– Bom homem? Da Radius? Tá maluca, tia? E por que a senhora nunca me falou dele?

– Não importa, já faz alguns anos. O que quero dizer é que se seu tio ainda tivesse vivo, poderia falar com o homem sobre o Edu.

– Não tem como a *senhora* procurar ele?

– Pouco antes do Guimarães morrer, o sujeito parou de vir. Além do que, mesmo se eu visse ele hoje, nem lembraria da cara dele.

Lia afundou ainda mais as mãos nas bochechas.

– Acho que o Will vai atrás do Edu.

– Será?

– Acho que sim. Eles são muito grudados. Sempre foram.

– Não sei. Tudo bem que o Will é meio doidinho, mas... – Azaleia olhou pelo vidro trincado da porta da costuraria e se calou. Ao longe, um adolescente vestindo jeans e jaqueta grafite caminhava em direção à saída da Área B. – É, acho que ele vai sim.

Lia girou o pescoço para onde a costureira olhava e, ao ver Will desaparecendo atrás de um sobrado, se levantou e saiu da loja. Azaleia não a seguiu. Tomou o caminho oposto, para o depósito de seu estabelecimento.

Lia atravessou um par de vielas e alcançou o amigo.

– Will?

O mulato a ignorou. A adolescente apressou o passo e viu uma coronha grafite escapando do cós de sua calça.

– O que você tá fazendo?

– Vou buscar o Edu.

– Com uma pistola?

Will olhou a morena e arrumou a jaqueta no corpo.

– Eu pedi pra você falar comigo.

– Ai Lia, porra... O que ia adiantar?

– Eu sei lá, eu... Quer saber? Vou contigo.

– O quê?

– Vou contigo.

– Mas nem pensar.

– Vou sim!

O mulato parou, cruzou os braços e encarou a amiga amargamente.

– E como você vai ajudar lá, pode dizer? O que vai fazer quando chegar em Iraputã?

– O que *você* vai?

Will cedeu à provocação e se impacientou ainda mais. Voltou a andar, sentenciando:

– Você não vai!

– Vou sim. Eu gosto dele tanto quanto você!

– Não vai, porra!

– Vou sim, porra!

Um "ei!" interrompeu a discussão. Will se virou e, ao ver Tia Azaleia, bufou. A costureira se aproximou e explicou com a voz doce:

– Tudo bem, Will. Não vou pedir pra você, ou melhor... – olhou Lia – vocês não irem. Eu sei o quanto o Edu é importante. E ele sempre foi um bom garoto, merece que alguém vá atrás dele. Eu só vim trazer isso.

Azaleia ergueu um saco plástico e pegou, de dentro dele, uma garrafa d'água, três mangas, duas mudas de roupa e algumas sementes rosadas. Deu tudo para Will e Lia e, por fim, uma pequena bolsa tiracolo, acompanhada de um beijo na testa.

– Que Jesus esteja com vocês, meus filhos.

Will guardou os víveres na bolsa e a acomodou nas costas.

– Obrigado, tia. Mas acho que Jesus vai preferir estar na cruz do que com a gente. Como sempre faz.

Azaleia pensou em algo para respondê-lo, mas apenas sorriu. E, logo que o casal lhe deu as costas, fechou os olhos, girou as palmas das mãos para cima e começou a orar.

***

Will disparou para Lia assim que eles chegaram ao Largo do Portão de Grota IV:

– Você é burra. Muito mesmo.

– Você também é.

A adolescente pegou o prendedor de cabelo grudado em seu microshort, pôs na boca e alisou os fios castanhos e encaracolados. Will a fitou discretamente de rabo de olho e a ouviu opinar:

– Eu tô pensando aqui. E se a gente...

Um burburinho calou a morena. Ao longe, perto das roletas de entrada para a Quadra dos Novos, um grupo se aglomerava em torno de um jovem negro, tão fino e alto quanto um poste. Reconhecendo-o de imediato, Lia correu, junto de Will, em direção ao tumulto.

Enquanto se aproximava, ouviu Richard Brassan, sambista mais famoso da quadra, provocar o negro:

– Ah, mudinho, qual é? Canta só uma, eu sei que você sabe. Todo mundo agora sabe. Aliás... – Richard olhou ao redor com o indicador para o alto – vocês ouviram o que o Dilios falou hoje na R.R.L., né? Me chamou de "o novo Seu Souza". Não é pouca merda, não, hein?

Mesmo sabendo que não fora isso que o cronista falara, aqueles que estavam ao redor do sambista gargalharam para agradá-lo. O tiziu aproveitou para tentar escapar da roda, mas foi impedido por um sujeito atarracado, dono de uma verruga no queixo do tamanho de uma azeitona. Nesse momento, Will e Lia se misturavam ao bando sem serem percebidos.

– Eu sei que você vive em outro planeta, mudinho. Mas, mesmo assim, deve saber alguma música minha. Quero ouvir sua voz, tô curioso. Vamos lá, vou te ajudar – o branquelo com uma clave tatuada no braço começou a cantarolar: – "Lá, onde a noite é dia, da loucura à alegria..."

– Para com isso, Richard – pediu Lia, com o semblante sério e tom de voz suficiente para ser ouvida.

De pronto, os que estavam ao lado da adolescente se afastaram, isolando ela e Will. Richard amarrou a cara ao ouvir o pedido, mas, quando se virou e notou quem o fizera, uma cínica meia-lua voltou ao seu rosto.

– Ô gata, bom te ver também!

– Sério, para com isso.

– Parar o quê? Não tô fazendo nada...

– Você sacaneia o Ulysses, mas não sabe que ele manda tão bem quanto você.

– Ah, é?

– É. Sabia que ele é poeta?

– Poeta? – Richard franziu a testa cheia de espinhas. – Ih gata, não sei não, mas acho que o sumiço do teu namorado mexeu com a tua cabeça. Né não, Will? Aliás, meus pêsames pelo Edu, ele era muito gente fina.

– Pêsames por quê? – o mulato retrucou, gélido.

– Bem, você conhece o ditado, né? Foi pra Iraputã... – Richard virou para seus companheiros, que completaram a frase em uníssono com o sambista – não vai acordar amanhã!

Mais gargalhadas foram dadas e Will semicerrou os olhos, querendo usar uma bala de sua pistola para calar Richard. Não faria falta, faria? Indiferente a sua irritação, o músico olhou novamente o negro magricela e continuou provocando-o:

– Então quer dizer que você é poeta?

Ulysses permaneceu estático e fuzilando Richard com o olhar. Lia suplicou mais uma vez:

– Para com isso, Richard.

– Então esquece a música. Me fala uma poesia aí.

– Não é "fala", é "recita". E para com isso.

– Vai, mudinho. Me diz, com quem você aprendeu a fazer poesia?

O negro trincou os dentes.

– Richard...

– Foi com o teu pai?

Ulysses começou a hiperventilar.

– Só pode ser. Coisa de veado se aprende com...

Lia implorou pela última vez:

– Para Richard!

– Com outro ve...

O tiziu não esperou o sambista terminar. Avançou contra Richard e jogou-o no chão com a mesma fúria que tentava manter sob controle desde que fora interpolado por ele e seus companheiros. Uma raiva que, por mais gigantesca que fosse, e sempre era, sabia que podia controlar. Que *precisava* controlar.

Mas, daquela vez, seria difícil. E, a cada soco que dava, Ulysses tinha mais certeza disso. Os ossos da face de Richard trincaram, manchas apareceram nela e sangue voou. Os golpes que o negro recebia não o faziam sequer recuar, por mais bem colocados que fossem.

Ulysses continuou agredindo Richard com crescente brutalidade, em seu habitual silêncio e sob olhares incrédulos e covardes. Bateu e bateu, até que, em um momento, aconteceu o de praxe.

Percebeu sua raiva se transformando *naquela* vontade. Em um desejo que não lhe era permitido, ao menos não em momentos como aquele, saciar. Até então, tudo bem, ainda sabia como dar um passo atrás.

O problema foi que, naquele instante, e somente naquele instante, sentir *aquela* vontade lhe pareceu tão libertador que Ulysses não quis sufocá-la. E a partir daí, o negro sabia o que aconteceria. Como dizia seu pai, geralmente com lágrimas nos olhos: *...então, se esse for seu julgamento, deixe fluir...*

Só que ali não havia julgamento algum, só impulso.

Com a mente vazia e cólera nos olhos, o tiziu puxou do bolso da bermuda uma Predadora S&W Platinum, lendária faca militar de um palmo e meio de afiação sublime, e a ergueu. Quando a abaixou, ouviu um grito:

– Ulysses, para!

Era Lia. A responsável pela ponta da faca parar a cinco centímetros do olho arrebentado de Richard.

Por muito tempo, a quietude pairou sobre Ulysses, sua vítima ao chão e as caras de espanto ao redor da dupla, incluindo as de Will e Lia. Só foi quebrada com um sussurro da morena:

– Por favor...

A respiração de Ulysses normalizou e o negro guardou sua arma. Ainda grogue e com seu adversário sobre si, Richard balbuciou:

– Você... Você ia me...

Não terminou. Rastejou para trás, roçando o quadril na terra. Ulysses se ergueu e o encarou tão indiferente quanto um 52R, modelo de androide utilizado para manutenções hidráulicas.

– Seu... maluco! Maluco de merda! – Richard se levantou e quis partir para cima de Ulysses, mas foi impedido por seus amigos mais espertos. Continuou tentando, enquanto apontava o indicador fraturado para o negro-poste. – Você vai ver, eu vou falar com o Dinho!

Lia se aproximou de Ulysses e lhe falou ao pé do ouvido:

– Vamo Ulysses, vambora.

O negro permaneceu encarando Richard e suas ameaças.

– Ele vai expulsar você e seu pai daqui. Vocês tão fodidos!

– Vamo... – repetiu Lia, pondo a mão em nas costas largas de Ulysses. – O Dinho não vai fazer nada, sabe quem é esse aí.

– Aquele veado!

A morena, dessa vez, empurrou o negro para longe e, junto dele, se afastou. Will a seguiu, depois de ouvir os últimos chiliques de Richard Brassan:

– Meu olho, porra! E hoje eu tenho um show lá no Méier... Filho da puta!

***

Pouco depois, o trio avistava o portão de Grota IV.

– Olha Ulysses, a gente vai dar uma saída, por que você não vem? – propôs Lia.

Will olhou torto para Lia, que se explicou:

– Tudo bem que você não vai poder ir pra onde vamos, mas você precisa sair da Grota por um tempinho. Senão... – Lia procurou usar as palavras certas, enquanto olhava para trás. – Senão vai dar merda.

Tímido, o negro balançou a cabeça positivamente. Will fez o inverso e de forma ríspida. Antes que ficasse mais incomodado com a nova presença junto dele e sua amiga, ouviu um grito partindo de uma das guaritas da entrada principal de seu bairro:

– Eu conheço essa jaqueta, hein?

O mulato olhou para cima. Era Rodney, filho de Tia Azaleia.

– Foi a tia que...

– Tudo bem, cara, eu tô só...

De repente, o walk-talk sobre a mesa da guarita chiou e Rodney ouviu uma voz conhecida e autoritária saindo dele:

– *Portão, tá me ouvindo?*

O negro com vitiligo permaneceu um tempo encarando o comunicador. Dinho repetiu:

– *Portão, tá ouvindo? Olha só, aquele mudinho maluco tá saindo aí com uns amigos. Segura...*

Rodney correu até o walk-talk e o desligou. Se debruçou novamente na janela da guarita.

– Peraí que eu vou descer!

Aproximou-se de Will e o ouviu novamente tentando dar explicações:

– A tia meu deu. Ela disse...

– Relaxa, Will, eu sei de tudo.

– Tudo o quê?

– Eu tava ontem de noite aqui no portão. Não vi quando os Sombras entraram. Tava apagadão. Mas vi quando foram embora.

Will arregalou os olhos.

– E como o Edu tava?

– Bom, ele tava bem. Quer dizer, vivo. Sei porque tava tremendo nas costas de um dos caras. Tava escuro, mas eu vi ele se mexendo, tenho certeza.

A notícia deixou o mulato só um pouco mais aliviado. Rodney prosseguiu, opinando:

– Tipo, eu achei errado o que fizeram com você. Falei até com o Dinho depois que ele veio aqui e o Mic contou tudo pra ele. Falei mesmo. Mas sabe como é o cara, né? Não dá pra insistir – o rapaz jogou a bandoleira de sua uzi para trás. – Você tá indo atrás do Edu, né?

Lia respondeu balançando a cabeça. Ulysses, por sua vez, se distraía com o girar de uma das imensas hélices embutidas na rocha que faziam o ar viciado de Grota IV circular.

– Minha mãe passou aqui agora há pouco e me contou. Enquanto vocês tavam arrumando confusão lá na quadra. Deu pra ver tudo daqui. É... – Rodney inchou as bochechas manchadas de branco – nesse caso, tomara que essas roupas te deem sorte lá em Iraputã. Se você voltar, pode ficar com elas, já tão velhas mesmo. E eu odeio roupa velha.

Will correu os olhos pelo jovem e reparou em sua camiseta roxa sem rasgo ou sujeira e óculos escuros de realidade aumentada igualmente bem conservados no topo da cabeça.

– Aliás, *quando* você voltar, pois eu sei que você vai, se um dia quiser roupa nova, sapato novo, tudo novo, sabe, né? É só vir pra Tropa. Só precisa ter colhão, e eu sei que isso você tem.

Will pensou por alguns segundos em alguma resposta. Apenas apertou a mão de seu primo de consideração e agradeceu:

– Valeu.

Rodney retribuiu com uma piscadela e subiu depressa a escada telescópica que terminava na guarita. – Ah, Will! – disse, assim que abriu o portão.

O mulato se virou.

– Não sei se isso te adianta alguma coisa. Mas um dos caras tava segurando o dedo com força, parecia que tinha machucado. E acho que não vai melhorar tão cedo. Como não dá pra ver os rostos daqueles putos, é uma pista. Talvez você ache esse por aí, não sei.

Will ergueu o polegar e se foi com Lia e Ulysses, sem se despedir, sequer olhar uma última vez o bairro-caverna onde sempre morara.

***

A poucos quilômetros dali, na superfície, uma carcaça de ônibus jazia entre outras dezenas de chassis retorcidos e toneladas de concreto. Dentro dela, um louco solitário transpirava, com as mãos apoiadas em um painel avariado onde o número 691 estava gravado.

O homem, cujo nome ninguém jamais soubera, quase não saía de sua "residência" e seus gritos eram os únicos sinais que permitiam aos curiosos saberem que estava vivo. Pelo que dizia, lutava contra algo que possuía seu corpo – *Sai daqui! Sai daqui!* – berrava toda madrugada.

Certa vez, membros de uma igreja chamada Cinzas de Cristo, a mais popular do Rio de Janeiro, tentaram ajudá-lo. No entanto, após um dos fiéis levar um tiro de escopeta na perna, desistiram, abandonando, como todos já haviam feito, o sujeito aos seus fantasmas. Os mesmos que lhe diziam: *você sabe o que precisa ser feito. Então vá lá e faça. E nós sumiremos.*

O homem tinha um segredo. Por mais que desejasse, às vezes, não era sangue que corria pelo seu corpo, tampouco carne e pele que o revestia. Era quase todo feito de silício, látex e fibra de carbono.

Sabendo que precisava apaziguar as vozes dentro de si de uma vez por todas, urrou pela última vez. Em seguida, após muito tempo de reclusão, partiu. Assim como Will, tinha contas a acertar em Iraputã.

3 – Os Mongos de Nova Abolição

Will, Lia e Ulysses alcançaram um vão largo e subiram degraus moldados na rocha. Quando, enfim, viram a luz do dia e saíram da caverna que abrigava Grota IV, o bairro do Engenho Santo se revelou em todo seu luto.

Era um mar cinza e disforme, de vastidão e aridez intimidadoras, onde silhuetas de morros sem vida cortavam o céu nebuloso. A paisagem era toda delírio e desolação e o único som que se ouvia era o de uma brisa, soprando quente e melancólica.

A mesma que, em certo momento, fez Will engolir um punhado de terra e tossir. O mulato sentia o Sol queimar sua cabeça de uma forma que, mesmo lhe sendo conhecida há anos, não conseguia se acostumar.

Puxou o capuz da jaqueta e partiu em direção à Amarela, via a uma curta caminhada dali. Ao alcançá-la, junto de seus companheiros, se pôs no meio de uma das pistas e aguardou. Em pouco tempo, suando em bicas, Lia já protestava:

– Que foi, desistiu?

– Você quer ir até o Marco Zero a pé? Ele fica a uns vinte quilômetros daqui.

– Bom, pra mim, tanto faz. Só não quero ficar parada.

Will ouviu um zumbido e olhou na direção de sua fonte. Era um caminhão-baú, levantando poeira ao longe. O mulato se virou para a amiga e a provocou, com um sorriso no canto da boca:

– Você não entende nada.

***

Orlando de Jesus era um caminhoneiro que já tinha feito muita coisa errada. Tanto que, às vezes, achava sua própria vida um erro. Porém, atropelar três crianças indefesas era algo que o ruivo não queria acrescentar à sua lista de más ações.

Por isso, assim que viu um mulato de jaqueta grafite, uma menina bunduda e um negro em forma de vara parados como alma penadas bloqueando sua passagem, freou bruscamente.

Maldito *neuroplayer*. Aquilo já tirara a concentração de Orlando em tantos momentos críticos que ele havia perdido a conta. Na verdade, o aparelho dividia a culpa com a sua mania de cantarolar canções de exaltação ao seu Rio Grande de olhos fechados, enquanto dirigia.

Estacionou o veículo, pôs a cabeça para fora da janela e se preparou para gritar, mas desistiu ao ver o mulato no meio do trio sacar uma nove milímetros e apontá-la em sua direção.

Desejou duas coisas: primeiro, que não tivesse parado, e sim esmigalhado aquele garoto e seus amigos, segundo, que jamais tivesse saído dos pampas, pois lá as pessoas não implicavam com seu chapéu de palha e não eram tão imprevisíveis. Principalmente as crianças. Na verdade, essa última vontade batia em Orlando de meia em meia hora.Quando se lembrava do aroma do chimarrão feito pela sua esposa, o tempo era ainda menor.

Sem hesitar, Will andou até o gaúcho com sua arma em punho.

– Sai daí!

Orlando ergueu os braços. O mulato repetiu:

– Sai daí, porra!

O caminhoneiro abriu a porta devagar e, dócil, saltou no asfalto rachado. Logo em seguida, aproveitando um breve momento de distração de Will, sacou uma AK-47 do sobretudo e mirou no mulato. O gesto fez Will e seus amigos pularem de susto.

– Guri, sai da frente. Deixa eu passar e a gente tá conversado.

Will não moveu um dedo.

– Anda guri, deixa de ser teimoso!

– A gente tem semente – Lia interveio.

– De quê? – Orlando respondeu sem mover os olhos.

Aflita por não saber a resposta, a morena abriu a sacola nas costas de Will, apanhou os grãos rosados dados por Tia Azaleia e os depositou na mão do ruivo. Orlando os olhou rapidamente e se surpreendeu:

– Pinha? Não sabia que aqui no Rio tinha isso. Onde vocês arranjaram?

Não obteve resposta alguma.

– Tudo bem, o que vocês querem?

Will tomou a palavra:

– Ir pra Iraputã.

– Iraputã? – o gaúcho riu sem mostrar os dentes. – E o que vão fazer lá? Já não tão de saco cheio da Radius?

– Não te interessa.

– Não vão dizer que tão indo encontrar Deus. Olha que dizem que o Deus deles é bem estranho...

Novamente, apenas o que o ruivo escutou foi o vento. Sem problemas. Estava divertido ver o olhar compenetrado daquele mulato mal-educado, a expressão angustiada da menina bunduda e o esfregar despretensioso de mãos do negro ao lado dela, como se sua mente estivesse a quilômetros dali. Era, acima de tudo, uma turma engraçada e Orlando começava a simpatizar com ela. Meditou sobre a proposta de Will por alguns segundos e guardou o fuzil. Quase simultaneamente, o mulato fez o mesmo com a sua pistola.

– Tudo bem. Tô indo pra a zona sul mesmo.

Orlando subiu de volta no caminhão e tomou o assento do motorista. Pelo outro lado, entraram Will, Lia e Ulysses.

– Você fala da gente, mas tá indo pra onde não tem nada – o mulato provocou.

– Tu que acha, guri. Deve ter vivido aqui desde que nasceu, não? Na Zona das Grotas. Nem deve conhecer Iraputã – respondeu Orlando, enquanto dava partida em seu caminhão.

– Não tem nada mesmo. Só uma lagoa podre.

– Guri, você sabe o que tem aí atrás?

Will olhou desconfiado para Orlando.

– Antenas consertadas. E acho que você sabe pra aonde vão.

O mulato se espantou.

– Você sabe onde fica a R.R.L.?

– Bem, agora você também. Mas não me pede pra explicar direitinho, pois nem por mil sementes dessas... – Orlando bateu no bolso do sobretudo – eu diria. Sigilo é importante nessas terras, ainda mais quando se tem um cliente desses. Além disso, o que eu menos...

De repente, uma pancada na carroceria fez o caminhão estremecer e Orlando frear bruscamente. Apreensivos, todos ouviram outro baque, mais perto e tão forte quanto o anterior. Se viraram.

Um sujeito de pele amarelada, cabelos escovados para trás e trajando farrapos rompia, com os próprios braços e punhos, o lado da caçamba que se limitava na boleia. Fez o mesmo com a janela traseira da cabine e parte da estrutura, como se ela fosse de isopor.

Pulou no colo de Will e Orlando e, por causa de seu peso, quase lhes quebrou os fêmures. Agarrou ambos com uma das mãos e, com a outra, Lia e Ulysses, antes de arremessá-los pelos vidros das portas.

O quarteto rolou pela via. Enquanto se erguia, com dificuldade, Orlando viu seu caminhão partir velozmente. Desabafou:

– Mas que merda é essa?

– São aqueles 52! Às vezes, aparece um maluco assim! – opinou Will, enquanto ajudava Lia a se levantar. A adolescente, apesar da forte queda, havia apenas sofrido escoriações na perna. Ulysses estava intacto e já de pé. Batia na bermuda para tirar a poeira.

– Não, não. Os 52 não tem essa força toda! Robô da porra! Aquela carga era a minha passagem pro sul! – Orlando olhou ao redor. – E eu nem sei onde a gente tá!

– Em Nova Abolição – Will respondeu, convicto.

– Eu não conheço ninguém daqui!

– Eu conheço. Infelizmente.

***

Os Mongos de Nova Abolição eram feios, asquerosos e, como seu próprio nome dizia, sofriam de retardo mental. No entanto, Will sabia que o fator responsável pela sua sobrevivência era justamente sua razão comprometida, o combustível que os fazia encarar sem medo aqueles que invadiam sua área, geralmente com melhores armamentos.

Como ele e Orlando naquele momento.

Logo que pensou nisso, o mulato identificou outro problema. O Velho Mercado, reduto dos Mongos desde que o primeiro deles fora visto, há pouco menos de dois anos, ficava na divisa com o bairro do Engenho Santo e, somente por isso, Will e Edu conseguiram fugir com vida no dia anterior.

Mas agora era diferente. O mulato e seus companheiros já haviam percorrido bastante a área sob domínio daqueles homens e a chance de topar com um deles, independente da direção que seguissem, era enorme.

Will os amaldiçoou por serem tão hostis e, tendo certeza de que todos estavam em maus lençóis, pensou em pedir sugestões à Lia. Viu Orlando ser mais rápido:

– E agora, o que a gente faz? – perguntou o ruivo à adolescente, enquanto zanzava de um lado para o outro no viaduto coberto por blocos de concreto expelindo vergalhões onde todos estavam.

– Eu sei lá. A parada era teu caminhão. Se pelo menos aquele robô tivesse deixado a gente ir com ele. Mas ele foi tão grosso...

– Acho que a gente vai ter que esperar outro gaúcho chegar – opinou Will, com um sorrisinho.

Orlando encarou o mulato com os olhos faiscando e voltou a caminhar em círculos. Reparou em uma passarela tombada e, mais ao longe, em esqueletos de arcos imensos, ornamentando um estádio de futebol em ruínas.

– E se a gen...

Parou quando pensou ter visto alguém sobre a passarela e sentiu uma pedra lhe atingir o tórax. Antes que pudesse reagir, uma voz esganiçada soou na direção oposta, fazendo ele e o trio que o acompanhava girar nos calcanhares.

– Quem são vocês?

Um rapaz muito magro, mais que Ulysses, se aproximava. Tinha a pele cheia de escaras, cabelo oleoso e a órbita de um de seus olhos vazia – Quem são vocês? Não podem ficar aqui – repetiu, puxando uma faca enferrujada da calça, folgada em sua cintura.

Orlando, Will, Lia e Ulysses ficaram em estado de alerta e notaram outros homens e mulheres tão esquisitos quanto o rapaz se aproximando, carregando porretes, barras de ferro e peixeiras. Nenhuma espingarda de sal, o que deixou, ao menos o mulato, mais tranquilo.

Orlando sacou sua AK-47 e mirou nos sujeitos, que pararam de pronto.

– Quem sou eu? Alguém que não gosta de levar pedrada! E que precisa de ajuda. Você pode me ajudar?

O Mongo que, diferente de seus companheiros, não parara, encarava Will e não lhe deu atenção. Orlando insistiu:

– Além de feio, você é surdo? Eu perguntei se...

– Você... – sussurrou o caolho, apontando para Will. – Você veio aqui ontem. Tentou roubar a gente lá no mercado. Eu sei. Você levou baterias. Onde tão elas? Onde tão elas, seu putinho?

A horda de Mongos voltou a se aproximar. Ainda mais concentrado, Orlando lhes deu um último aviso:

– Ô, é melhor vocês ficarem parados aí!

Não foi obedecido.

– A gente quer as baterias! Me dá elas! – gritou o caolho para Will.

Sorrateiramente, o mulato levou a mão até o cabo de sua nove milímetros. Lia viu o gesto e falou ao pé de seu ouvido:

– Calma, Will. Cal...

O Mongo caolho grasnou e avançou contra Will. Lia se afastou e viu seu amigo sacar a arma. Tiros foram dados e, com seis furos no tronco, o jovem desabou no asfalto quente. Os disparos, porém, não foram do mulato, e sim de Orlando.

– Cuidado, guri!

Todos os Mongos, de uma só vez, partiram contra o quarteto. Quando Will deu o primeiro disparo, acertando a perna de um deles, Orlando já derrubara três. Will apertou o gatilho mais quatro vezes. Três projéteis partiram sem destino e apenas um acertou seu alvo, de raspão.

Antes que amaldiçoasse, pela enésima vez, sua mira, ouviu Orlando gritar, diante de mais homens que podia conter:

– Foge!

Will atirou, em mais uma tentativa inútil de ajudar o caminhoneiro, até o carregador de sua nove milímetros ficar quase vazio. Só então obedeceu, correndo, junto de Lia e Ulysses, em direção ao estádio em ruínas.

– Bora, porra! – gritou aos amigos, enquanto descia do viaduto por algumas placas de acrílico sobrepostas, que formavam uma rampa improvisada e bem-vinda para fora da Amarela.

Esbaforido, o trio pulou muretas, entrou em uma rua e varou por ela até alcançar uma pirâmide de escombros. Ulysses tomou fôlego e, mostrando um preparo físico melhor que o de seus amigos, começou a subi-la agilmente.

Will seguiu com Lia mais atrás. Porém, em certo momento, atrapalhado pelo peso da sacola nas costas, perdeu o equilíbrio e escorregou. Sua amiga o viu rolar por toneladas de tijolos e gritou, enquanto a cor de sua pele desaparecia.

– Will!

O mulato se estatelou de bruços e sentiu os ombros doerem de forma causticante. Mesmo assim, conseguiu contraí-los e girar o corpo. O Sol quase a pino deixou seus olhos espremidos. De repente, uma silhueta negra se pôs entre ele e a estrela-mor, com algo pontiagudo erguido.

Will sentiu o coração acelerar. Fechou os olhos.

Quando os abriu, por causa de um disparo, notou que uma elipse se desprendia bruscamente da silhueta a sua frente. Quando a forma voou para além do limite da coroa solar, o mulato percebeu que se tratava da cabeça de seu quase assassino.

Mais três tiros foram dados, de sons muito mais brutos que o de sua arma ou da AK-47 de Orlando, e as sombras ameaçadoras dos Mongos foram tombando uma a uma. Berros e passos em fuga foram ouvidos e, em seguida, a calmaria pairou sobre Nova Abolição.

Will, sem forças para se levantar, largou seu corpo de vez no chão.

4 - Túmulos, acordos e flechas infernais

Foi a vez de uma sombra de mão surgir, acompanhada de uma voz rouca:

– E não é verdade que a vida dá voltas?

Will a segurou e foi puxado para cima. A sua frente, sabia ele, apesar de sua visão estar ofuscada, havia um gordo de camisa preta e bermudão. Enquanto Lia e Ulysses se reaproximavam, o mulato semicerrou os olhos e arriscou:

– Massa?

O gordo tragou o cigarro que tinha em mãos e respondeu amavelmente:

– E aí, *fio*?

Will sorriu e o abraçou com vigor, apesar do cheiro de tabaco que empestava sua roupa. O homem apontou o indicador em forma de croquete na direção do estádio abandonado.

– Sorte tua eu tá treinando com a galera por essas bandas.

O mulato olhou para onde Massa apontava e viu, acima da cobertura branca do estádio, meia-dúzia de atiradores portando rifles de longo alcance. Daquela distância, pareciam apenas filetes negros. O gordo deu uma baforada e, após ouvir mais disparos amigos, revelou:

– Esses caras aqui da Abolição dão bons alvos. Tudo retardado, parecem zumbis. Não fazem diferença pra ninguém.

Will não sabia o que eram zumbis, mas não fez questão de perguntar. Apenas agradeceu:

– Valeu, Massa. De verdade.

– Nada, *fio*. Mas vem cá, o que você tá fazendo aqui? E quem são esses dois?

– Bem, essa é a Lia e esse é o... o...

– Ulysses – completou sua amiga.

Massa coçou a barba e devorou com os olhos o corpo bem desenhado de Lia. Will explicou:

– A gente tá indo atrás do Edu. Quer dizer, eu e a Lia.

– O que aconteceu com o Edu?

– Ele...

– Não – o gordo encarou novamente a morena, deixando-a embaraçada. – Não me conta agora. Saca só, a gente veio aqui só pra dar um rolé mesmo. Já tamo voltando pra Inhaúma. Quer vir?

– É caminho pro Marco Zero?

Massa franziu a testa e bateu no cigarro para tirar as cinzas.

– Ô *fio*, não conhece Inhaúma, não?

– Só fui uma vez lá, não lembro mais.

– Pô, você vai gostar. A galera tá toda lá.

Will olhou Lia, que olhou Ulysses. O tiziu, como de costume, não reagiu de forma alguma e sua amiga deu de ombros. Foi a deixa para Will sentenciar, sorrindo:

– Bom, então vambora.

Massa retribuiu o sorriso com outro, jogou o cigarro no chão e o apagou com a sola da bota de couro.

***

Minutos depois, um comboio de Retalhas cortava a quietude da Amarela com roncos de motores de, no mínimo, duzentas e cinquenta cilindradas. As motos eram assim chamadas por causa da mistura de peças de diversos modelos sucateados.

No entanto, apesar da miscelânea, todas possuíam estilo meio *street*, meio *custom*, com guidões não muito longos, tanques de gasolina elevados e traseira arrebitada como a de uma abelha.

Lia seguia de carona no veículo de um sujeito cujos cabelos longos cheiravam a peixe, enquanto Will acompanhava Massa, que guiava bem ao lado. Ulysses, pelo medo de cair, segurava-se com força na traseira de uma moto conduzida por uma mulher de *dreadlocks*. A dupla cortava o asfalto um pouco atrás.

Apesar do cheiro de seu piloto, Lia gostava da viagem. O vento lhe acariciava o rosto e remexia seus cabelos graciosamente, lhe dando uma rara sensação de liberdade. Olhou Will e gritou para poder ser ouvida entre o barulho das motocicletas:

– Como vocês se conheceram?

Seu amigo respondeu:

– Lá na Grota mesmo! Pegaram uma vez esse gordo fazendo merda lá dentro e levaram ele pro Gê! Aí eu fui falar com ele e ele soltou o Massa! Disse que era só por consideração por mim!

Massa confirmou, sem tirar os olhos da via:

– É verdade! Se não fosse por esse vagabundo aqui, eu tava fodido naquela caverna! – inclinou o corpanzil e deu dois tapas na cabeça de Will.

Lia, intrigada por seu amigo nunca ter falado sobre Massa, perguntou:

– E vocês nunca mais se viram?

Massa respondeu:

– Nada, a gente se encontrou não tem nem o que, uma semana, Will?

– Por aí! – gritou o mulato.

Lia encarou Will por alguns instantes e deu de ombros. Piscou com força e seu prazer aumentou. Virou-se e, notando o terror nos olhos negros de Ulysses, mexeu com ele:

– Relaxa, Ulysses! Seja homem!

Ulysses sacudiu a cabeça freneticamente. Lia gargalhou e a paisagem fúnebre que passava diante de seus olhos esvaeceu. O conjunto de casas desmoronadas que agora beirava a Amarela, os corpos atropelados de homens e animais, a cratera onde antes era um shopping, nenhuma daquelas coisas abalava seu estado de espírito.

Ao menos naquele momento, a morena estava feliz.

Porém, ironicamente, quando se lembrou da última vez em que se sentira assim, sua paz se foi.

Não fizera nem um dia completo. Estava deitada no colo de Edu, em um banco da Praça do Ébrio. Comia pitangas e ria, com o moreno, do cofrinho à mostra de Seu Geraldo, irmão de Tia Azaleia, enquanto o mecânico consertava uma moto bem parecida com aquela onde ela sentava-se agora.

Foi quando algo cutucou seu coração. Um conforto que Lia desejava há muito e que, subitamente, a deixou menos confusa sobre seus sentimentos. Aproveitou e tomou uma decisão. Naquele instante podia, sabia ela. Sentou-se e encarou fixo os belos olhos verdes de Edu.

– Eu te amo.

Falou o mais séria que pôde. O irmão de Will, em um primeiro momento, ficou radiante, sua serenidade, uma de suas virtudes que Lia mais gostava, pareceu ainda mais inabalável. Porém, não tardou a fechar o rosto de uma forma que não lhe era costumeira.

– Tem certeza?

Lia sacudiu a cabeça positivamente. Segurou as maçãs do rosto do namorado e lhe beijou com vontade.

Tinha sido a primeira vez que lhe dissera aquilo. Queria agora lhe dizer a segunda, a terceira e dar mais beijos nele.

Apenas isso, talvez estar na garupa dele e não daquele homem fedorento e sua vida estaria completa.

Ou ao menos era nisso que Lia preferia acreditar.

Pobre morena indecisa. De olhos hipnotizantes, cujo mel não existia mais naquela cidade.

***

A mente de Will estava nas nuvens – também pensava em Edu – e somente retornou ao chão quando o mulato reparou que o comboio diminuía a velocidade para tomar uma das saídas da Amarela.

As Retalhas desceram uma rampa e serpentearam por passagens cobertas por grama seca, grades envergadas e muito lixo. Alcançaram uma área vasta, que terminava em um muro vermelho e preto.

Ao passarem por um portal com uma cruz no topo, Will olhou ao redor e nauseou. Por mais que tivesse ouvido falar no Cemitério de Inhaúma, aqueles incontáveis receptáculos negros de concreto lhe pareciam mais apavorantes do que qualquer coisa que vira.

Os pilotos seguiram até o fim do terreno e estacionaram ao lado de outras motos, chamando a atenção dos que já estavam lá: uma dúzia de tipos heterogêneos, franzinos, brancos, morenos, velhos, feios. Um conjunto singular de córneas vermelhas, epidermes esfoladas e posturas *blasé*.

A maioria trajava roupas sóbrias e sentava-se em túmulos, enquanto bebia, fumava e ouvia algo que Diego JE, único DJ da Rádio Rio Livre, falava pelo rádio. Todos tinham mais idade que Lia, Ulysses e Will.

Enquanto as observava, o mulato sabia que, por mais diferentes que aquelas pessoas fossem entre si, algo em suas fisionomias lhes dava uma identidade: era a morte que as rondava de perto e Will quase podia ver sua face esquálida em suas tatuagens, piercings, gestos e olhares. Era curioso, pois Massa era tão diferente, sempre alto-astral e espirituoso...

O gordo saltou de sua moto e acenou para o grupo, que retribuiu erguendo garrafas e cantis de cachaça com água. Pôs a mão no ombro de Will.

– Vamo conversar.

O mulato se virou para Lia, acenou positivamente com a cabeça e se afastou, junto de Massa. A dupla caminhou até uma imponente sepultura e, sem cerimônias, Massa sentou nela. Convidou a Will fazer o mesmo com uma das mãos, enquanto usava a outra para acender um cigarro. O mulato se acomodou sobre a laje e repousou sua sacola sobre ela.

– Lá na Abolição, você falou que tava indo atrás do seu irmão. O que aconteceu?

Will encarou o anjo de mármore decapitado em cima da lápide e revelou:

– A Radius levou ele.

– Que merda, hein?

– É...

– Parece que alguém não tá cuidando direito da família... – Massa deu uma baforada.

Will o encarou, sem entender.

– Sabe, Will? Se tem uma coisa que descobri nesses anos dando rolé por aí é que o segredo para ter uma vida feliz é saber cuidar da família. Eu, por exemplo, cuido muito bem da minha – o gordo apontou para o bando reunido ao longe e Will reparou que Lia conversava com a negra de *dreadlocks* que dera carona a Ulysses, enquanto o tiziu era abordado por um magricela de lápis nos olhos. – Por isso, eles me deixam dar as ordens.

– Sei... É, eu sempre tento ficar de olho no Edu, mas...

– Esses camaradas, por exemplo – Massa interrompeu, erguendo o braço em direção às tumbas ao redor. – Não sabiam cuidar das famílias que tinham. Tanto que acabaram com a maior delas, a raça humana. Bando de gani... ganon...

– Gananciosos?

– Isso. Gananciosos. Gananciosos que morreram sem saber que tudo que importava era paz e amor.

De repente, a bossa que tocava no rádio parou e Massa focou-se no par de pequenos alto-falantes. Não tardou a ouvir a voz enérgica e descontraída de Diego JE:

– *Fala, novatos cariocas! Aqui é Diego JE, no broadcast! Vocês ouviram Chacal e os Touros, com "Não me rendo". É, os caras tão mandando bem na mensagem. Te cuida, Richard Brassan! Não vai mais lá no Méier hoje, tá vendo? O show vai ser só dos caras! Olha que eles tomam teu trono!* – JE deu sua famosa risada macabra. – *Não é mole, não. Aqui nessa cidade é assim, bobeou, já era neguinho. Bom, vamo lá que a luta não para. Só pro Richard não ficar com ciuminho, vocês ficam agora com "Onde a noite é dia". E lembrem-se sempre: pau no cu da Radius! Viva os Libertos!*

Após ouvir as duas últimas frases de JE, repetidas pelo DJ como um mantra nos intervalos da R.R.L., Massa sacudiu a cabeça negativamente.

– Como eu tava dizendo, a galera do passado era foda. Não tinha compaixão. Mas com a gente aqui é diferente, sabe? Tamo sempre ajudando o outro. Eu mesmo dou comida, abrigo, proteção. E, bem, *otras cositas más...*

Will sentiu vontade de bocejar, mas se conteve pondo a mão na boca.

– O que não quer dizer que tudo sejam flores. Por exemplo, a gente tá sempre evitando a Radius. Libertos... – Massa resmungou e olhou na direção do rádio, por onde saía agora a voz de Richard Brassan. – Ninguém pode com a Radius. A gente tem que fugir dela sempre, sacomé? Essa galera que tá enterrada aqui toda hora ficava batendo cabeça, arrumando confusão. Por isso se foderam. Por causa da minha família, eu não me envolvo com a Radius. E assim ela também não se envolve. Tudo bem que, às vezes, tenho que liberar algumas cargas pra eles, mas faz parte do jogo. Você sabia que alguns deles se amarram em *hypes*? É, os caras posam de certinhos, mas adoram ficar doidões. Outras vezes pedem mulheres, aí a gente tem que entregar uma vadia dessas também – Massa olhou para uma jovem usando meias-calças rasgadas. – Tá entendendo aonde quero chegar, *fio*?

Will coçou a cabeça e desceu da laje.

– É, acho que sim. Eu também tento ficar longe da Radius. Mas agora que os putos levaram o Edu, tenho que ir atrás deles, não tem jeito. Tipo, Massa, eu queria saber se você podia me...

– É, eu acho que você *não* tá entendendo aonde eu quero chegar.

– Hã?

– *Fio*, você fez o que eu te pedi?

– O quê?

– Como o que, *fio*? Falou com o Dinho?

O nome fez Will se lembrar do que o gordo falava.

– Ah, pô, não consegui ainda não.

– Como não, *fio*? Te dei uma semana.

– Eu sei, mas é foda falar com o Dinho.

Massa esfregou o rosto com força. Will se justificou:

– Ele tá sempre ocupado, é escroto pra caralho. Tá vendo esse roxo aqui? – o mulato apontou para o olho inchado. – Foi ele...

Subitamente, a montanha de camisa preta avançou contra Will e lhe empurrou no chão. O mulato caiu de mau jeito e deslocou o pulso esquerdo. Por causa da dor, começou a gemer.

– *Fio*, tu tá de sacanagem comigo, né? O acordo foi o seguinte: eu te dei aqueles comprimidos e só pedi pra você conseguir um fornecedor em Grota IV. Simples. Aquele Gê era um belo dum filho da puta. Achei que com esse Dinho seria mais fácil. Porra, acho que tava errado, então. E com relação a você também, né? – a voz de Massa agora era ameaçadora.

Lia se virou e viu a cena. Tentou partir para ajudar o amigo, mas foi contida pela negra de *dreadlocks*. O mesmo aconteceu com Ulysses, seguro pelo magrelo de lápis nos olhos.

– Foda-se, *fio*! – continuou Massa, apontando para Will. – Foda-se o que aconteceu com seu olho. Eu só te trouxe nessa merda de cemitério para ter notícias boas – começou a andar impaciente de um lado para o outro, com o cigarro na boca. – Quer saber, você tem três dias.

Will se esforçou para balbuciar:

– Pô, Massa, você não ouviu o que eu falei não? Eu tô indo atrás do Edu. Agora não dá pra resolver isso...

– Problema do Edu, *fio*. Problema do Edu.

Massa assobiou e acenou para a negra de *dreadlocks*. A mulher trouxe Lia, arrastando-a com brutalidade. O gordo a puxou para si e sentenciou:

– É o seguinte, *fio*: em três dias, a Radius vai vir aqui buscar o que é dela. Essa sua amiga vai ficar aqui com a gente. Se, até lá, eu não tiver em mãos, pelo menos, a quantidade de comprimidos que eu te dei semana passada, ela vai com eles. Então você vai ter perdido mais um da sua família.

O restante do bando de Massa se aproximou. Will fuzilou o gordo com os olhos e sentiu-se imensamente culpado ao ver a angústia de Lia tentando se libertar daquele braço cheio de banha.

– Cara, eu salvei a tua vida.

– E eu salvei a tua meia hora atrás, esqueceu? Não te devo nada.

Will lembrou então da história sobre "paz e amor" contada por Massa e sentiu ainda mais ódio daquele traficante de merda. O gordo o levantou e o espremeu, com a anca suada, contra o túmulo sobre o qual ambos estavam momentos antes. Sussurrou em seu ouvido:

– Você não ouviu o que eu falei, porra? Eu só controlo esse bando de viciado porque dou pra eles o que eles querem. E só consigo proteger eles porque dou pros inimigos deles o que eles querem!

Will já sufocava quando o gordo deu um passo atrás. Livre, o mulato curvou o corpo e segurou o pulso.

– Três dias, *fio*. Não esquece. Senão sua namoradinha tá fodida. Literalmente – Massa deu um sorrisinho, jogou a guimba do cigarro em cima de Will e gesticulou para que a negra de *dreadlocks* levasse Lia dali.

A mulher remexeu o corpo maçudo para pôr novamente a adolescente sob seu controle e perguntou, referindo-se a Ulysses:

– E o pau-de-virar-tripa?

– Sei lá, tanto faz.

O jovem maquiado, ainda ao lado do tiziu, olhou-o maliciosamente.

– Tá vendo, meu neguinho? Agora você é meu...

Ulysses não se mexeu e, em seguida, um tiro foi ouvido. Todos se viraram e notaram Will com o braço erguido, apontando sua nove milímetros para cima.

– Para com essa por...

Antes que o mulato terminasse, outro disparo, muito mais bruto, soou. A pistola na mão de Will explodiu e o mulato recuou, de susto. Todos giraram, mais uma vez, e viram um sujeito de cabelos longos empunhando um rifle de longo alcance. Era o mesmo que dera carona à Lia até o cemitério e o único ainda perto dos túmulos com o rádio e as garrafas de cachaça.

O homem repousou a arma ao lado da perna e, sarcástico, bateu continência. O grupo voltou a encarar Will e gargalhou. Massa se aproximou do mulato e lhe chutou a barriga, fazendo-o cair mais uma vez.

– Tá na hora de você se mandar, *fio*.

Perplexo, Will trincou os dentes. Pela segunda vez, sua busca por Edu estava perto do fim. Amaldiçoou a si mesmo por confiar em Massa e entrou em pânico.

***

Como de praxe, primeiro veio a vontade, surgindo assim que Ulysses viu Lia se debatendo para escapar do domínio que a negra de *dreadlocks* tinha sobre ela. E aumentando, quando o tiziu reparou que Massa, após dar as costas para Will, começava a acariciar as coxas grossas da morena, fazendo-a gritar e xingá-lo de mil formas.

Depois, algo impetuoso remexeu dentro dele. O mesmo monstro que, por cinco centímetros, não fora liberado sobre Richard Brassan e suas provocações, ainda em Grota IV. Ironicamente, esperava agora a mesma pessoa que lhe tirara o ímpeto na ocasião dar o sinal para que continuasse o serviço.

E assim foi. Lia olhou Ulysses com o rosto enrugado por causa do choro e, de imediato, soube o que passava em sua cabeça. Soube o que ele sentia, queria e, dessa vez, não iria cortar seu barato. Consentiu e o negro apenas a agradeceu, mentalmente, por fazer o julgamento por ele.

Agora era só começar.

– Vem cá meu negro lin...

Ulysses puxou velozmente sua faca da bermuda e a cravou no abdômen do magricela, que aproximava os dedos atrevidos de suas costas. Girou e moveu o objeto na horizontal, antes de retirá-lo do corpo franzino do afeminado, que tombou.

Silêncio.

Três oponentes correram na direção do tiziu. O primeiro teve a garganta cortada, o segundo, o coração perfurado e, o terceiro, uma costela quebrada e três dedos decepados.

Novamente silêncio.

***

Will continuava caído e, como todos naquele cemitério, estava embasbacado. Porém, antes que ficasse mais, ouviu um ranger soando bem próximo. Virou-se e, novamente, não acreditou em seus olhos.

Como se fosse viva, a tampa do túmulo com o anjo decapitado se abria, roçando no concreto que compunha a sepultura. O mulato fez, instintivamente, o sinal da cruz e quase desmaiou.

Mas ao contrário do que imaginava, não foi um cadáver que saiu do jazigo, e sim um objeto delgado de madeira. Era do tamanho de uma jaca e se afinava em uma das extremidades.

Will teria certeza de que se tratava de uma espingarda não fosse por um motivo: um arco brilhante se acoplava bem perto daquilo que devia ser o cano. Assim que a estranha arma emergiu um pouco mais das profundezas, o mulato viu a mão que a segurava, com um dos dedos já no gatilho.

***

Todo o bando de Massa partiu contra Ulysses de uma só vez, exceto o próprio gordo, em estado de choque, e o homem de cabelos longos com o rifle de longo alcance. Vendo que a carnificina continuava, ele ergueu novamente sua arma e mirou na roda que era lacerada sem piedade pelo adolescente em fúria. Esperou mais um companheiro cair e colocou Ulysses e todo seu balé macabro na mira.

Antes de apertar o gatilho, porém, uma flecha lhe atravessou o crânio. Em seguida, várias outras atingiram os adversários do tiziu e, em segundos, não havia mais ninguém em pé ao redor dele.

A negra de *dreadlocks* empurrou Lia para o lado e correu. Alguns passos depois, contudo, também já estava com o rosto colado na terra e uma seta metálica saltando da bochecha direita.

Agora só havia restado Massa.

Apavorado, o gordo sacou o trinta e oito que guardava na cintura e, sem saber se acertava Ulysses ou procurava a fonte das misteriosas flechas assassinas, ficou um bom tempo apontando-o para lugar nenhum.

O suficiente para que uma faca militar e um bastão de celulose fossem arremessados no ar e lhe acertassem quase ao mesmo tempo. A primeira, esmigalhando seu esterno, o segundo, lhe rompendo as têmporas.

Ulysses andou até Massa, no mesmo instante em que um rapaz saía do túmulo do anjo decapitado com uma besta em mãos. Sob os olhares arregalados de Will e Lia, o sujeito esperou o tiziu retirar a faca do corpo de sua última vítima e, com a voz bem-humorada, falou:

– É, como diz o ditado, um dia do caçador... o outro também.

5 – O Carniceiro da Z.A.

Assim como seus amigos, Ulysses, enquanto normalizava a respiração, o encarava com estranheza. Sorridente, o rapaz repousou sua arma na laje do túmulo e começou a retirar as flechas presas nos cadáveres. Andou até o corpo do atirador de cabelos longos e revelou:

– Eu já tava atrás desses *hippies* há um bom tempo. Tinha quase certeza que eles não iam vir pra cá hoje. Ainda bem que tava errado.

Arrancou o projétil da testa do atirador e se aproximou de Massa. Se abaixou para tomar de volta a última de suas flechas e apalpou o braço gorduroso do traficante. Will franziu a testa ao ver o gesto e perguntou:

– Ué, eles não moravam aqui?

O rapaz se levantou e o mulato, enfim, reparou melhor nele. Aparentava ter pouco menos de trinta, seu rosto era alvo como a cal, barba feita, cabelos castanhos lustrosos e cortados assimetricamente. A calça e o colete eram de brim e, assim como as botas e camisa, estavam impecavelmente limpos. Até mesmo seus olhos conservavam uma pureza que Will jamais tinha visto. Nenhuma olheira ou amarelo indicando icterícia. Lia, por sua vez, tinha a impressão de que, caso não fosse o homem mais bonito que já vira, com certeza era o mais apresentável.

O sujeito reparou na face enrugada de Will por causa da dor, deixou as flechas ao lado de sua besta e se aproximou do mulato.

– Onde tá doendo?

Will apontou e, enquanto seu pulso era tateado, perguntou:

– Você é médico?

– Não, digamos que eu só... – com firmeza, o rapaz puxou a mão do mulato, fazendo-o gritar. Então a empurrou, recolocando o osso deslocado na posição certa – conheça um pouco anatomia humana.

Will sentiu-se imediatamente aliviado. Movimentou o pulso e repetiu:

– Eles não moravam aqui?

O rapaz andou de volta até o túmulo do anjo decapitado. Curvou-se para apanhar sua mochila dentro dele e respondeu:

– Não. Eles vinham aqui pra se divertir ou pra se encontrar com a Radius. Esse gordo sempre falava em família e tal, mas esses caras nunca tiveram isso. Eram só parceiros de vícios. Tão sozinhos quanto eu – guardou sua besta e flechas dentro da mochila.

– E quem é você?

– Eu? – o rapaz riu, deixando seus dentes perfeitamente alinhados à mostra. – Eu sou um caçador.

– Caçador?

– É, eu caço pessoas, sabe? Mas nem todas. Crianças, por exemplo, não caço. Porra, tenho que manter a dignidade, né? Nem aqueles Mongos. Eles são cheios de doenças. Não servem.

– Não servem pra?

O homem fechou o zíper de sua mochila e a colocou nas costas. Desconversou:

– Você quer ir pra Iraputã, não quer?

– Ué, como você...

– Eu posso ser muita coisa garoto, menos surdo. Você e o seu amigo tavam conversando com as bundas perto do meu rosto. Eu ouvi quando você falou que a Radius tinha levado seu irmão.

Algo passou pela cabeça de Will, mas, dessa vez, ele se conteve. Decidido a não cometer o mesmo erro de quando aceitara a ajuda de Massa – se não podia confiar em uma pessoa pela qual ele, minutos antes, tinha enorme consideração, quiçá um estranho – pegou sua sacola em cima do túmulo e respondeu, convicto:

– É, a gente vai pra Iraputã. E agora – falou à Lia e Ulysses. – Ah, e valeu pela ajuda.

Deu as costas ao rapaz e partiu com os amigos. O sujeito o esperou alcançar a próxima quadra para chamá-lo:

– Ei!

Will, Ulysses e Lia continuaram andando. O rapaz correu para se reaproximar do trio e revelou:

– Se continuarem pela Amarela, vão pegar vocês em menos de um quilômetro, sabiam?

Lia parou, obrigando seus amigos a fazerem o mesmo. Will a olhou e perguntou rispidamente:

– O que foi?

– E se ele tiver falando a verdade?

– O quê? Você tá maluca?

– Por quê?

– Você quase foi levada pelo puto do Massa e agora quer ficar com um cara que come gente?

– Como você sabe que...

– Ah, Lia, pelo amor de Deus! Eu tenho que te explicar tudo? – Will se virou e notou que Ulysses já caminhava de volta, em direção ao rapaz. Irritado, foi atrás do negro. – Como você sabe que a gente vai ser pego?

– Daqui pra frente, tem um monte de blitz da Radius na Amarela. É por isso que essa galera... – o rapaz apontou para os corpos caídos ao chão – se reunia aqui. Não podia ir mais longe.

Will franziu a testa, olhou Lia e, em seguida, Ulysses. O tiziu o ignorava observando uma borboleta coberta por fuligem, pousada no lugar da cabeça do anjo decapitado.

– Eu não posso levar vocês pra Iraputã, mas até o Marco Zero. E por um caminho seguro.

O mulato encarou os olhos negros e vítreos do homem.

– Como você vai fazer isso?

– Com aquela caminhonete ali – o rapaz apontou para um ponto além do muro do cemitério.

Will ficou na ponta dos pés e, ao ver o topo de uma pequena capota, riu.

– Como você deixa seu carro assim, sem ninguém tomando conta?

– É, não tem ninguém perto dele. Mas isso não quer dizer que ele tá sem proteção.

– Beleza, e você não vai querer nada em troca pra levar a gente?

– Eu não disse isso...

– O que você quer? – perguntou Lia.

O rapaz se virou e começou a puxar um dos cadáveres do bando de Massa pelas pernas.

– Duas coisas. Primeiro, que me ajudem a levar esses corpos até a caminhonete. Não precisa ser todos, metade já tá bom – posicionou o cadáver paralelamente a outro e bateu as mãos para limpá-las. – A segunda coisa eu conto pra vocês quando começarem a carregar.

Lia cutucou Ulysses, fazendo-o, enfim, tirar os olhos da borboleta. Junto dele e Will, se aproximou do bando morto. O rapaz passou pelo trio e, antes de ir até a sua caminhonete, para estacioná-la perto dali, falou:

– Ah, garoto, se ainda tiver desconfiado de mim... – se abaixou, pegou o trinta e oito de Massa ao lado da carcaça do gordo e deu a Will. – Toma. Usa quando achar que deve.

O mulato olhou a arma por alguns instantes. O rapaz aproveitou para se apresentar, estendendo a mão:

– Fabrício Mayer.

– Will.

Fabrício sorriu e finalizou:

– Bom, agora que a gente tem um acordo, vambora daqui.

***

Um gradiente arroxeado já substituíra o ciano e o branco no céu. Como sempre, a noite caía depressa na zona norte carioca, enquanto a quantidade de perigos seguia o caminho inverso.

Sentado em um dos seis cadáveres ensacados na caçamba da caminhonete de Fabrício, Will estava nauseado. Não pelas figuras sem vida perto de si, tampouco pelos sacolejos do veículo, trepidando sobre os dormentes do antigo metrô. Estava com o estômago vazio. Lia, bem ao seu lado, notou suas mãos trêmulas devido à queda de pressão e segurou uma delas. Perguntou:

– O que foi?

– Nada.

– Que nada. Qual foi a última vez que você comeu?

Will não se lembrava.

– Quer uma manga?

– Tava querendo deixar elas pra mais tarde.

Percebendo melancolia na voz do mulato, a morena opinou, enquanto olhava o par de trilhos surgindo embaixo da caçamba:

– Eu acho melhor você comer uma agora. Senão pode até desmaiar.

Will continuou inerte. Lia abriu a sacola às costas dele e pegou a mais madura das frutas. Will ainda encarou a manga por alguns segundos, antes de devorá-la. Pegou a garrafa d'água dada por Tia Azaleia e tomou um gole.

Lia o estudou por alguns instantes com seus olhos amendoados e cansados. Will acomodou melhor as costas na cabine do veículo e acenou com a cabeça, apontando para Ulysses. O negro encostava-se a uma das laterais da caçamba e encarava fixo um gato siamês, adormecido do lado oposto.

– Qual é a dele?

Lia também olhou o tiziu.

– O que tem ele?

– Tipo, primeiro, quase matou o Richard lá na Grota. Depois, passou o rodo no cemitério. Por que ele faz isso?

A morena colou o corpo com o de Will e coçou a garganta para fazer mistério. Sussurrou no ouvido do mulato:

– Ele apanhava muito quando era menor. Acabou ficando assim.

Will a encarou com a testa franzida.

– Sério?

Lia sacudiu a cabeça com a expressão fechada. Porém, gradativamente, seu semblante foi relaxando, até que em um momento ela gargalhou. Conteve-se e revelou baixinho:

– Eu não sei, Will. O Ulysses se mudou lá pra Grota com o pai não faz nem um ano. Já defendi ele de um monte de gozação e, por isso, a gente acabou virando amigo. Mas como ele não é muito de falar da vida dele e eu nunca fiz questão de perguntar...

– Você não tem medo dele? Eu já achava ele estranho antes dele vir com a gente. Agora então...

Lia sacudiu a cabeça negativamente.

– Não tenho, não. Acho que essa vontade dele é só... diferente. Ele não é mau, tipo... Bem, ele salvou a gente lá no cemitério por causa disso, né? Aliás, eu já agradeci a ele, você não.

Will aquiesceu e se calou, antes de voltar a encarar o negro, que continuava fitando com os olhos gélidos o bichano cinza.

***

Tudo começara oito anos atrás.

Os moradores da Zona dos Apês se orgulhavam de habitar o único bairro do Rio de Janeiro totalmente livre do controle de facções criminosas e, consequentemente, o menos subordinado à Radius.

Um mérito que era somente deles. Pessoas que, por sua valentia, mobilização e inteligência, transformaram a Z.A., como o conjunto de prédios residenciais era conhecido, em um local muito mais protegido que a maioria das aglomerações urbanas cariocas.

Uma área de trinta mil metros quadrados dotada de um sistema de segurança eficiente – estupendo, se levando em conta que fora implantado por indivíduos sem experiência militar – que incluía torres, alarmes e cercas que seguiam com tanta precisão a configuração dos Postos de Vigilância da Radius, que muitos consideravam o bairro uma Iraputã em miniatura. Como se todo o aparato não fosse suficiente para amedrontar quem planejasse uma invasão, havia ainda os crânios fixados em estacas perto da dupla de salgueiros no portal de entrada.

Ainda assim, a segurança da Z.A. possuía falhas, bem como inimigos que tentavam se aproveitar delas. Alguns, apenas para colocar à prova sua fama. Outros, com objetivos mais vis.

Em uma madrugada de outono, aproveitando o portão principal deixado aberto por um vigia, que recebera um maço de cigarros pelo "descuido", um grupo de dezoito criminosos dos Barões da Morte, a maior facção criminosa do Rio de Janeiro, entrou no conjunto. Aproveitaram a penumbra e o descanso da maioria dos homens para invadir bloco por bloco, saquear e matar.

Um dos últimos apartamentos visitados por eles foi o de número 601, bloco 8. Derrubaram a porta e encontraram uma mulata chamada Lurdes Santos apreensiva no sofá da sala. Perto dela, seu filho, Ulysses. Róbson, o chefe da família, vigiava a área sul do bairro e já trocava tiros com os invasores.

Os homens se espalharam pelo apartamento com AKs, galões e tochas nas mãos, indiferentes à súplica de Lurdes para que deixassem sua casa sem levar o pouco que ela e sua família tinham. Após revirarem roupas e barris, pegaram apenas algumas sementes. Porém, antes do último sair, a chama de sua tocha iluminou algo no dedo de Lurdes, uma aliança dourada, de brilho intenso.

O sujeito, de bigode grosso e cicatriz em forma de cruz no ombro, se reaproximou da mulata e tentou tirar a todo custo o objeto de seu anelar. Em revide, Lurdes gritou e se defendeu com pontapés e empurrões.

Apesar de aquele anel ser herança de família, a mulata não se esforçava para que não fosse levado. Ao contrário, tentava apenas facilitar o roubo, pois o que mais lhe importava era seu bem-estar e o de seu filho.

No entanto, quanto mais o homem puxava e ela esticava o corpo, mais a aliança teimava em permanecer em seu dedo. Em certo momento, o sujeito tentou com mais força e o destroncou.

Lurdes berrou ainda mais alto. O bigodudo se impacientou de vez e a empurrou no centro da sala, fazendo-a cair diante de Ulysses. Pegou um galão de álcool com um dos companheiros que aguardavam na porta e caminhou até a mulata. Se queria tanto aquele anel, que morresse com ele.

Derramou o líquido sobre Lurdes, que se desesperou ainda mais. Antes de arremessar a tocha em sua direção, no entanto, sentiu alguém lhe socando a perna: Ulysses.

O menino foi prontamente chutado para longe, mas não se deu por vencido. Correu até a cozinha para apanhar, sobre uma prateleira, uma faca do tamanho de seu antebraço. Quando retornou à sala, porém, sua mãe já se contorcia no chão, envolvida pelo fogo.

Aproveitou seu inimigo de costas, tomou impulso e saltou sobre seus ombros. O sujeito sacolejou o corpo para derrubá-lo. Em vão. A visão de sua mãe em brasa dava a Ulysses energia suficiente para ele seguir seu plano.

Ele reuniu forças e cravou a faca na nuca do inimigo. Largou então a arma, correu até à mãe e puxou o carpete da sala com as mãos apoucadas para abafar as chamas, mas o tecido era pesado e só o que conseguiu foi movimentá-lo de forma desengonçada.

De repente, os giros alucinados de Lurdes pararam e ela não se moveu mais. Lágrimas desabaram sobre a face de Ulysses e, minutos depois, quando Róbson Santos retornou, só o que viu foi o filho abraçado a um corpo carbonizado.

Meses se passaram.

Primeiro foi um gato. Depois dois, três, nove. Até que um dia o vigilante não suportou mais. Não ter que lavar toda semana tripas de bichanos espalhadas na sua varanda e sim o sorriso que Ulysses fazia ao causar aquela sujeira, geralmente com sua *beretta*.

Não aguentava mais repreender o filho quando ele fazia aquilo, vê-lo chorar de arrependimento e, dias depois, repetir os atos sórdidos. Não suportava tamanho ódio no coração de sua única cria.

Quando Ulysses fez nove anos, Róbson, mesmo confuso e decepcionado, só Deus sabia o quanto, teve a certeza de que precisava agir energicamente e que não podia esperar. Durante muito tempo, e de várias formas, tentou eliminar os impulsos assassinos do filho. Além dos castigos e broncas corriqueiros, o incentivou a conseguir amizades e tentou mantê-lo a maior parte do tempo sob sua vigília, ocupado com atividades lúdicas.

Mas o número de gatos mortos só aumentou e logo pais apareceram reclamando de maus tratos sofrido por seus filhos. Era verdade que Ulysses nunca começava as brigas, mas o argumento daquelas pessoas era de que ele não precisava quebrar ossos nem furar peles com arame farpado para se defender de ofensas como "mudo retardado" ou "bambu preto do Diabo".

Róbson se desesperou e, em uma tarde nublada, convocou o padre Miguel, da capela da Z.A., para uma sessão de exorcismo. O ritual não teve resultado algum, a não ser um hematoma na testa de Miguel causado por uma cabeçada de Ulysses. Róbson não desistiu e, ao final daquele mesmo dia, deu sua cartada final: acorrentou o filho a um cofre de chumbo e o deixou assim por três dias, até que Ulysses, então com doze anos, não tivesse forças para chorar.

O vigilante logo se arrependeu duramente daquilo. Resignou-se e, enfim, desistiu de curar Ulysses. Tinha a certeza de que, o que fora libertado dentro dele no dia em que Lurdes morrera, transformando-o em algo silencioso e imoral, jamais voltaria para a prisão.

Um dia, convidou o filho para uma volta no pomar da Zona dos Apês, um dos mais vistosos e cobiçados da cidade. Sob a gostosa sombra de uma amendoeira, lhe disse que não tentaria mais mudá-lo e que precisava lhe pedir algo. Que, dali em diante, antes de machucar algo, ou *alguém*, Ulysses se perguntasse se o que estivesse prestes a fazer era correto. Apenas isso.

Falou que ele estaria ciente quando não seria, pois havia bondade dentro dele, assim como virtudes que ele próprio lhe ensinara. Os caminhos para uma vida digna e feliz. Principalmente, a distinção entre o Bem e o Mal.

Afirmou, com lágrimas nos olhos que, por mais falhas que tivera como pai, lhe ensinara tudo o que valia a pena sobre justiça. E que esse senso, o mais importante, segundo Róbson, faria Ulysses recuar antes de causar qualquer dor.

E também ir em frente.

Nesse caso, disse o vigilante, se Ulysses tivesse a certeza de que o que estivesse diante dele merecesse, sim, sofrer, que se aquele fosse seu julgamento, deixasse fluir e não se preocupasse com nada. Por fim, aconselhou o filho a evitar problemas. E ao lhe procurar se alguma dúvida sobre suas decisões ou natureza lhe ocorresse, pois ele sempre estaria disposto a ouvi-lo.

A partir desse dia, os assassinatos de gatos pararam, não houve mais casos de crianças feridas e o assunto nunca mais foi conversado entre o negro e seu pai.

A bonança, no entanto, durou pouco.

Primeiro, foi um homem. Curiosamente, um dos Barões da Morte. Ulysses capinava perto do pomar da área sul quando ouviu uma conversa entre o sujeito, bem parecido com o assassino de sua mãe, e o zelador Vidal. O homem fazia outra proposta de facilitação para os Barões invadirem a Z.A. e Vidal parecia inclinado a aceitá-la. Como o tiziu simpatizava com o zelador, resolveu acertar contas apenas com o homem dos Barões, ao vê-lo saindo do bairro.

O duelo não foi justo nem injusto. Apenas rápido, como o julgamento de Ulysses. O homem viu a aproximação do negro, mas antes que pudesse se defender foi golpeado por uma enxada afiada. Momentos depois, um cabo de madeira com uma cabeça no topo cravava-se na terra fofa, entre as estacas com os crânios no portal de entrada da Z.A.

Era o início de uma carreira promissora. Em pouco mais de três anos, foram dois ladrões, quatro homens dos Barões e nada menos que cinco Mongos assassinados. Por causa de seus feitos, Ulysses ganhou fama, o apelido de Carniceiro da Z.A., muitos amigos e inimigos. No seu bairro, começou a ser visto como um justiceiro, protetor, "moleque do bem", e alguns adolescentes até ficaram com inveja dele. Até de Róbson ganhou recompensas, sendo a mais importante uma faca militar Predadora S&W Platinum.

Entretanto, o negro ignorou o pedido de seu pai. Não o de julgar antes de satisfazer seus desejos homicidas, mas sim o de evitar problemas.

Era certo que já o fizera em outras ocasiões, como no incidente com o negociador dos Barões, mas, naquele fatídico 12 de abril de 2188, ele realmente se meteu em uma encrenca.

Subia as escadas do bloco 8 quando ouviu vozes infantis – era impressionante como a maldade o perseguia – soando no depósito de lixo do terceiro andar. Misturavam-se a uma adulta que dizia coisas sujas.

A visão de Gilberto Fross nu diante de várias crianças na mesma situação, envoltas na penumbra e mau cheiro, foi o suficiente para o negro derrubar o rapaz no chão e lhe espancar até seu coração parar de bater.

Segundo as rígidas normas da Zona dos Apês, o ato de Ulysses seria digno de aplausos não fosse por um fato: Gilberto era filho de Vicente Fross, membro mais influente do conselho de segurança do bairro.

Devido à falta de provas – nenhuma das crianças abusadas era da Z.A. –, Vicente questionou Róbson, em uma reunião extraordinária na qual todo o conselho estava presente, se seu filho tivesse parado de selecionar vítimas e se transformado de vez em uma besta desenfreada. Com o coração apertado pela perda de seu primogênito, prometeu retaliação.

Dias depois, seguindo orientações de amigos, Róbson deixou a Zona dos Apês com Ulysses e chegou em Grota IV. Não tardou a achar o bairro um bom lugar para se morar, embora soubesse que as chances de seu filho de ter problemas com a Primeira Tropa eram enormes.

No entanto, por quase um ano, tudo correra bem. Pelo menos, até aquela tarde.

***

Em um cubículo perto da Quadra dos Novos, um vigilante rezava pelo filho, ajoelhado sob um altar repleto de terços e com uma imagem de Nossa Senhora da Aparecida iluminada por microlâmpadas azuis.

Desejava que ele não retornasse tão cedo, ao menos não antes de Dinho esquecer o que ele fizera a Richard Brassan. Que lá fora ele ficasse, pelo tempo que fosse necessário, julgando e punindo o mundo a sua maneira. Ao menos estaria livre das punições, geralmente sanguinolentas, da Primeira Tropa.

Só quis que, em algum momento, aquele tiziu lhe mandasse recado sobre seu paradeiro. Porque, por mais monstruoso que pudesse ser, era seu garoto, seu orgulho, sua vida. A coisa que ele mais amava naquele mundo esquecido por Deus.

6 - Políticos

Quando a caminhonete de Fabrício Mayer entrou em um túnel do antigo metrô, Will e Lia pararam de encarar Ulysses. A cor do tiziu se tornara tão semelhante à do ambiente que ficou quase impossível distingui-lo.

No entanto, a luz do crepúsculo ainda penetrava por alguns cortes no teto, formando retângulos iluminados na parede. Will olhou para o lado e viu, em detalhes, um curioso desenho grafitado.

Um céu vermelho compunha a maior parte do cenário e, à frente dele, havia um monte, onde uma estátua sem cabeça e de braços abertos repousava no topo. Ao lado do morro, três torres em chamas se misturavam às silhuetas de dezenas de construções arruinadas.

No primeiro plano, havia um esqueleto musculoso trajando roupas militares. Sorria enquanto esmagava com o coturno o pescoço de uma harpia personificada. A ave estava tingida de vermelho, com os olhos arregalados e um palmo de língua para fora. Não obstante, seu tenebroso atacante apontava uma bazuca para a sua cabeça, a poucos centímetros dela.

Embaixo de toda cena, escrito em letras estilizadas, cheias de curvas e efeitos de sombreamento:

A REVOLUÇÃO ESTÁ PRÓXIMA! VIVA OS LIBERTOS!

Lia leu a frase e opinou:

– Quem dera, né?

– É.

– Engraçado, esses dias ouvi uns boatos por aí.

– Sobre o quê?

– Os Libertos. Falaram que eles tavam planejando algo grande.

Will deu de ombros.

– É, pode ser. Eles são malucos mesmo. Mas acho que eles podem fazer algo *bem* grande que nada vai mudar. Eles nunca vão acabar com a Radius.

A frase de Will pairou no ar e a caminhonete saiu do túnel. Seguiu por mais alguns quilômetros pelos bairros de Benfica e Rocha, antes de se afastar da linha férrea. Atravessou um areal e alcançou o pé de um morro.

Fabrício acelerou para subi-lo por uma estrada e desejou que o velho regulador de seu automóvel aguentasse o tranco, fornecendo a quantidade correta de energia para o motor elétrico. Encarou apreensivo o voltímetro no painel e, após algumas dezenas de metros, avistou uma porteira.

Tirou um dispositivo cinza do colete, semelhante a um besouro, e diminuiu a velocidade. Pôs a mão para fora da janela e apertou o único botão da peça, fazendo uma luz verde acender perto de uma das tábuas.

A porteira se abriu e Fabrício voltou a pisar fundo. A caminhonete entrou em um pequeno bosque e os faróis do veículo passaram a auxiliar a Lua na tarefa de iluminar os troncos secos e sombrios que se revelaram.

Pouco depois, uma clareira aninhando uma cabana surgiu. O rapaz estacionou no quintal, próximo a alguns carrinhos de mão enfileirados, equipamentos de musculação e uma prancha de surfe. Desligou o automóvel e andou até a caçamba.

– Vamo descer que a viagem acabou.

Will, Lia e Ulysses obedeceram e o seguiram. Quando Fabrício se aproximou da soleira da cabana, um painel ao lado da porta acendeu. O rapaz encostou o dedão em uma superfície espelhada e uma leitura biométrica foi feita. A porta da casa se abriu e suas luzes ligaram.

– Bem-vindos ao Morro dos Macacos. E ao meu humilde lar – disse Fabrício, assim que suas visitas passaram pela entrada.

Na verdade, "humilde" era uma palavra que não podia adjetivar aquela moradia e Will, Lia e Ulysses logo souberam disso. O lugar refletia bem o asseio de seu dono e, apesar de possuir um só ambiente, era enorme se comparado a qualquer barraco de Grota IV. Também abrigava ornamentos que o trio poucas vezes tinha visto, como ventiladores de teto e plantas artificiais.

Perto de uma mesa cheia de parafernálias tecnológicas, único canto bagunçado da casa, havia uma robusta estante de livros. Ulysses correu até ela, leu os títulos que estavam na altura de seus olhos e se encantou. Eram obras e mais obras de poetas famosos, como Augusto dos Anjos, Cecília Meireles e Vinicius de Moraes.

Porém, a que mais chamou a atenção do tiziu foi uma intitulada "Sangue e Dor", de Vladimir Saad. Aquele era o autor preferido do negro, principalmente pelos seus sonetos sobre a natureza destrutiva do ser humano, e, tal livro, seu maior objeto de desejo.

Ulysses o pegou e logo ouviu um "ei!" de Fabrício. O rapaz se aproximou e lhe tomou a obra.

– Deixa eu ver qual é esse.

Olhou a capa e prometeu:

– A gente faz o seguinte: é só você e seus amigos... – apontou para Will e Lia, que ainda se fascinavam distraídos com o interior da cabana – fazerem aquilo que eu pedi lá no cemitério e esse livro é seu, combinado?

Ulysses sacudiu a cabeça.

– Beleza, agora vamo tirar aqueles sacos da caminhonete.

***

Will pôs um cadáver em um dos carrinhos de mão enfileirados no quintal e seguiu empurrando-o, bem atrás de Fabrício. A dupla contornou a casa e alcançou um pequeno depósito. O lugar cheirava a mofo, não possuía conexão interna com a cabana e, diferente desta, era amedrontador. Fabrício despejou o corpo que carregava em uma caixa embutida no piso de madeira. Will perguntou:

– O que é isso?

– Isso o quê? – respondeu Fabrício, enquanto pulava dentro do recipiente para arrumar o saco preto.

– Isso – Will apontou para a caixa, por onde subia um vapor gelado.

– Ué, um freezer. Nunca viu um?

– Não funcionando.

– Onde vocês moram?

– Em Grota IV.

Fabrício riu.

– Ah, então tá explicado. Nas Grotas, os geradores são usados só pra iluminar as vias e pra serviços de utilidade pública. A capacidade deles só dá pra isso. São bairros grandes...

– É.

– Acontece que eu tenho um gerador só meu, lá nos fundos. Tudo bem que é menos potente, por ser fotovoltaico e não à gasolina como os das Grotas – o rapaz subiu de volta ao nível do piso e andou até um varal imerso na penumbra. – Mas dá pra manter a casa toda ligada.

Will pensou em várias perguntas, sendo uma delas o que significava fotovoltaico, mas deixou para lá. Quando despejou sua carga no freezer e, como Fabrício fizera, pulou dentro dele para acomodá-la corretamente, viu algo que, de fato, precisava ser explicado: aos pés do saco preto recém-disposto por Fabrício no fundo do refrigerador, havia peças de lombo e alcatra.

Após limpar as mãos em uma toalha, Fabrício retornou e viu Will paralisado. Brincou:

– O que tá olhando, garoto? Quer roubar minha carne?

– Não, é que eu pensei que...

– Pensou que...

– Nada, deixa pra lá.

– Achou que eu comia pessoas?

– É – Will deu uma risada curta.

– Mas você tá certo.

A mente de Will embaralhou. O mulato apontou para as carnes.

– Mas essas...

– São carnes de animais, não de gente. Não posso variar meu cardápio de vez em quando?

– Então quer dizer que...

– Quer dizer que eu faço isso por opção, Will, não porque preciso. Aprendi a ter esse gosto com os meus pais, quando ainda era pequeno. A gente era muito pobre, se virava com o que tinha. Naquela época sim, a gente fazia isso por sobrevivência. Só quando eu entrei pra Radius nossa vida melhorou. Mas esse é um hábito difícil de ir embora e...

– Você era da Radius?

Fabrício consentiu e, antes que Will lhe indagasse algo mais, impediu o mulato com um gesto rápido de mãos.

– Não, não. Não pergunta mais nada. Quando a gente terminar com as armadilhas, eu conto pra vocês minha "longa" história de vida. Agora vamo ajudar seus amigos com os corpos. Acho que eles tão enrolados – pediu o rapaz, enquanto estendia o braço para Will subir.

– Por que você precisa da nossa ajuda com as armadilhas? Você parece ser bem safo.

Fabrício respondeu enquanto retornava ao quintal:

– É simples, eu calculei mal. Logo depois que eu matei aqueles *hippies*, percebi que a distância entre o cemitério e aqui era menor do que o necessário pra não deixar rastros. Mesmo se eu trouxesse todos os corpos pra cá, ainda teria o cheiro do sangue. Mas, como já tinha feito o serviço, não ia desperdiçar a caça. Então resolvi arriscar e trazer ela assim mesmo. Sabia que sozinho não ia conseguir preparar o terreno a tempo, mas com vocês sim. Agora a gente precisa ter pressa, deixar tudo pronto antes que eles cheguem. Porque eles vão vir. E furiosos.

Will perguntou já em frente à Lia e Ulysses, frustrados pelo fato das rodas de seus carrinhos de mão estarem empenadas:

– Eles quem?

Fabrício parou no meio do trio e fitou os olhos de cada um, antes de responder com um sorrisinho:

– Vocês não fazem ideia?

***

Extraordinariamente naquela noite, algo perturbava a paz no Cemitério de Inhaúma. Presenças tão assustadoras que, por pouco, não faziam os esqueletos lá enterrados remexerem em seus caixões.

Quatro pares de olhos rubros cortavam o breu que já cobria o campo-santo, acompanhados por feixes de lanternas que formavam caminhos de partículas de poeira suspensas no ar.

USBM SC2, quimeras desenvolvidas a partir da segunda metade do século XXI nos mais importantes centros de pesquisas genéticas. Uma ousada mistura entre bull terrier, puma e espécies de peixes carnívoros, temperada com altas doses de esteróides anabolizantes e adrenalina.

Tais animais, além de velocidade e resistência estupendas, força de mordedura superior a uma tonelada e couraça tão resistente quanto à de um rinoceronte, possuíam esqueletos metálicos, bem como chips e sensores espalhados pelo sistema nervoso que aguçavam seus sentidos.

Indicadas em missões de reconhecimento, ataque direto e, sobretudo, busca e captura, eram nada menos do que as "armas vivas" mais eficientes e temidas em atividade no Rio de Janeiro.

Ferozes, brutas e "do demo" eram alguns dos adjetivos que os cariocas davam às Unidades de Suporte Biomecânicas SC2 ou, como eles preferiam as chamar, os "Lobos", embora tais criaturas se assemelhassem mais a panteras com o dobro do tamanho de uma comum.

Devido exatamente ao seu porte e força, os soldados que as guiavam remotamente com luvas eletrônicas através do cemitério se viram obrigados a fechar o punho repetidas vezes, gesto que fazia com que os Lobos diminuíssem a velocidade, para que os animais não partissem em disparada, logo que eles farejaram algo em uma quadra próxima.

Quando o grupo de cinco homens, que fazia sua habitual ronda noturna pela zona norte, chegaram onde o grupo de

Massa jazia, um deles tocou a palma da mão com o indicador, colocando os quatro Lobos sob seu domínio e de seus companheiros em modo de rastreamento avançado.

Afinal, era bastante curiosa a forma como aqueles sujeitos tinham sido mortos. Além disso, as marcas de sangue na terra desaparecendo onde rastros de pneus surgiam eram indícios de um crime comum por aquelas bandas e um dos mais condenados pela constituição de certa entidade.

Sem dúvida, uma chacina que precisava ser investigada. E era dever daqueles homens de preto concluí-la sem demora, a fim de punir possíveis transgressores das regras de sua louvada mãe Radius.

***

Will plantou a última das minas terrestres no limite entre a clareira onde a cabana de Fabrício ficava e o início da senda que ligava a casa ao pé do Morro dos Macacos. Se levantou e raspou os dedos na testa para tirar o suor.

– Por que você não fez isso antes?

– Por que eu iria usar tudo que tenho contra saqueadores e cachorros? – respondeu Fabrício, enquanto testava o interruptor portátil que acionaria parte das armadilhas colocadas por ele e seus ajudantes no terreno à frente de sua cabana. – É uma pena eu não ter mais C4, iriam facilitar o trabalho...

– É, parece que é isso – Lia opinou, com as mãos e pernas sujas de terra.

Fabrício se animou ao ver uma luz verde acender perto da microalavanca em suas mãos e fez coro:

– É, terminamos.

Extenuado, Ulysses era o que mais havia contribuído com a colocação das armadilhas. À procura de água, retornou à casa de Fabrício, pois tinha certeza de que vira um cantil sobre a mesa com equipamentos eletrônicos. Aproximou-se a passos lentos e pegou o recipiente ao lado da besta do rapaz.

Enquanto tomava um gole, encarou admirado a arma. Repousou o cantil e começou a tateá-la devagar, desde a coronha envernizada, passando pela mira telescópica até o arco cromado. Quando encostaria o dedo do gatilho, ouviu uma voz e se assustou.

– Isso aí você não pode levar, *brother* – brincou Fabrício, enquanto colocava o interruptor de suas armadilhas em cima da mesa. Aproximou o rosto do tiziu – Gostou dela?

Ulysses sacudiu a cabeça.

– É, parece que a gente tem muita coisa em comum, né Ulysses? Não pensa que eu esqueci o que você fez no cemitério. Você também é um caçador. Não igual a mim, mas é.

Dessa vez, o tiziu permaneceu imóvel.

– Você sabe que fui eu que construí ela? É, com a madeira daqueles troncos lá de fora. Também faço munição com eles e outras coisas. Até mesmo essa casa leva aqueles jacarandás mortos. Sabe que eles tão lá há décadas, desde o inverno nuclear? São resistentes pacas.

Will e Lia se aproximaram da dupla. O mulato perguntou:

– Como você consegue essas coisas?

– Que coisas?

– Aquelas minas, por exemplo...

– Bom, digamos que eu ainda tenho uns contatos na Radius. Pessoas que não me abandonaram.

Lia indagou:

– Por que você saiu de lá?

– Eu não saí, eu fugi.

A morena ficou quieta, desejando explicação. Fabrício esfregou o lado esquerdo do peito e esclareceu:

– Bom, esse "gosto" que eu tenho é proibido por lá, sabe? Eu até consegui esconder ele por algum tempo, mas... sacomé. A mentira tem perna curta e tem sempre alguém querendo deixar ela ainda mais curta. Se eu não tivesse fugido, já tava morto.

Will abriu os braços.

– E tudo isso?

Orgulhoso, Fabrício correu os olhos pela sua casa.

– Digamos que eu seja um bom garimpeiro. Um garimpeiro que tenta manter uma tradição familiar.

– Que tradição?

– Eu, Will, sou descendente de políticos.

O trio ao seu redor se entreolhou. Fabrício ficou confuso.

– Vocês não sabem o que são políticos?

– Não.

O rapaz ouviu a resposta de Lia e soltou um muxoxo.

– Parece que alguém não ouve muito as crônicas do Dilios. Bom, senta aí... – apontou para algumas poltronas.

Will, Lia e Ulysses se acomodaram e Fabrício desabou sobre uma cadeira de balanço. Puxou um zíper no forro e, de dentro dele, pegou uma folha de jornal amarelada. Deu ao mulato. Se tratava da capa de um exemplar do ano de 2029, cuja manchete principal era:

DEPUTADO OMITIU MANSÕES EM
DECLARAÇÃO DE RENDA

Will reparou que, embaixo da frase, havia uma foto grande do tal deputado, esbravejando em um suntuoso salão e diante de dezenas de senhores engravatados. No canto, imagens menores, das mansões em questão. Eram algumas das construções mais bonitas e originais que Will já vira em documentos do passado. Fabrício explicou:

– Esse homem era um político. Antes dos mísseis caírem, os políticos mandavam nessa cidade. Não eram muito diferentes da Radius. Eram tão autoritários, mentirosos e corruptos quanto ela. A diferença era que o próprio povo colocava eles no poder.

– O povo? Mas por quê?

– Porque era assim que funcionava a democracia.

Ao ouvir essa palavra, Will franziu o cenho. Fabrício notou e, dessa vez, enrubesceu por causa da ignorância do mulato.

– Ah, enfim, não vou te explicar o que é democracia. Resumindo, o povo elegia os políticos para que eles governassem.

– E depois os caras deitavam e rolavam?

– Isso.

– E ninguém fazia nada?

– Basicamente não.

– E por quê? Era morto?

– Não. É que, bem... Essa é uma boa pergunta.

Will olhou novamente a foto do deputado.

– Porra, se os Libertos já existissem naquela época, esses caras tavam ferrados. Muito mesmo.

Fabrício concordou e prosseguiu:

– Enfim, tá vendo onde esses caras moravam?

– Se tô.

– Pois é. Pouco antes de morrerem, meus pais me mostraram esse jornal e disseram que um antepassado nosso era um deles, um deputado. Fiquei com tanta inveja que não quis outra coisa.

– Viver igual a eles, cheio de pompa.

– Isso. Seguir a tradição, como disse – Fabrício riu. – Sabe, Will, a maioria das pessoas dessa cidade só se preocupa em sobreviver. Eu não. Sempre tentei ir além, fazer isso com conforto. E em paz, com meus vícios, sem ninguém pra encher o saco. Esses caras eram martelados na época em que viveram, mas, convenhamos, sabiam viver.

– É, apesar de serem uns belos filhos da puta.

– Eu achei que encontraria o que procurava na Radius. Encontrei conforto, não paz. Eles são muito cheios de merda, de norma. Agora, esses caras, não. Eram livres, faziam o que queriam e quando queriam. E eu gosto disso, de curtir os pequenos prazeres da vida. Isso tem um nome, é... como é mesmo?

– Hedonismo – respondeu Lia.

Fabrício olhou a morena impressionado.

– É, tá vendo? A gente não é tão ignorante quanto você pensa – a adolescente se levantou da poltrona e pôs as mãos na cintura. – Na verdade, o ignorante é você. Pra mim, gostar desses "políticos" é a mesma coisa que gostar da Radius. Agora é o seguinte, o papo tá bom, mas a gente precisa ir andando. Você deu carona pra gente até aqui e a gente te ajudou em troca.

Apitos começaram a soar em intervalos curtos de um alto-falante próximo à estante de livros. O quarteto tremeu de susto e Fabrício opinou, sacudindo a cabeça negativamente:

– Acho que vocês *não* vão querer sair agora.

7 - Armadilha para Lobos

A voz chorosa de uma moça foi ouvida:

– Oi? Tem alguém aí?

Fabrício se intrigou ao saber quem disparara seu alarme aos pés do Morro dos Macacos e se aproximou do alto-falante.

– Quem tá falando?

– Por favor, me ajuda! Tem uns caras atrás de mim!

– Quem é você?

– São mercenários!

– Olha querida, eu até gostaria de ajudar, mas é que...

– Por favor!

Will, Ulysses e Lia escutavam atônitos aquele desespero. A morena não aguentou:

– O que você tá fazendo? Não vai ajudar ela?

Fabrício cobriu com a mão o microfone pelo qual falava.

– Não dá pra ir lá embaixo agora, é perigoso.

– Mas a gente não pode deixar ela lá!

– Pode sim, a gente nem conhece ela.

– A gente tem que ajudar!

– Garota, não tem discussão. Azar o dela. Eu não vou lá embaixo.

Outro grito foi ouvido:

– Por favor, eles tão chegando!

Lia trincou os dentes e semicerrou os olhos de uma forma que quase assustou Fabrício. Deu as costas ao rapaz que, ao vê-la pegando o interruptor das armadilhas em cima da mesa de bugigangas, perguntou:

– O que você tá fazendo?

A morena moveu a alavanca para baixo, fazendo a microlâmpada do dispositivo avermelhar, e respondeu enquanto corria até a porta:

– Você não vai, mas eu vou.

– Ei...

A voz de Fabrício se perdeu. O rapaz olhou Will e Ulysses.

– Essa garota não é mole, hein?

Os adolescentes sacudiram a cabeça. O mulato complementou:

– Você não faz ideia.

***

Lia desceu o morro e precisou, por causa do negrume, se aproximar da porteira para reparar com nitidez na mulher que pedia auxílio. Era só um pouco mais alta e clara que ela, aproximadamente vinte e cinco anos, cabelos negros, lisos e desgrenhados. Cobrindo seus ombros, um manto verde oliva, rasgado como sua calça corsário e blusa. Como a adolescente previra, estava trêmula e com o rosto corado por causa do choro.

– Brigada, brigada... – sussurrou a mulher, enquanto olhava seguidas vezes para trás.

Lia ergueu o bastonete de metal fincado na terra que mantinha a porteira fechada. Respondeu:

– De nada.

– Aqueles caras, desgraçados, tavam comigo... Mas eu consegui fugir. Consegui...

A adolescente repousou a mão nas costas da moça para acalmá-la.

– Tudo bem. Vamo subir. E pisando com cuidado.

***

Fabrício aguardava na soleira junto de Will e Ulysses e, assim que Lia e a nova visitante se aproximaram, puxou a última pelo braço e contornou a cabana em sua companhia. A adolescente protestou:

– Ei! O que você tá fa...

– Cala a boca, garota! – o rapaz encarou Lia. Depois, a mulher. – Qual seu nome?

– Mi... Michele.

– Michele, esses caras que você falou... Eles sabem que você tá aqui?

– Não, eu fugi. Eles...

Antes que Michele terminasse, todos chegaram ao depósito e Fabrício a empurrou na penumbra. Jogou seu manto no chão e começou a desabotoar sua blusa. Lia interveio mais uma vez:

– Você tá maluco? Para com...

– Já falei pra ficar quieta!

Fabrício voltou a se focar em Michele e arregaçou a gola da moça, deixando seu sutiã e colo à mostra. Estudou com cuidado aquela parte do corpo da mulher.

– Seu monstro! O que você quer...

Fabrício se virou para Lia e levantou a camisa. A adolescente notou, do lado esquerdo do tórax bem delineado do rapaz, algo que a fez desistir de terminar a frase. Era a silhueta, em alto-relevo, do busto estilizado de uma harpia, gerada por um marcador em brasa.

– Você por acaso sabe, dona Lia, que os radianos não tem esse símbolo só nos uniformes?

A morena olhou por alguns segundos a figura e, em seguida, o colo de Michele.

– Não, não sabia. Mas ela não tem uma marca dessa.

– É, mas mesmo assim... – Fabrício andou até o varal, pegou uma corda de um gancho na parede e retornou, enquanto Michele pegava de volta seu manto – não confio nela – e passou a corda ao redor do tronco e das pernas atléticas da moça.

– Por favor, não faz isso. Confia em...

– Cala a boca.

– Cara, você acha que precisa disso mesmo? – foi a vez de Will se manifestar.

Fabrício o ignorou e, quando começaria a revistar Michele, ouviu mais apitos soarem. Apreensivo, balançou a cabeça para se concentrar e pôs a moça no colo. Sem zelo, a arremessou dentro do freezer. Lia alertou:

– Ô, cuidado aí com ela...

O rapaz inspirou e falou em um tom de voz ameno:

– Crianças, me escutem. Ela não vai sair daí, não tem jeito. E já que gostaram tanto dessa mulher... – andou até a saída – podem ficar com ela.

Will, Lia e Ulysses correram, mas não conseguiram impedir que o rapaz fechasse a porta corrediça do depósito e a trancasse.

– Desculpa aí! Mas daqui pra frente é comigo. Pra sua própria segurança – gritou Fabrício do lado de fora. – E minha também... – sibilou, dessa vez, sorrindo entusiasmado.

A brincadeira estava perto de começar.

***

Instantes depois, homens e dorsos negros contornavam sorrateiramente a porteira do rapaz, iluminados pela Lua cheia que ornamentava a noite abafada. Concentrados, os soldados banhavam seu caminho com a luz de fuzis AM-29 semiautomáticos.

Segundo o comportamento dos Lobos, os corpos levados do Cemitério de Inhaúma estavam perto e, por isso, os homens precisavam estar bem atentos naquele momento, assim como suas bestas.

O problema é que uma armadilha para ursos é sempre difícil de ser detectada, sobretudo em um ambiente silvestre e escuro. Também não possui calor nem cargas explosivas, ou seja, nenhum equipamento que o grupo tinha em mãos podia evitar o pior.

E o pior foi bastante doloroso. O objeto, camuflado sob folhas secas, fechou seus dentes na perna do soldado que seguia na frente, cujo colete, além do busto de uma harpia vermelha, possuía o número "1220" nas costas. Ele deu um urro, desabou e espremeu a vista para ler algo gravado na mandíbula enferrujada:

BEM-VINDO

O homem que seguia atrás, 4258, correu para ajudá-lo, mas sentiu o solo desaparecer e caiu sobre dezenas de estacas pontiagudas, tendo a coxa perfurada por uma delas. Os Lobos se assustaram com o som da queda e recuaram.

Os outros três homens cercaram o buraco, segundos antes disfarçado com galhos, e olharam seu companheiro se contorcendo dentro dele. Um deles, o de número 2087, notando que as coisas se complicavam prematuramente, levou a mão ao ouvido para chamar reforços.

Escutou um baque soando ao longe e parou. Um pequeno vulto, aparentemente lançado do alto do morro, caía em sua direção. Logo depois, entrou no buraco abrigando seu companheiro ferido.

2087 se inclinou para investigar e reparou que 4258 encarava um objeto metálico do tamanho de uma maçã, rodopiando entre suas pernas e as estacas ao redor. Quando o artefato parou, os dois sujeitos se entreolharam e, num piscar de olhos, um brilho azul irradiou.

A minibomba de pulso eletromagnético não só aniquilou os circuitos dos comunicadores dos soldados como também os de seu jipe estacionado ao pé do Morro dos Macacos e das luvas eletrônicas de controle de Lobos.

Livre das amarras em seu cérebro e instigada pelo cheiro de sangue cuja fonte estava agora a poucos metros, a quimera mais próxima do buraco tremeu, como se acordasse naquele instante. O vermelho de seus olhos, causado pelo reflexo das lentes das câmeras implantadas em sua córnea, brilhou mais forte e a criatura disparou morro acima.

No entanto, na entrada do bosque dos troncos de jacarandá, ela explodiu. A metade superior do Lobo voou para um lado da estrada, em direção às toras mortas, enquanto a inferior se despedaçou e seus restos tomaram o caminho oposto.

Indiferentes ao ocorrido, outras duas criaturas também correram. Estarrecido, 2087 assobiou duas vezes. Os silvos fizeram a dupla de USBM SC2 pararem a dois passos de onde sua companheira fora dilacerada. Aliviado ao vê-las intactas, o soldado pensou no que faria a seguir.

Seu companheiro mais próximo, 2556, foi mais rápido e retirou do bolso do colete um punhado de bolas metálicas parecidas com uvas. Se, depois daquele início de invasão desastroso, a sorte estivesse com ele e seu grupo, o campo gerado pela arma eletromagnética não teria afetado os objetos e as minas restantes à frente seriam de materiais condutores.

Esmagou as microesferas antes de jogá-las na terra escura e ficou contente ao vê-las se espalhando, em W, morro acima. Uma a uma, elas alcançaram seu destino e se arrebentaram com as minas.

Com a sucessão de explosões, todo o terreno sacudiu, como se ocorresse um terremoto. 2556 aguardou pacientemente. Em menos de um minuto, três esferas retornaram. O soldado as pegou de volta, certo de que seu grupo estava salvo ao menos dos engenhos bélicos ocultos.

Retornou para perto de 1220, que estava com a perna ferida pela armadilha para ursos. Agachou-se e enrijeceu os bíceps já espessos para abrir a garra. 2087 se aproximou na companhia de 1671 e pediu para que ele cuidasse da dupla vitimada, pois não tardaria em retornar após fazer uma busca. Embora o trio de radianos ainda de pé soubesse que o correto era se dirigir ao Posto de Vigilância mais próximo e retornar com reforços, como suas presenças ali já haviam sido notadas, decidiram agir para não deixar o responsável pelos ataques a eles fugir.

Com um Lobo atrás e dois na frente, 2087 e 1671 entraram no bosque de troncos de jacarandá e subiram a estrada de terra. Ao avistarem a cabana de Fabrício, o primeiro parou e assobiou uma vez, fazendo os Lobos que seguiam lado a lado dispararem em direção a casa.

Entretanto, antes que as criaturas alcançassem seu destino, duas placas de aço se ergueram entre elas e a clareira. Seis feixes de lasers partiram da chapa da esquerda e atingiram a oposta, formando uma cerca fluorescente e avermelhada. As criaturas frearam, mas não a tempo de evitar o choque, que fatiou precisamente seus corpos em quatro, na horizontal.

2087 xingou e correu em direção à cerca, junto de seu único amigo e USBM SC2 ainda prontos para o combate. Seu companheiro e o Lobo contornaram-na por um lado e, ele, pelo outro.

De repente, uma flecha lhe acertou a jugular. Na companhia do Lobo, 1671 se protegeu atrás da caçamba da caminhonete de Fabrício. Olhou por cima da cabine e notou o rapaz deitado no telhado da cabana, com uma besta em punho.

Virou-se para o Lobo, apontou para a direita da casa e assobiou. A quimera seguiu feroz, certa de que naquela direção estava a fonte do cheiro de sangue que ela e suas companheiras rastreavam há horas.

Após a partida da USBM SC2, 1671 disparou contra Fabrício, que tentou mirar na única parte vulnerável do corpo do soldado, entre seus lábios e o início da clavícula. Como outras rajadas se seguiram, despedaçando telhas perto de seu rosto, o rapaz se viu obrigado a recuar.

Ao ouvir os tiros, 2556 partiu morro acima para ajudar. Contornou a cerca a laser e viu seu companheiro sinalizar para que se protegesse. Tarde demais. Antes que obedecesse, uma seta lhe perfurou o queixo.

1671 se debruçou no capô da *pickup* e revidou colérico. Fabrício notou o desespero do homem e concluiu que precisava pensar em outra estratégia para derrubá-lo. E que precisava ser rápido.

***

Embora Will, Lia e Ulysses estivessem assustados com as explosões das minas na senda de acesso à cabana e com os disparos do AM-29 do soldado da Radius no quintal, tentavam se acalmar lembrando das habilidades mortíferas de Fabrício. Porém, assim que viram uma grande sombra se mover na fresta entre a porta de aço corrediça e o chão de madeira do depósito, acompanhada por baforadas, não houve o que impedisse os três de sentirem o coração acelerar. O Lobo deu a primeira cabeçada na chapa metálica e eles saltaram.

Por Will ser o único a ter visto um daqueles animais de perto e saber – como sabia! – de suas terríveis capacidades, era o que estava mais aflito. Andou para trás e desabafou, esfregando as coxas:

– Caralho, isso é ruim. Muito mesmo...

Mais uma pancada, mais um pulo do trio. Lia contornou Ulysses e o abraçou por trás em busca de proteção, mesmo sabendo que os dotes de seu amigo seriam inúteis caso o USBM SC2 rompesse a porta. Falaria algo, mas um terceiro estrondo a fez desistir. Foi quando Michele, ainda amarrada dentro do freezer industrial de Fabrício, gritou:

– Minha Santa Rita, o que é isso?

Sua pergunta sumiu no ar, com o fôlego dos adolescentes.

***

Fabrício se cansou de enviar flechas e receber projéteis 5.56 mm em troca – nada conseguia com isso a não ser arranhar a lataria de seu automóvel – e correu até uma das duas claraboias do telhado da cabana. 1671 percebeu a movimentação e entrou como uma avalanche pela porta da frente.

Mirou na maior das aberturas no teto e, ao ver a silhueta de uma coruja recortada pelo luar, atirou. Fabrício o observava pela outra claraboia e decidiu que aquele era o momento para acertá-lo. No entanto, quando levou as mãos à aljava nas costas, percebeu que estava vazia.

Observou 1671 caminhando pela sala e esperou para saltar sobre ele. Na queda, acertou o joelho no rosto do soldado, fazendo seu capacete e fuzil voarem, e rolou com ele pelas tábuas corridas.

O soldado rastejou para pegar sua arma de volta, mas foi contido com uma facada na panturrilha. Gritou, antes de girar o corpo e chutar o rosto de Fabrício. Os cabelos do rapaz caíram sobre o rosto e ele cambaleou para trás. Quando recobrou a atenção, deu impulso e pulou sobre o homem. Cruzou os braços e lhe aplicou um mata-leão.

1671 aproveitou o porte físico superior e se ergueu, mesmo com Fabrício sobre as costas. Abriu os braços e estufou o peito, arremessando seu inimigo sobre a mesa com os equipamentos eletrônicos. A mobília espatifou e o homem retirou do colete uma faca semelhante à do rapaz.

O dono da casa se levantou com a região lombar dolorida. Ainda assim, conseguiu trocar golpes de lâminas com o soldado, até cravar a sua no ombro de 1671. Abraçou o homem e o empurrou até a estante de livros. Com o impacto, várias obras caíram no chão empoeirado.

Começou a pressionar, com o antebraço, o pescoço do soldado. 1671 respondeu com uma cabeçada e Fabrício recuou. Mas não sem antes retirar a faca do ombro do soldado e golpeá-lo, dessa vez, em seu pomo de adão.

Agonizante, o homem levou as mãos ao pescoço e caiu de joelhos. No entanto, ainda conseguiu forças para um último aviso:

– Seu impuro, você não terá minha carne...

Pegou uma granada da cintura, puxou o pino e a recostou no peito. Fabrício só teve tempo de puxar a estante, fazendo-a cair em cima do homem condenado, e pular, antes da explosão.

Levantou-se em meio à poeira e papéis voando. Sabendo que não podia perder tempo, correu até um baú, perto de onde Will deixara sua sacola, para se munir. Precisava agora ajudar certo trio.

***

O Lobo acertou novamente a porta corrediça do depósito, abrindo um buraco do tamanho de uma melancia. Com as patas, o expandiu. Deu uma última cabeçada e arrebentou a entrada de vez.

Will, Ulysses e Lia correram para perto do varal. A passos lentos e com os dentes à mostra, a quimera se aproximou. O negro puxou sua faca, avançou contra o Lobo e o golpeou na testa, mas a lâmina quebrou sem fazer a criatura sequer recuar.

Era a vez de Will tentar algo. Puxou o trinta e oito de Massa e, pela primeira vez, acertou quatro disparos consecutivos em um alvo: a cabeça do USBM SC2. Como previra, não causara ao animal um arranhão. Furioso, jogou a arma no Lobo, que a abocanhou e estraçalhou, antes de cuspir os pedaços nos pés de Lia.

Sem nenhuma cartada, a adolescente olhou as partes cinzas mastigadas e gritou. O Lobo se aproximou mais e a esperança do trio a sua frente se extinguiu.

De repente, a quimera tremeu, como se tivesse sido alfinetada. Will, Lia e Ulysses piscaram e viram o mesmo acontecer outras duas vezes. Ouviram então um chamado, vindo de trás da USBM SC2:

– Ei!

O Lobo pareceu não ouvir e continuou focando o grupo.

– Monstro da porra! – Fabrício tentou novamente chamar a atenção da quimera, atirando flechas em seu quadril, mas elas apenas ricocheteavam na carapaça dura do animal.

– Ai, ai...

O rapaz pegou sua faca, cortou de leve o antebraço e deixou o sangue gotejar em uma de suas setas. Carregou sua besta com ela, caminhou de lado e a disparou. A flecha cravou no chão, entre Will, Lia e Ulysses e a quimera, que começou a farejá-la curiosa. Fabrício aproveitou a deixa e levantou o braço ensanguentado.

– Aqui! Aqui!

O Lobo se virou e, enfim, o elegeu como novo alvo. O rapaz andou lentamente para trás, enquanto pegava três projéteis de uma só vez e os prendia na corda de sua arma. Mirou na criatura e esperou o momento certo.

– Vem, cão do demônio, vem...

A USBM SC2 enrijeceu os músculos, levantou o quadril e deixou seus imensos caninos ainda mais visíveis. Saltou com um rugido. Fabrício aproveitou sua garganta aberta para disparar o trio de flechas, antes de saltar e desviar do bote da criatura.

Levantou-se e observou a quimera. Com a cauda abaixada, o Lobo coçou a goela com força e não tardou a cambalear. Sua respiração ficou dificultada. Segundos depois, caiu morto.

Fabrício ainda permaneceu olhando a criatura por um tempo para se certificar de que ela não se ergueria mais. Logo que entrou no depósito, sentiu Lia o abraçando com força.

– Ai, brigada, brigada! Valeu mesmo! Você pode até comer gente, mas é foda!

Will e Ulysses não falaram coisa alguma, seus sorrisos já eram sinais de gratidão. O mulato perguntou:

– Eu não sabia que eles eram fracos assim...

– Assim como? – perguntou Fabrício.

– Bom, você só acertou dentro da boca do Lobo. Não era pra ele morrer.

– Nem com o veneno de uma rã que pode matar mil pessoas com uma dose só?

O mulato emudeceu.

– Eu te falei, Will. Sou um caçador. Profissional.

Will soltou um "humpf". Em seguida, todos ouviram outra voz, muito mais delicada:

– Sim, senhor Fabrício, é um caçador. E agora, de acordo com a Suprema Constituição Radiana, está preso pelos crimes de canibalismo, assassinato, tortura e aquisições ilegais. E, vocês três, por serem cúmplices dele.

O quarteto se virou espantado e só então notou que era Michele. A mulher apontava uma arma de energia dirigida para Will, Lia, Ulysses e Fabrício e estava no meio do caminho entre eles e a saída. Com os dentes trincados, o rapaz disparou:

– Filha da puta...

***

Sem tirar os olhos do grupo, a moça guardou no bolso da calça o canivete que usara para romper a corda que prendia seus braços e pernas. De outro, puxou uma tela transparente e flexível e a prendeu ao redor do pulso. Ao tocá-la de leve, sua área plana tomou uma cor rubi e dezenas de microbotões surgiram. Lia esbravejou:

– Mas a gente ajudou você!

– *Você* me ajudou. É uma pena, porque se todos tivessem ido lá embaixo com você, não teria necessidade do resto da equipe ter subido o morro. E essa carnificina não teria acontecido.

– Mas... mas...

Michele se preparou para apertar o ícone que lhe permitiria, apenas com o pensamento, se comunicar com o Posto de Vigilância da Radius mais próximo. Porém, quando ouviu Fabrício falar, parou e encarou o rapaz.

– Peraí, eu tô reconhecendo você... – Fabrício semicerrou os olhos. – Ah, não! Tava tão preocupado com a chegada dos soldados que nem reconheci esse rostinho de anjo. Cara, eu sou muito idiota...

Michele tirou a atenção do aparelho em seu braço e, primeiro, puxou a peruca que usava, revelando seus próprios fios, esses curtos e coloridos de vinho. Depois, a lente de contato, deixando seus verdadeiros olhos castanhos à mostra. Por fim, desabotoou a blusa e esfregou o colo, retirando a maquiagem que escondia a marca do busto de harpia. Fabrício balançou a cabeça.

– Adriana Pereira, número 1332, Setor 7. Não acredito. A mesma pessoa que...

– Sim. A mesma pessoa que descobriu sua maniazinha suja quando você ainda estava na Radius e a reportou para o conselho. Quanto tempo, soldado Mayer, não é mesmo?

– É, mas podia ser mais...

– Sabe por que estou aqui?

– Sei sim. Pra ferrar comigo de novo.

– Mais que isso. Estou aqui para reparar um erro. Um erro daqueles que te deixaram ir antes de você receber a pena que lhe cabia. Desde que você fugiu, soldado Mayer, eu passei a te procurar por toda a cidade. Não faz ideia de quantos homens do Setor 7 designei para...

– Aqueles putos da investigação... Sabia que eles nunca tinham ido com a minha cara...

– Eles são bons. Mas você também, nunca deixou pistas após seus assassinatos. Mas hoje, ao menos, você falhou.

Fabrício deu uma risada curta e ouviu a mulher continuar:

– Logo que soube dos vestígios encontrados em Inhaúma, pedi para a equipe que os havia encontrado me esperar antes de começar a investigação com as unidades biomecânicas. Pelos detalhes, sabia que era trabalho seu. E sabia que o momento pelo qual esperava há três anos havia chegado. Não ia perder a chance de pôr fim à sua insanidade.

– Você é muito idiota. *Eu* quis que vocês viessem pra cá. Sabia que podia acabar com vocês numa boa.

– Bom, me parece óbvio que seu plano não deu certo, não é?

Fabrício estava desconcertado.

– Acabou, soldado Mayer. Suas "caçadas" são um desrespeito às normas da Radius, uma afronta à civilidade. Eu, sinceramente, não sei como esse seu vício não foi eliminado durante a Purificação. Mas não importa. A justiça será feita e o Rio viverá mais seguro sem você.

Fabrício tinha uma resposta na ponta da língua, mas desistiu de dá-la assim que viu algo incrível. Assim como Will, Lia e Ulysses, se esforçou para não demonstrar espanto. Era um conhecido dorso negro, surgindo a uma dezena de metros atrás de Adriana, bem ao lado do cadáver do Lobo envenenado pelas flechas dele. Na verdade, metade de um dorso, pertencente à quimera arrebentada minutos antes por uma mina.

A USBM SC2, ou o que restara dela, rastejava vagarosamente, utilizando os membros superiores para se aproximar do depósito. Fabrício notou o luar refletindo no metal que compunha suas costelas expostas e voltou a atenção à Adriana. Retomou a conversa:

– Me diz uma coisa, querida, você realmente acredita nas besteiras da Suprema Constituição? Todo aquele papo de ra...

– Que tipo de pergunta é essa? É claro que eu acredito, seu animal. São regras superiores, o código de conduta perfeito para quem quer viver de forma harmoniosa no novo mundo!

– Certo. Outra pergunta, essa mais simples. Você nunca se perguntou como eu consegui fugir?

A moça nada respondeu dessa vez.

– E se eu disser que fui ajudado por alguém do próprio Setor 7, mais precisamente seu chefe, o conselheiro Mathias?

Após fazer a revelação, Fabrício olhou novamente o Lobo despedaçado e concluiu que estava a oito passos de Adriana. A mulher enrubesceu.

– Mentiroso!

– Ele ainda usa a pulseira de ouro branco que eu dei pra ele? Tomara que sim, foi uma carta de alforria muito difícil de achar por aquelas bandas da zona sul.

– Aquela pulseira foi dada pela esposa dele, seu miserável!

Fabrício gargalhou alto.

– Tá bom. Era mais fácil ter sido dada por uma das amantes dele, isso sim. Mas acredite no que quiser, sua beata cega.

– Cala a boca!

– Você é tão ingênua, Adriana. Tão inocente que não percebe que a Radius tá falindo. Se quando eu saí, a situação era ruim, imagine agora. E olha que tão dizendo por aí que os Libertos...

– Fique quieto, senão vai responder por mais um crime! – Adriana gritou e Fabrício percebeu que o Lobo já estava a dois metros dela. – Esse monte de asneira não servirá para nada. Como disse, é o fim da linha para você, soldado Mayer. Você vai morrer e isso será uma grande vitória nossa!

– Você... – Fabrício olhou a quimera mais uma vez e reparou que ela, com a boca espumando, se preparava para atacar – tem certeza que ganhou dessa vez?

Adriana inclinou o pescoço, sem entender o tom irônico do rapaz. Foi quando sentiu uma forte mordida no calcanhar e, logo depois, um puxão. Caiu de bruços e acertou o queixo na madeira com força.

A USBM SC2, instigada pelo cheiro de sangue concentrado em Adriana e sem reconhecê-la devido às roupas casuais que ela usava, avançou e lhe abocanhou ambas as pernas. A radiana gritou e foi arrastada par trás. Tentou com os dedos finos interromper sua trajetória, mas, a cada dentada recebida, suas forças se esvaíam. Pouco depois, sumiu na penumbra dos troncos de jacarandá no fim da clareira.

Lia saiu do depósito e sibilou com os olhos flamejantes:

– Vagabunda...

Fabrício se pôs ao seu lado e continuou encarando a direção em que o corpo fora levado.

– O problema é que preciso ir atrás dela. Ou dos restos. Senão a gente ainda tá ferrado. Mas o pior já passou – fitou a adolescente, Will e Ulysses, todos ainda trêmulos. – E a caçada também.

8 – O Anelão

Minutos depois, um jipe incendiava aos pés do Morro dos Macacos e seis cadáveres se enfileiravam no quintal da casa de Fabrício. Dentro dela, debruçado sobre seu sofá e atento, o rapaz plugava, uns nos outros, os dispositivos que retirara das costas das mãos dos soldados abatidos. Quando terminou, conectou todos a um *minipad* holográfico.

Will, Lia e Ulysses estavam ao seu lado e tentavam recobrar as forças após mais uma sessão de carregamento de corpos. O mulato massageou os músculos do ombro e perguntou:

– O que você tá fazendo?

– Limpando a barra.

– Como assim?

– Por causa desses dispositivos, Iraputã fica sabendo a localização dos homens dela, via GPS. Estou reprogramando eles.

– Não é mais fácil destruir?

– Se eu fizer isso, a posição deles iria sumir aqui mesmo, nessas coordenadas. Em meia hora, no máximo, uns trinta homens subiriam o morro pra investigar. Tô refazendo toda a trajetória do grupo, desde Inhaúma.

– Ué, mas você não usou aquele troço?

– O quê?

– Parecia uma granada...

– A bomba de PEM? Ela tinha capacidade pra fritar os chips das luvas de controle dos Lobos e do veículo dos soldados, mas não esses daqui. Esses são protegidos. Também, são a nos... quer dizer, a identidade deles, saca? Cada IM, Identificador de Membro, tem um número de série, que é o mesmo dos radianos. E um monte de informações sobre eles. Felizmente, monitoramento de condição física ainda não é uma delas. Esse luxo é só do comandante.

Após digitar rapidamente em um teclado na base do *minipad*, Fabrício apertou um dos ícones pairando no ar e felicitou-se:

– Beleza... Agora, ninguém, ninguém mesmo, da Radius vai saber o que aconteceu aqui.

Will encarava indiferente o computador portátil.

– Legal. Mas vem cá, lá no depósito, aquela mulher falou que não sabia como você tinha resistido à Purificação. Ou sua mania, não sei. O que é a Purificação?

Fabrício ficou sério e olhou o chão. Respondeu esfregando a marca gravada em seu peito:

– Cara, é uma parada muito, muito louca. Até hoje tenho pesadelo, escuto voz, vejo coisa que não existe. Até meu peito às vezes arde. Você é... – parou e decidiu não entrar em detalhes. – Eu realmente não sei como esse meu gosto resistiu a ela. Falando a verdade, não sei como *eu* resisti. Eu, que eu digo, é o que eu era antes de entrar pra Radius, dá pra entender? É muito raro isso acontecer, a maioria acaba que nem aquela vadia da Adriana mesmo, piradinha, com a mente no colo da Radius. Mas por que você tá perguntando isso?

O mulato ficou pensativo. Fabrício o observou por alguns instantes e compreendeu.

– É por causa de seu irmão, né?

– É, a gente não sabe o que tão fazendo com ele.

– Acho que eu posso ajudar vocês. Qual o nome dele?

– Edu.

– O completo, caceta.

– Eduardo Costa.

– Quantos anos?

– Quinze.

Fabrício desplugou os IMs dos soldados do *minipad* e começou a trabalhar no modo de segurança do computador, sem o auxílio do holograma. Lia indagou:

– O que você vai fazer?

O rapaz respondeu enquanto teclava mais uma vez em velocidade exorbitante:

– Sabe aquele contato que me consegue coisas?

– O que tem ele?

– Ele é igual a mim. Incursão Falha, como a Radius chama os que sofrem efeito zero, ou quase isso, quando são Purificados.

– Mathias o nome dele, né?

Fabrício riu.

– Não, o Mathias é fanático! Eu tava blefando lá no depósito. Esse cara nem do Setor 7 é. Pra sorte de vocês, ele é do 3: Membros. E é ligado a um peixe grande, também Incursão Falha. É assim que ele consegue as coisas pra mim. Se dois IFs costumam se dar bem, imagine três.

De repente, a tela do minipad enegreceu e linhas de código surgiram. Abaixo delas, um cursor branco começou a piscar, indicando que a conexão de Fabrício com seu contato em Iraputã estava estabelecida. Segundos depois, o bate-papo começou:

In: lecter_carioca
In: mestre_dos_mares
mestre_dos_mares: Transmissão segura?

lecter_carioca: Sim.

mestre_dos_mares: Só pra constar, hoje a gente só tem 15 linhas. Os novos tungwalls que os caras da TI colocaram hoje de manhã são mais parrudos que pele de Lobo.

lecter_carioca: Tá foda de manter uma conversa decente, hein?

mestre_dos_mares: Pois é. Mas diz aí, o que você quer agora, malandragem? As C4s e os painéis acabaram mesmo, não tem jeito.

lecter_carioca: Tô só procurando um garoto. Deve ter chegado aí ontem à noite ou hoje de manhã.

mestre_dos_mares: Nome e idade.

lecter_carioca: Eduardo Costa, 15 anos.

Will e Lia acompanhavam a conversa tão apreensivos que os segundos que o sujeito levou para responder lhes pareceram horas.

mestre_dos_mares: Nada.

Fabrício olhou a dupla receosa ao seu lado. Will tentou ajudar:

– Os Sombras levaram ele.

lecter_carioca: Deve ter chegado com o G.T.O.E.

mestre_dos_mares: Mesmo assim. Agora olha só, se for mais um daqueles sequestrados, tá fora da minha jurisdição.

lecter_carioca: Purificação?

mestre_dos_mares: Sem chances. Isso sim eu saberia.

lecter_carioca: Valeu, filhote de sagui.

mestre_dos_mares: Valeu, comedor de gente. Durma bem com seus "políticos".

A tela se apagou. Fabrício encarou Will.

– É, seu irmão pode tá passando por qualquer coisa, menos sendo Purificado. Esse cara aí faz parte do controle de todo mundo que passa ou deixa de fazer parte da Radius. Ele sabe o que tá dizendo.

O mulato aquiesceu nem um pouco mais sossegado. Pelo contrário, estava ainda mais confuso sobre o motivo do sequestro de Edu. Também encafifada, Lia o observou por alguns instantes e andou até o baú de munição de Fabrício. Apanhou a sacola encostada nele e a pôs nas costas.

– É, menos mal. De qualquer forma, acho que o Edu ainda tá em Iraputã. E se tá, a gente precisa ir lá pra saber o que tá acontecendo de verdade.

Fabrício consentiu:

– Pois é, eu até iria com vocês, mas... – estalou os dedos – na boa? O que vocês querem fazer é suicídio. Além do mais, não volto pra Iraputã por nada. Aquele lugar é o inferno.

A morena pensou por alguns instantes sobre os dizeres do rapaz. Will o respondeu convicto:

– Se você saiu de lá, meu irmão também pode. E beleza, não tô pedindo pra você ir. Você deixou a gente perto de Iraputã e agora tentou saber do Edu. Já fez muita coisa – esclareceu, ainda que no fundo desejasse, sim, a companhia de alguém tão hábil quanto Fabrício dali em diante.

Fabrício ficou em silêncio, admirado pela coragem do trio. Lia não tardou em começar as despedidas:

– É, e agora a gente precisa ir *mesmo*. Valeu por tudo.

– Nada, eu que agradeço. Por causa de vocês, não vou precisar caçar por um bom tempo.

Fabrício se levantou e apertou a mão de Will, que andou até a porta junto de Lia. Ulysses foi atrás, mas, ao passar pelos livros espalhados pelo chão da sala do rapaz, se abaixou e começou a procurar um em específico. Logo que seus amigos passaram pela soleira, Fabrício relembrou as diretrizes que lhes dera enquanto todos plantavam armadilhas:

– Não esquece, hein? Descendo o morro, é só seguir a Radial por uns dois quilômetros. Cuidado que no caminho vocês vão passar por um posto da Radius. Passem de cabeça baixa. Quando chegarem no Anelão, já estarão no Marco Zero. Lá vocês poderão descansar e ver se querem mesmo morrer tão novos.

Will se virou e respondeu com a voz cansada:

– Pode deixar.

***

Ao ultrapassarem o par de torres de vigilância do posto número 07 da Radius, Will, Lia e Ulysses procuraram fazer exatamente o que Fabrício recomendara. No entanto, o mulato sentia um ódio, acentuado por sua exaustão, que precisava ser exteriorizado. Will não resistiu e encarou um dos homens próximos ao centro administrativo do lugar.

O homem retribuiu com um olhar ameaçador e o mulato sentiu mais raiva dele e de todos a sua volta trajando ébano, carregando AM-29s e tão sisudos quanto as rochas de Grota IV. Sentia repulsa de suas friezas e poses autoritárias. Seriam robôs, demônios ou as ambas as coisas?

Assim como elegera uma única palavra para definir o bando de Massa, fez o mesmo com aqueles soldados, e a palavra era crueldade. Lembrou-se do caminhoneiro Orlando de Jesus dizendo que o deus daqueles homens era "bem estranho" e agora tinha a certeza de que, além de estranho, era mau.

Desviou sua atenção do homem para observar outros, na tentativa de encontrar um espécime de semblante menos sinistro, um Incursão Falha, talvez. Como não encontrou, acreditou que, ou os IFs que poderiam estar ali eram ótimos atores ou não tão dignos de confiança como Fabrício achava que eram.

Escolheu a segunda opção. Não importava que aquele jovem canibal tivesse conhecidos em Iraputã que lhe dessem presentes e ouvido amigo. No fundo, para Will, qualquer radiano era víbora da pior espécie.

Por causa da insistência do mulato em olhar em sua direção e na de seus companheiros, o primeiro dos soldados encarados por Will murmurou algo e ensaiou um avanço contra ele. No mesmo instante, o Lobo ao seu lado rosnou para o mulato e seus companheiros.

Mas o homem foi chamado e se encaminhou ao centro administrativo. Will continuou fitando-o com os olhos semicerrados e amaldiçoou o busto de harpia nas suas costas. Maldita ave vermelha que sujava a cidade de sangue e tomava tudo o que havia de bom na vida das pessoas.

Pouco depois, o mulato e seus amigos passavam em frente a imensos esqueletos de prédios, interligados por passarelas em forma de "Z". Lia observou o complexo e duvidou do que Dilios Américo falara certa vez em uma crônica, que aquele lugar fora um majestoso antro do saber.

Por mais que desejasse ter vivido na época das universidades, justamente para ter frequentado uma delas, aquele conjunto de edifícios tão fantasmagórico quanto o Cemitério de Inhaúma era, sem dúvida, um lugar que, ao menos agora, ela não fazia questão de conhecer intimamente.

Tirou os olhos dos prédios e rompeu o silêncio de vários minutos que pairava sobre ela e seus amigos:

– Ulysses, se você quiser voltar, tudo bem. Acho que as coisas lá na Grota tão tranquilas agora.

Will, ainda com rancor dos soldados que vira momentos antes, comentou:

– Ah, beleza. E como ele vai fazer isso? Matando todos os Mongos, soldados e tudo que aparecer daqui até a Grota?

– Precisa ser tão cavalo?

– Não, ué, só tô querendo saber se ele é tão bom assim...

Um calor subiu pela espinha de Ulysses e o negro saltou na frente de Will. Não só aceitaria o desafio como começaria por certo mulato folgado. Lia não deu a mínima para o gesto e continuou andando. Sabia que, no fundo, Will estava certo, que o tiziu não tinha outra escolha a não ser seguir com eles até Iraputã. Seria perigoso retornar sem companhia, ainda mais antes do dia raiar.

O negro deixou a lâmina de sua Predadora S&W Platinum à mostra. Will não se intimidou e provocou mais uma vez:

– Que foi, neguinho? Sua faquinha tá quebrada, né? Vamo ver se você é bom com ela assim também.

Após alguns segundos encarando a carranca do mulato, Ulysses recuou por dois motivos: primeiro porque Will lhe parecia apenas um tolo e, segundo, e mais importante, que seus olhos não denunciavam medo de morrer. Na verdade, pareciam implorar para que isso acontecesse. Sendo assim, para o tiziu, não tinha a menor graça começar uma briga.

Will o viu guardar sua arma de volta na bermuda e falou:

– Sabia. Covarde.

Lia se manifestou:

– Vamo parar com isso aí? Pô, não basta...

Ela avistou algo e se calou. Will e Ulysses se aproximaram ainda se olhando torto. No entanto, quando ficaram ao lado da morena, repararam no que ela encarava.

Um enorme cogumelo definhado. Essa foi a impressão que o trio teve do Anelão, uma estrutura de quase trinta metros de altura, cheia de rachaduras e pilastras arqueadas com seguimentos faltando. Sua cor predominante era o branco, mas ele estava coberto por mofo e musgos, assim como os frisos beges que o contornava, e suas armações de ferro se erguiam por entre o concreto rachado, como espinhos colocados em cima de um repolho.

Foi a vez de Will duvidar de Dilios Américo, quando o cronista afirmara que aquela "coisa" fora, um dia, o templo do futebol carioca. No entanto, sabendo que o Anelão era o único lugar onde ele e seus amigos podiam descansar, o mulato tomou a dianteira e procurou a entrada.

Enquanto o contornava, reparou em incontáveis tendas encardidas, acomodadas às margens de fossas. Não deu importância por estar preocupado com a Radius. Contou apenas três ou quatro soldados, que faziam ronda em um largo distante e não representavam ameaça.

Subiu com os amigos um aclive cimentado e avistou uma cancela, guardada por dois homens. Os sujeitos vestiam macacões, empunhavam uzis e tinham uma cicatriz em forma de cruz no ombro direito que fez Ulysses enrubescer. O tiziu virou-se ao se aproximar da dupla, na tentativa de abstrair sua presença. Um dos homens, o mais baixo, perguntou:

– O que ele tem? Tá passando mal?

– Ele só tá cansado – respondeu Will.

– E o que vocês querem?

– Um lugar pra ficar.

O homem riu.

– Ficar?

– É.

– E vocês acham que é assim? Só chegar pedindo?

– Não sei. Como se faz?

O vigia olhou o companheiro.

– Olha garoto, faz o seguinte: tenta a Zona dos Apês. Lá você vai conseguir. Né não, Gil?

– É, a gente finalmente tomou aquela merda de bairro. Como os putos de lá resistiram até o fim, agora tá vazio, vazio.

Ambos gargalharam. Ulysses fechou o punho e respirou fundo ao ouvir a notícia. O sujeito mais baixo, chamado Lopes, complementou:

– Tamo repovoando aquilo lá.

– Mas a gente só quer passar a noite.

– Mesmo assim. Aqui tá lotado, não vai dar. Não viu as barracas lá fora? É tudo gente igual a vocês, querendo entrar.

– Por favor, qualquer coisa. Só pra gente dormir – Lia pediu.

– Vocês são do Rio mesmo? – indagou Gil.

– É.

– De que lugar?

– Gro...

– Olaria – Will foi mais rápido.

O sujeito coçou a calva.

– É, nesse caso, acho que o Tavares consegue arrumar alguma coisa pra eles, não?

– É, o Tavares é responsa. Tá sempre ajudando os de fora.

– Como a gente encontra ele?

– Vai no nível três. Tem uma cutelaria, depois um bar. O Tavares é o dono dele.

– Valeu.

– De nada. Fala pra ele que o Gil e o Lopes indicaram vocês.

Gil abriu a cancela e, assim que viu o trio sumindo ao longe, gargalhou com seu companheiro até ficar sem ar.

***

Brava, Lia perguntou:

– Por que você mentiu?

– Por quê? Se a gente falasse pra aqueles caras que era da Grota, a gente tava fodido! Eles eram dos Barões e a Grota é da Tropa!

– Tá bom, só tava perguntando.

– Caceta, Lia, você tem que tomar mais cuidado com as coisas. Sério mes... Jesus Cristo!

Will gritou quando alcançou a boca de um pequeno túnel, pois a sua frente havia algo ainda mais extraordinário que a fachada do Anelão. Seu queixo caiu, assim como o de seus amigos.

A uma centena de metros e muito abaixo do nível onde ele estava, um mar de barracos se estendia, enfileirados em um terreno plano. Will calculou algo em torno de cento e quarenta metros de comprimento por noventa de largura e teve a certeza de que metade da Grota IV caberia naquele espaço.

Reparou também que a disposição dos casebres, embora feitos do mesmo material daqueles do seu bairro, era bem diferente. Alinhavam-se quase perfeitamente na horizontal e na vertical, tão grudados e semelhantes uns ao outros que formavam um único carpete marrom, salpicado por centenas de pontos laranjas – fogueiras e lâmpadas de querosene.

Não só as choças no solo, como também as mais distantes, amontoadas no círculo que compunha o nível onde o trio estava, seguiam esse padrão. Eram milhares de casas rodeando o interior do Anelão e Will entendeu por que o vigia chamado Gil dissera que o lugar estava lotado.

Assim que o mulato e seus amigos saíram do túnel, se viram cercados pelas mesmas casas gêmeas que observavam ao longe. Subiram rapidamente os degraus em direção ao terceiro nível e perceberam a tristeza que abraçava os habitantes daquele lugar.

Diferentemente dos de Grota IV, aqueles eram apáticos. Dentro de suas casas, perambulavam ratos e baratas, enquanto cupins de luz pousavam nas faces sujas de crianças subnutridas. O cheiro de excrementos era insuportável, muitos comiam restos de comida espalhados pelo chão e usavam trapos que apenas cobriam suas partes íntimas.

Will enrugou a face por causa do nojo e se lembrou de algo. Vira, há alguns anos, fotos de lugares bem parecidos com aquele. Tinha a ver com a Segunda Guerra Mundial, campos onde alguns tipos de pessoas eram levados para serem torturados e assassinados. O mulato só não conseguia lembrar por que elas tiveram esse destino. Assim como não sabia o porquê, nem como, as figuras em torno de si conseguiam viver daquela forma, tratadas pior que os cães de seu bairro.

Querendo deixar de vez as imagens chocantes para trás, subiu depressa os degraus que restavam. Passou por uma portinhola e adentrou um corredor circular iluminado por lâmpadas fluorescentes. Seus amigos, por partilharem do mesmo incômodo, também correram.

A passagem parecia pertencer a um lugar completamente diferente. Estava limpa, com as paredes bem pintadas – apenas alguns poucos sinais de infiltração as maculavam – e um aroma reconfortante.

Os adolescentes fizeram uma curva e notaram diversas salas que se projetavam sobre o anel que aninhava os barracos fúnebres. Eram geminadas, em forma de paralelepípedo e a maioria, a julgar pela fachada, eram residências. Na testeira da primeira que Will olhou com atenção, estava gravado:

AINDA QUE EU ANDE PELO VALE
DA SOMBRA DA MORTE,

NÃO TEMEREI MAL NENHUM,
PORQUE TU ESTÁS COMIGO

O mulato não tardou a compreender que aquele tal nível três era, na verdade, a morada dos Barões da Morte, enquanto o dois, a dos putrefatos dominados pela facção. Intrigou-se ao ouvir berros e correu, parando em frente à sala que abrigava uma filial da igreja Cinzas de Cristo. Olhou pelo acrílico de uma das janelas e reparou que eram do pastor.

O homem era alto, por volta dos quarenta anos e usava um *smoking* vinho empoeirado. Com um de seus braços, gesticulava com o dedo em riste, enquanto os da outra mão seguravam uma bíblia aberta. Pendulando perto do altar, pregava fervorosamente para uma dúzia:

– Seguindo as palavras do livro sagrado! Assim aguardamos a ressurreição de Jesus, que um dia retornará das cinzas que esse mundo se tornou. Está escrito, irmãos, Carta aos Hebreus, capítulo 9, versículo 28: "Assim também Cristo, oferecendo-se uma vez, para tirar os pecados de muitos, aparecerá segunda vez, sem pecado, aos que esperam para a salvação". Ele virá! Sim, ele virá!

As mulheres, todas bem vestidas, eram maioria e as que mais prestavam atenção em suas palavras. Os homens estavam desalinhados, relapsos e carregavam AKs nas costas. Exceto um. Esse sentava na última fileira de bancos, mais afastado, e era, com certeza, o mais concentrado no culto.

Will voltou a andar e ouviu o pastor continuar:

– Vocês podem esperá-lo em seus lares, na lavra, nas ruas imundas. Mas, sem dúvida, o melhor lugar é Iraputã. Porque...

Bem ao lado da igreja, havia a cutelaria, já com a porta de enrolar abaixada, que os vigias do Anelão se referiram e, metros adiante, o estabelecimento que Will e seus amigos procuravam. O mulato e seus amigos pararam na entrada e leram, pichado acima de uma cobertura de lona:

BAR DO VUCO

Entraram.

O lugar era simpático, apesar de feder a suor e a maioria dos azulejos revestindo as paredes estar quebrada. Também era abafado e estaria vazio não fosse por uma dupla em uma mesa de canto, conversando sobre os dotes físicos da esposa de alguém, e uma galinha d'angola, vagando sem rumo sobre o piso xadrez engordurado.

Ulysses, ainda incomodado por estar em um dos covis dos Barões da Morte, se afastou e andou até o vidro que compunha o fundo do bar, que fornecia visão panorâmica dos barracos no centro do Anelão. Preferia observar um pandemônio a ficar próximo àqueles sujeitos.

Will e Lia se aproximaram do balcão e notaram um homem mexendo em engradados. Quando o sujeito se ergueu, levou um susto ao ver o casal de adolescentes e saltou para trás. Tentou disfarçar falando secamente:

– Já fechou – e voltou a se abaixar.

O mulato e a morena se entreolharam. Lia se debruçou no balcão e encarou, curiosa, o homem, que agora arrumava potes com seu único braço, atrofiado e peludo.

– Você é o Tavares?

O homem se levantou novamente e limpou o nariz na camiseta.

– Sou eu. Por quê?

– É que a gente tá querendo um lugar pra dormir.

Nesse momento, a dupla que falava coisas indecentes se levantou e Tavares a observou saindo pela porta. Will olhou na mesma direção que ele e reparou em um homem trajando vinho seguindo o caminho inverso. Era o pastor da igreja Cinzas de Cristo, que se aproximou do balcão e falou com o tom de voz acalorado com o qual pregava minutos antes, largando o corpo em um tijolo que servia de assento:

– Mata-Lobo.

Tavares respondeu de pronto:

– Acabou.

– Ara, por quê?

– O carregamento que ia chegar hoje lá em Mauá com as paradas da Radius não veio.

– Eu, hein...

– Os navios deles quase não tão aparecendo. E ninguém sabe por quê.

– Me dá uma Ardente então.

Tavares andou até uma prateleira, pegou uma garrafa e um copo. Retornou, colocou o recipiente em cima do balcão e o preencheu com dois dedos de um líquido translúcido cor de âmbar.

– Pra um homem de Deus até que você bebe bem, hein?

– Um homem de Deus também precisa de alívio.

– Mas toda noite, Rogério? Olha que o pessoal vai comentar.

– Fica quieto, seu cabra. Senão corto teu outro braço com uma peixeira.

Tavares riu e Will aproveitou para chamá-lo:

– Moço.

O homem encarou o mulato como se estivesse o vendo pela primeira vez.

– O que foi?

– A gente tá querendo um lugar pra dormir.

– Dormir?

– É.

– Tá achando que isso aqui é hotel, moleque? Alías... – encarou Lia – Como que vocês entraram no Anelão? Vocês não são do dois, né?

– Não. O Gil e o Lopes deixaram a gente entrar. Falaram pra gente procurar você.

– O Gil e o Lopes?

– É.

– Filhos da puta... – Tavares levou as mãos ao rosto, fazendo o pastor Rogério rir. Sacudiu a cabeça e procurou se acalmar. – Olha só moleque, aqueles dois putos enganaram vocês. Só tavam querendo testar minha paciência, que já é pouca. O foda que isso não é hora de brincar com ninguém.

– Você sabe quem pode ajudar a gente?

– Eu sei lá, porra.

– Tipo...

– Garoto, na boa, vai embora. Já é tarde e eu tô querendo fechar.

– Mas...

Tavares esticou o braço em direção à saída.

– Tô pedindo com educação...

Will aquiesceu e, junto de Lia, girou nos calcanhares. Assobiou para Ulysses e o negro voltou para perto deles. Rogério esperou o trio sair para comentar:

– Coitado deles, Tavares.

– Eu, hein? Já não basta aturar as lá de casa, ainda tem que arrumar lugar pra criança de fora dormir?

O pastor olhou na direção da porta. Então para a galinha d'angola, que continuava remexendo o quadril sem parar. Pensou por alguns segundos antes de se despedir, dando um tapa no braço do amigo:

– Aí, tô indo. Amanhã eu volto.

***

De volta ao corredor circular do Anelão, Lia, Will e Ulysses estavam cabisbaixos. A adolescente perguntou ao mulato:

– E agora? O que a gente faz?

– Não sei.

– Eu não aguento mais andar. Meu pé tá cheio de bolha, tô toda grudenta. E morta.

– Eu também.

Lia olhou Ulysses, que fez coro com um aceno de cabeça. De repente, uma mão tocou o ombro do tiziu, fazendo-o virar assustado.

– Não liga pro Tavares, não. Ele é pavio curto mesmo – falou Rogério.

– É, a gente reparou – respondeu Will.

– O que vocês tão fazendo aqui?

Por causa do cansaço, o mulato procurou ser o mais sucinto possível:

– Meu irmão sumiu e a gente tá atrás dele.

– Sei, e vocês querem um lugar pra passar a noite.

O trio nada respondeu e o pastor viu nitidamente a exaustão em seus rostos encardidos.

– Podem ficar lá em casa.

– Tá, e o que a gente faz?

– Faz o quê?

– O que você quer pra deixar a gente dormir na sua casa?

– Nada, ué.

Will encarou Lia com a sobrancelha arqueada.

– Nada, nada?

– Nem uma chapinha torta.

Olhou a amiga novamente. Justamente pelo ato de caridade de Rogério, sentia mais desconfiança dele que de todos os estranhos que cruzaram seu caminho desde Grota IV.

– E onde você mora?

– Ah, muito longe daqui – o pastor apontou para a casa, a poucos passos de todos, onde estava escrita a passagem bíblica que Will lera assim que chegara ao nível três.

9 – Satanás

Com o indicador nos lábios, Rogério abriu a porta e esperou o trio passar para fechá-la cuidadosamente. O silêncio era necessário, pois sua esposa e três filhos dormiam em um cômodo a poucos metros.

Will seguiu na ponta dos pés e tateou as paredes enquanto seus olhos se acostumavam à escuridão. Certo tempo foi necessário para que isso acontecesse, pois apenas duas parcas fontes de luz quebravam o negrume: alguns feixes brancos vindos do lado de fora, ultrapassando as frestas das tábuas que cobriam as janelas, e o luar, esse invadindo a casa pelo lado oposto, por um vidro panorâmico semelhante ao do Bar do Vuco.

Quando os contornos da residência clarearam, o mulato reparou que ela era grande, bem mobiliada, embora nem tanto quanto a cabana de Fabrício, e tão limpa e organizada quanto o barraco de Tia Azaleia. Viu Rogério se aproximando do fundo da sala e foi atrás, junto de Lia e Ulysses. Olhou atentamente os barracos ao longe e sussurrou:

– Valeu.

– Nada, agradeça sempre a Deus.

– Quem são eles?

O pastor olhou para onde Will apontava. Andou até um armário suspenso para apanhar colchonetes e respondeu:

– Jesus fez com que eu não acabasse que nem eles. São os Renegados, os que tentaram entrar em Iraputã e não conseguiram.

– Por quê?

– Como é seu nome, menino?

– Will.

– Will, é o seguinte: como muita gente procura Iraputã, a Radius faz uma triagem pra escolher os que vão pra Purificação. Recusa a maioria, geralmente os velhos, os doentes e os aleijados. Muitos deles não têm pra onde ir e acabam ficando por aqui mesmo.

– Ninguém ajuda eles?

– Os Libertos, às vezes, mandam comida e roupa. Mas quase tudo acaba com os Barões.

– Você falou que era um deles. O que aconteceu?

– Eu e minha família somos de Jaguaribe.

– Fica no norte, né?

– Como você sabe?

– Pelo teu sotaque de cabra.

– É, eu sou um cabra mesmo. Eu e muitos desses infelizes que você tá vendo. Como eles, tive que, um dia, largar minha terra e vir pra cá. É engraçado que, por mais que o Rio tenha sofrido muito na Guerra dos Três Dias, ainda é um dos lugares que mais tem oportunidades.

– É, tô ligado.

– Logo que a gente chegou, fomos pra Iraputã. Eu sabia o que a Radius era, mas não tinha jeito, minha mulher e meus filhos precisavam de comida e teto. Eles recusaram a gente por sermos cabras, mas quando eu disse que era pastor, voltaram atrás.

– Por quê?

– Falaram que, nesse caso, eu tinha que passar por um teste pra ter um Passe Concedido. Só com ele eu e minha família íamos ser Purificados. O pastor da filial da "Cinzas" do Anelão tinha morrido pouco antes da gente chegar e eles precisavam de alguém pra ficar no lugar dele. Eu iria morar aqui, com os homens dos Barões e, em troca, teria que levar as palavras do Senhor a eles. Mas de maneira "correta". Se me saísse bem, um ano depois seria aceito na Radius.

– Como assim de maneira "correta"?

– A maneira correta é dizer que o caminho mais rápido pra a salvação é ir até Iraputã. Com o perdão da palavra, isso é um colhão, mas não é só comigo. Todos os pastores da "Cinzas" que fazem esse acordo tem que aturar um Dedo. É uma pena, porque a igreja acaba se deformando e perdendo credibilidade.

– Dedo?

– É. Em todo culto tem alguém da Radius vendo se os "homens de Deus", como eles chamam a gente, tão orientando os fiéis a procurarem a cidadela deles. Se tão, são bem avaliados e, depois, entram pra Radius. Se não, podem até ser presos por desobediência, sabia?

Will se lembrou do homem sentado na última fileira de bancos durante o último culto realizado por Rogério.

– Por que eles fazem isso?

– Ara, é óbvio. Querem se passar por salvadores, que todo mundo acredite que a Purificação é o verdadeiro julgamento divino e, Iraputã, o paraíso. Bando de doido. Mas, não sei, conheço vários radianos e nunca ouvi nenhum falando de Deus. Acho que eles nem tem isso no coração.

Will aquiesceu e não perguntou mais nada. Viu Rogério terminar de dispor os colchonetes no chão e avisar:

– Acho que é isso. Não tenho comida sobrando, mas um chão pra dormir. E um chuveiro – apontou para um cubículo envolto por cortinas de plástico no canto do cômodo. – Coisa que vocês tão precisando urgentemente.

***

Minutos depois, Lia estava deitada de bruços e olhava o céu estrelado pela vidraça da casa de Rogério. Sentia-se leve depois do primeiro banho de água encanada que tomara na vida e com o estômago um pouco menos dolorido por ter comido uma das mangas dadas por Tia Azaleia. Também vestia uma das mudas de roupa entregue pela costureira.

Estava sem sono e os motivos lhe eram bem claros: o dia fora demasiadamente agitado, seus músculos estavam fadigados e o ronco de Ulysses ecoando perto de seu ouvido era mais alto que os dos motores das Retalhas do bando de Massa.

Olhou um relógio na parede, embaixo de uma pequena cruz de madeira. Duas da manhã. Depois, Will, deitado ao seu lado. O mulato também usava vestes limpas, estava com a barriga forrada por mangas e encarava a escuridão celeste com o olhar perdido. A morena sentou-se e perguntou:

– Que foi?

– Nada.

– Você e essa mania de não me responder as coisas.

– Você e essa mania de perguntar demais.

– Sério, tá pensando em quê?

– Em um monte de coisas. Como vai ser amanhã, por exemplo.

– Vai ser complicado.

– É, sempre é.

– Olha, eu acho que...

– Tipo, não tem jeito – cortou Will, sacudindo a cabeça. – Tudo é sempre difícil. Todo santo dia. Desde que... que... – e sua voz desapareceu.

– Desde que...

– Ah, desde que ela se foi, né?

Lia notou a tristeza abater Will e abriu a boca para falar algo, mas desistiu assim que viu algo inédito e que apertou seu coração: seu amigo começava a chorar.

Franziu a testa e começou a observá-lo com dó. Esperou alguns instantes, se aproximou e o abraçou. O mulato sentiu um calor reconfortante que lhe deu forças para desabafar:

– Eu não sei cuidar de nada. Primeiro foi ela, depois o Edu. Vou acabar sozinho nesse mundo de merda, caceta?

Lia colou ainda mais seu corpo com o de Will. Alisou seu coro cabeludo e falou bem perto de seu ouvido:

– Você não podia fazer nada por ela. Nem pelo Edu.

– Como não? Você mesmo falou. Não era pra eu ter tomado *hypes*. Era pra eu tá acordado e ter ajudado ele.

– O que passou, passou. Deixa isso pra lá – a voz da morena já conseguia fazer o mulato parar de soluçar. – Você tá conseguindo levar a gente até Iraputã, não tá?

– A gente quase morreu hoje, Lia. Três vezes.

– Se a gente morresse, não seria culpa sua. Eu quis vir com você, lembra? O Ulysses também.

Will a encarou com os olhos marejados.

– Você se cobra demais. Eu lembro quando a gente namo...

Lia parou. O mulato notou sua hesitação e a fitou ainda mais concentrado. Embaraçada, a morena abanou o rosto e se afastou. Mas não muito.

– Bem, o que importa é que você não tá sozinho nessa. Nem nunca vai tá.

– Você acha que...

– Acho que...

Will perdeu o fôlego, sentiu o corpo amolecer e segurou a nuca de Lia com uma delicadeza que não lhe era costumeira. Então a puxou, convicto e suave, para perto de si. Fechou os olhos.

A morena fez o mesmo.

No entanto, uma fração de segundo antes que os lábios dos dois se encontrassem, a adolescente recuou. Aflita, piscou e ajeitou os cabelos aleatoriamente, antes de dizer:

– A gente não pode fazer isso. A gente...

– É, eu sei.

– Bem, a gente tem que dormir, né?

– Isso.

– Acordar às seis?

– É.

– Tá bom.

Ligeira, a morena se deitou novamente e virou de costas. Will fez o mesmo. Arrependido, largou seu corpo no colchonete e procurou esquecer os últimos instantes.

No entanto, por mais confusos e arrebatadores que tenham sido, o mulato sabia que não precisaria se esforçar. Outras lembranças, que o acompanhavam desde Grota IV, lhe assombravam. Agora mais nítidas do que nunca.

Vivian Costa.

Esse era o nome da prostituta mais importante que aparecera na vida dele e de Edu. Sua mãe adotiva.

Uma bela mulher, cheia de fulgor e mistérios. O maior deles, jamais ter contado para os irmãos Costa detalhes sobre seus verdadeiros pais – "um casal de alcoólatras suicidas" era o que sempre dizia – nem quando ou sob quais circunstâncias exatamente surgira em suas vidas.

Porém, a dedicação com a qual Vivian cuidava de Will e Edu sempre fora tamanha que, na maior parte do tempo, eles simplesmente esqueciam de que não fora ela que os colocara no mundo. Com o tempo, aprenderam que o mais importante era tê-la por perto e não lhe fazer perguntas sobre o passado. Isso significaria menos frustração da parte deles e aporrinhação da parte dela.

Acordo simples, que durou um bom tempo. Até quatro anos atrás, quando Vivian teve a perna cortada por um cliente mais exaltado e não pôde mais trabalhar. De cama, suplicou em vão para que os homens da Primeira Tropa conseguissem com a Radius antibióticos que pudessem sarar a ferida e eliminar qualquer mal que tivesse entrado por ela.

Encarando triste o teto do pastor Rogério, Will recordava com uma nitidez espantosa a febre, os espasmos e todo o sofrimento de sua mãe antes da asfixia final causada pelo tétano, um mês depois do ataque covarde.

Depois, de toda a batalha para ele e Edu se sustentarem por conta própria. "O Acidente". Ah, "O Acidente"! Tempos difíceis, que, como o mulato confessara à Lia, estavam ainda mais espinhosos.

Afinal, seu irmão estava lá fora, sozinho, e Will sabia que não podia perdê-lo. Ele não, pois enlouqueceria ou coisa pior. Por isso, pela enésima vez no dia, olhou angustiado a gargantilha com o pingente de turquesa em sua jaqueta e prometeu levar Edu a salvo de volta à Grota IV.

***

Conforme combinaram entre si, Will, Lia e Ulysses levantaram às seis da manhã – o mulato sem ter dormido uma única hora inteira na noite anterior – e, meia hora depois, já estavam prontos para deixar o Anelão. Também de pé, Rogério não esperou o trio começar as despedidas para matar uma curiosidade:

– Will, que mal lhe pergunte, onde tá seu irmão?

– Em Iraputã.

– Era o que eu imaginava. E como vocês vão entrar lá?

– A gente dá um jeito.

– Jeito?

O trio não soube o que responder.

– Vem cá.

O pastor se espreguiçou e andou até uma cômoda perto do chuveiro. Abriu a primeira gaveta e pegou três dispositivos esmeraldinos embalados a vácuo. Eram pouco menores que uma goma de mascar e tão finos quanto papel. Rompeu com a ponta de uma caneta o saco com uma das lâminas eletrônicas e a estudou com o auxílio da luz da aurora. Girou o objeto e felicitou-se.

– É, ainda tá bom.

– O que é isso?

– Isso, Will, é um Passe Concedido.

– Ué, mas...

– Eu já recebi eles da Radius pelos serviços prestados. Como falei, tô quatro anos aqui, ou seja, já tenho eles há três.

– Por que não usou ainda?

Rogério encarou Will com uma seriedade que não demonstrara até então.

– Não desejo mais que meu futuro esteja em Iraputã. Muito menos os dos meus filhos. O Anelão agora é o nosso lar e é aqui que vamos passar o resto dos nossos dias.

– E como se usa isso?

– Me dá sua mão.

O mulato hesitou, antes de deixar Rogério segurar seu pulso.

– Vai doer um pouco.

O pastor empurrou um dos lados menores do miniretângulo nas costas da mão de Will, que gritou. Assim que o Passe Concedido penetrou sua derme, foi sugado para dentro dela, deixando apenas um microcorte que não levaria cinco minutos para fechar.

O pastor repetiu o procedimento em Lia e Ulysses. Quando terminou, observou com certo divertimento todos movimentando as mãos e olhando curiosos os objetos encerrados perto de suas veias.

– Com essas coisas vocês vão poder entrar em Iraputã. Significa que podem ser Purificados. Agora, o que farão depois é com vocês.

Will agradeceu:

– Valeu.

– De nada. Já tava na hora de me livrar dessas chaves pra Satanás. Pois é isso que a Radius sempre foi e sempre será. Satanás.

10 – Iraputã

Obstinados e temerosos. Horas depois de deixarem o Anelão, era assim que Will, Lia e Ulysses caminhavam pela Vargas, via de acesso à entrada A de Iraputã, a principal. Sobretudo os dois primeiros.

Certos de que a hora da verdade estava próxima, se esforçavam para não falar sobre o que acontecera, ou quase acontecera, entre eles na noite anterior. Na verdade, estavam em silêncio desde que partiram da casa do pastor Rogério, tentando poupar energias e manter a percepção de sua fraqueza física e mental afastada. Precisavam, a qualquer custo, seguir em frente por Edu.

A figura daquele pacífico moreno de olhos claros estava tão nítida nos pensamentos de Will e Lia que nem mesmo o que agora os cercava tomava suas atenções. Embora fosse um cenário atordoante, repleto de soldados e veículos radianos, gritos de camelôs de faces severas e moradias tão ignóbeis quanto as do Anelão, não passava de uma névoa caótica.

Apenas o que havia de fulgente para os adolescentes era a avenida sob seus pés calejados. Bem como sua convicção, poderosa o suficiente para não deixar que nada os intimidasse.

Ou quase nada.

Quando a dupla, junto de Ulysses, avistou o coração do Marco Zero, não conseguiu se manter indiferente. Suas pernas ficaram trêmulas, os batimentos cardíacos frenéticos e os lábios secos.

Embora Will não acreditasse piamente no Diabo, palpitou que, se ele de fato existisse, aquele tumor de concreto a menos de um quilômetro poderia muito bem ser a sua casa.

Iraputã, a cidadela das oportunidades para os ignorantes e da morte para os revoltosos apareceu primeiro na forma de três torres negras, as primeiras construções intactas que os adolescentes haviam visto. Encravavam-se em um terreno descampado de proporções homéricas, em meio a arranha-céus abandonados.

Will lembrou que, certa vez, vira algo parecido em um livro. Eram fortalezas construídas pelos mesmos criadores dos campos de extermínio da Segunda Guerra Mundial, paralelepípedos imponentes de dezenas de metros de altura, alargados no topo e muito bem guardados.

Torres Leques, Fleques, ou algo assim. A diferença é que estas eram muito mais sofisticadas, com antenas no pináculo e boa parte de sua superfície espelhada. A do meio, mais comprida, possuía ornamentações inexistentes nas outras, que pareciam estar ali apenas para reverenciá-la. Eram arcos metálicos, varandas retorcidas e grandes parapeitos delimitando cada um de seus quinze andares.

O adorno mais significativo o mulato só pôde ver minutos depois, ao se aproximar do muro que cercava Iraputã: pouco abaixo do terraço do prédio central, saltando da testeira, o busto de concreto de uma harpia, quase do tamanho de um elefante.

Furioso, Will fechou os punhos e encarou os olhos maciços da ave carrancuda. Espremeu os seus para ver melhor, na fronte dela, um símbolo que, por sempre ter sido costurado bem pequeno nos coletes dos soldados da Radius, nunca fora notado por ele. Era um "A", mas escrito de um jeito estranho para o mulato.

Will deu de ombros e alcançou duas filas que desembocavam em um portão. A da esquerda era pequena e quieta, enquanto a outra parecia um rio furioso de foz larga. Acima do primeiro grupo havia uma placa onde se lia "Passe Concedido". Sobre a multidão em frenesi, "Triagem".

Parou e olhou os amigos, que acenaram positivamente com a cabeça. Depois, o objeto enterrado nas costas de sua mão. Voltou a andar, sentindo doses iguais de medo e coragem lhe pesando os ombros. Sabia que, depois de muitos perigos, conseguira o que queria: chegar ao inferno.

Agora só faltava entrar.

Logo que entrou na fileira dos detentores dos Passes Concedidos, notou algo que diminuiu sua apreensão. Cinco jovens aproveitavam o tumulto causado pelos que desejavam ser eleitos para a Purificação e pincelavam um líquido dourado no segmento do muro mais próximo deles.

Quando terminaram, se afastaram disfarçadamente. Outro sujeito, que antes os observava de longe, se aproximou da superfície escura e arremessou o cigarro nela. O gesto fez a manga de sua jaqueta recuar, permitindo Will notar uma caveira tatuada em seu antebraço.

Um fogaréu se alastrou rapidamente pela parede. Sorridentes, os jovens se misturaram com habilidade aos sedentos para entrarem em Iraputã. Os poucos soldados que vigiavam as filas correram para investigar e, instantes depois, puderam ler uma frase ígnea se formando:

UM NOVO RIO ESTÁ PRÓXIMO!
VIVA OS LIBERTOS!

– Filhos da puta! – esbravejou um deles, enquanto olhava ao redor com o fuzil em punho, na tentativa de encontrar os vândalos.

– Ontem foi aquele robô com o caminhão, agora isso. O foda é que essa merda que eles usam não sai de jeito nenhum – comentou o que estava ao seu lado.

Outros soldados, com baldes d' água, desceram da guarita mais próxima e Will achou engraçado seu desespero para extinguir as labaredas. Era realmente de se admirar a coragem dos Libertos.

– Ei!

Ao ouvir o chamado, o mulato levou um susto e se virou. Já era o próximo a ser analisado. O soldado pediu com a voz grossa:

– Mão esquerda, por favor.

Will obedeceu e o homem pôde, com um pequeno leitor em forma de taça, registrar o Passe Concedido em suas mãos. Uma luz verde acendeu no aparelho e o mulato foi empurrado para dentro de Iraputã.

– Checado, vai.

O soldado fez o mesmo com Lia e Ulysses. O trio foi conduzido por outro homem até um ônibus. Assim que subiram, o radiano bateu na lataria do veículo, que começou a andar.

A morena e o tiziu ocuparam o assento mais próximo da traseira, enquanto Will se acomodou logo à frente, ao lado de um caboclo cheio de anéis e camiseta justa sobre os músculos bem torneados.

Olhou pela janela e se embasbacou ao ver a quantidade de soldados, USBM SC2, carros de assalto conhecidos como garrões e *robcoms* classe D – robôs de combate – enfileirados. Sua reação era natural, as duas últimas unidades, por exemplo, Will só vira meia-dúzia de vezes.

O ônibus fez uma curva, seguindo paralelo a um pátio, e o mulato notou um temível *Sikorsky G-Hunter*, helicóptero fortemente armado, de rotores coaxiais e parecido com uma libélula, levantando voo. Os Marimbondos, como eram conhecidos, apenas entravam em ação quando alguma facção criminosa da cidade ensaiava levante contra a Radius ou para repelir ações terroristas dos Libertos sabidas previamente. Como ambos os casos raramente ocorriam, tais aeronaves eram ainda mais difíceis de serem vistas.

Will olhava atônito aquele exército e se lembrou do que pensara a respeito dos homens que, minutos antes, atearam fogo no muro de Iraputã. Se foram corajosos em realizar tal ato, o que dizer dele, Lia e Ulysses, dispostos a enfrentar a Radius em seu quartel-general?

A voz do caboclo ao seu lado interrompeu suas elucubrações.

– Quanto poder, né?

Will apenas olhou o homem.

– Sabe, eu era poderoso também. Não tanto quanto esses caras, claro, mas era.

– É?

– É. Eu era da Tropa, da cúpula. Mas aí armaram pra mim.

O mulato somente aquiesceu e observou o interior do ônibus. Reparou na dupla de soldados no corredor vigiando os passageiros e semicerrou os olhos. O caboclo foi em frente:

– Alguém me dedurou, falou pra Radius que eu tava envolvido com uma menor. Aí não teve jeito, sabe o que eu fiz?

Para Will, não importava. Na verdade, a única coisa que importava era que o homem ficasse quieto, pois ele precisava de concentração para tornar menos estúpida a ideia que germinava em sua cabeça.

– Comprei os caras pra me deixarem em paz. E adivinha com o quê? Menores – o sujeito riu. – Também dei alguns quilos de pó pra eles, mas isso foi só pra conseguir o Passe, já que os caras da Tropa uma hora ou outra iam me achar e minha única saída era vir pra cá.

Will reparou que, continuamente, um dos soldados caminhava pelo corredor e retornava para perto de seu companheiro, esse parado à frente da cabine do motorista. Estudou com atenção seus equipamentos.

– É, neguinho, os caras dizem que não, mas vendem essa merda de Passe, sim. É só encontrar um IF filho da puta e ter recursos que você consegue. Aliás, como você conseguiu o teu?

O adolescente inspirou já sabendo exatamente o que fazer, embora seu plano ainda lhe parecesse absurdo. Mas era o único que tinha e, se desejasse o pôr em prática, precisava agir rápido. O ônibus começava a diminuir a velocidade, talvez estivesse perto de seu destino.

– Beleza, não quer responder. Tá nervoso, né? – continuava o ex-membro da Primeira Tropa – Eu também tô.

O mulato, sorrateiramente, levou as mãos ao trinta e oito no cós de sua calça.

– Sabe, a única coisa que tenho medo nessa porra toda é dessa Purificação. Nego diz que é uma coisa de louco.

Will esperou o soldado em movimento lhe dar as costas e ficar exatamente entre ele e o outro radiano. Virou-se para Ulysses e gesticulou para coordenar suas próximas ações. O tiziu entendeu o recado e consentiu. Lia também, mas sacudiu a cabeça negativamente. O caboclo perguntou, por fim:

– Será que vai doer?

Will o encarou com um sorrisinho e respondeu convicto:

– Não em mim.

Levantou-se e disparou duas vezes, até acertar a perna do soldado guardando a cabine do motorista. O homem caiu e Ulysses avançou no que estava de costas, cravando a lâmina partida de sua faca em seu pescoço.

Um rebuliço tomou conta do ônibus e Will precisou se esforçar para ser ouvido:

– Calma, todo mundo! Calma, porra!

Correu para chutar o AM-29 do soldado baleado por ele na direção de Ulysses, que pegou o fuzil com destreza. Se aproximou do motorista e gritou:

– Para o ônibus!

O homem ergueu os braços e obedeceu na hora.

– Agora abre a porta!

O motorista abaixou uma das mãos e puxou uma alavanca no painel. Will se inclinou, sem parar de apontar no sujeito, e olhou o corredor.

– Todo mundo saindo! Rápido, porra!

O veículo esvaziou rapidamente e, sem demora, dezenas de homens de preto o cercaram, perto de um galpão anexo à torre direita de Iraputã. Will puxou o motorista pelo ombro, lhe deu uma gravata e encostou o cano do trinta e oito em sua têmpora. Voltou ao corredor, sinalizou para que o soldado caído rastejasse para fora e andou até uma janela aberta. Estufou o peito e gritou:

– Eu quero o Edu!

Nesse momento, um homem, acompanhado de três outros, saiu do edifício mais próximo e caminhou a passos largos em direção ao ônibus. Diferente dos que estavam ao seu redor, ostentava não uma armadura de ébano, e sim um casaco militar verde-oliva e uma insígnia em forma de busto de harpia. Aproximou-se do tenente atrás do cordão de soldados e, sem tirar os olhos do sequestrador mirim na janela do ônibus, perguntou com a voz calma, porém firme:

– Os Libertos de novo?

– Só se agora resolveram mandar crianças, subcomandante.

– Não acredito.

– Será que já estão começando a...

– Creio que não.

O tenente levou a mão ao ouvido e revelou:

– O 3316 está com ele na mira, senhor. Permissão para atirar.

O homem encasacado ficou pensativo. Will gritou mais uma vez:

– Eu quero o prisioneiro Eduardo Costa! Chegou aqui ontem!

Ao ouvir o nome, o subcomandante franziu a testa. O tenente repetiu:

– Permis...

– Não. Procedimento de captura.

– Sim, senhor.

Granadas de gás lacrimogêneo foram lançadas no interior do ônibus. Uma delas atingiu Will na testa e o fez cambalear. O motorista sob seu domínio aproveitou e fugiu.

Com os dentes trincados, Ulysses apontou o fuzil para fora e Lia, cobrindo o rosto com o braço por causa da fumaça branca que já preenchia o veículo, se abrigou atrás dele. Com os olhos espremidos, o tiziu apertou o gatilho, mas só ouviu um clique. Era estranho, pois tinha a certeza de que a arma estava destravada e seu leitor biométrico, que permitia apenas radianos manuseá-la, avariado. Arremessou longe o AM-29 sem perceber que, na verdade, a arma estava apenas sem munição.

Tossindo, Will correu agachado para perto da dupla, puxou-a e seguiu em sua companhia até a porta do ônibus. Ao pôr os pés para fora, sentiu uma pancada na cabeça. Depois, mais nada.

***

Acordou zonzo. Coçou o coro cabeludo na região onde levara a coronhada e percebeu que estava em uma cela escura. Sentou-se e apertou as grades.

– Ô, me tira da...

Sentiu uma descarga elétrica percorrer seus braços e caiu para trás. Olhou ao redor e reparou que o ambiente acolhia, além dele e Ulysses, que despertava naquele instante, outro homem, encostado na parede abraçando as pernas. Will o reconheceu de imediato.

– Peraí, você não é aquele robô que levou o caminhão?

O sujeito de pele amarelada sequer o encarou.

– É você mesmo! O que tá fazen...

O mulato ouviu passos no corredor à frente da cela e se calou. Um sujeito trajando verde-oliva parou diante dele, acompanhado de três soldados. Will se levantou e o fitou dos pés a cabeça, antes de disparar:

– Seus filhos da puta! Cadê a Lia? E cadê meu irmão?

– Por favor garoto, se acalme – respondeu o homem, enquanto puxava uma cadeira para se sentar.

– Cadê, porra? Me fala!

O sujeito acenou para seus acompanhantes se retirarem. Então sussurrou, olhando para os lados.

– Escute. Não sei para onde levaram sua amiga, mas sei onde está seu irmão.

– É? E onde?

– Na cela ao lado. Está sedado e, em alguns minutos, irá despertar. Fique tranquilo, ele está bem.

Will e Ulysses olharam a parede que supostamente os separava de Edu. O mulato indagou:

– O que você quer com ele?

– Eu não quero nada com ele.

– Como assim?

– Eu nada tive a ver com o sequestro do seu irmão. Quem ordenou tal coisa foi o comandante Dantas.

– Pra quê?

– Para se vingar. De mim.

– E quem é você?

– Sou Carlos Araújo, subcomandante da Radius... – o homem expirou. – E o pai do Eduardo.

A revelação deixou Will mudo. Mas só por alguns segundos.

– Você... você é meu pai?

– Não, eu... matei seu pai.

Dessa vez, o queixo do mulato despencou.

– Veja bem, William, tenho algo muito importante para te contar. Algo que, provavelmente, há anos você quer saber. Mas preciso ser breve. O tempo está se esgotando não só para seu irmão, mas também para todo o Rio de Janeiro.

11 - Quebra de regras

– Há muitos anos, pouco depois de ingressar na Radius, estava em uma missão no Méier e conheci uma mulher chamada Maria de Fátima, pela qual me apaixonei. Ela era casada com um alcoólatra violento e tinha um filho de um ano de idade, você. Nos encontramos várias vezes até que, certo dia, ela disse que estava grávida. Fiquei muito feliz com a notícia e, seis meses depois, Eduardo nasceu. Maria conseguiu convencer seu pai, que se chamava Alberto, de que o filho era dele. Mas, pouco depois, nosso romance foi descoberto. Alberto nos pegou juntos e, durante a confusão, Maria contou a ele a verdade sobre o Eduardo. Ele tentou nos matar. Eu reagi e disparei à queima-roupa. Assustada, sua mãe me abraçou e eu a beijei para confortá-la. Foi quando alguns soldados da Radius que faziam ronda por perto, sendo atraídos pelo barulho dos meus disparos, entraram e nos viram.

– E aí? – a pergunta de Will saiu automática.

– Nosso romance foi um escândalo para a Radius. Sendo parte da organização, eu não poderia me envolver com uma impura, uma não-moradora de Iraputã. Era contra a Suprema Constituição, um ato imoral. Meu julgamento foi rápido e, minha sentença, cruel. Fui obrigado a presenciar, sem nada poder fazer, sua mãe ser assassinada por Dantas.

Ao ouvir aquilo, o coração de Will acelerou. Até Ulysses, geralmente pouco emotivo, se sentiu incomodado. Carlos espremeu os lábios e retirou o quepe antes de continuar:

– Eu era um fraco na época, um jovem com muitas dúvidas que, mesmo não tendo deixado a mente ser afetada pela Purificação, seguia, só por medo, a ideologia paranoica da Radius. Só o que consegui foi um acordo com uma amiga, para que você e meu filho permanecessem protegidos. Passei a dar à Vivian, sigilosamente, comida, roupas e outros víveres. Fiz também ela prometer que nunca contaria a verdade, pois a última coisa que eu queria era que vocês me procurassem.

Will se lembrou dos últimos dias de sua mãe adotiva e enrubesceu.

– Só não ajudou quando ela mais precisava, né?

Carlos foi pego de surpresa pela pergunta e tentou escolher cuidadosamente as próximas palavras.

– Eu juro, William, que tentei de tudo para ajudar a Vivian, logo que soube da doença dela. Mas, tendo que fazer a coisa toda por baixo dos panos, foi muito difícil. E arriscado. Já ajudava clandestinamente muitos IFs expulsos e havia acabado de conseguir essa patente. Não podia me comprometer mais e...

– Comprometer? Sabe o que eu acho?

O subcomandante se calou.

– Foi tudo culpa sua! Toda a merda que já aconteceu comigo e com o Edu!

– Não, eu...

– Você mesmo disse que matou meu pai. Depois, minha mãe. Apareceu na vida dela, não foi? Então. Aí deixou ela morrer. Igualzinho como fez com a Vivian. Tudo é culpa sua, sim!

Visivelmente transtornado, Carlos virou o rosto e esperou o silêncio ficar insuportável para se explicar:

– Talvez você esteja certo, William. É, talvez você esteja. Não há um só dia que eu não pense nisso, que sou um destruidor de vidas. Desde que a Vivian morreu, sempre imaginei como você e o Eduardo estavam se virando sem ela. Quando soube, por um dos agentes que enviei para monitorá-los, sobre o acidente de vocês, eu...

– Então quer dizer que foi você também que fez *aquilo* com o Edu?

– Não eu, mas um amigo. Um cientista aqui da Radius. Ele salvou seu irmão, William, e você sabe dis...

– Não, eu não sei.

Carlos expirou para se acalmar.

– Enfim, esse assunto não é importante agora e sim você entender que não sou eu seu inimigo, e sim Dantas. Ele é o real causador da tragédia da sua, ou melhor, da nossa família.

Will continuava bufando. Porém, quando se lembrou da última vez que ouvira a voz do comandante da Radius, se banhando nos fundos do barraco de Tia Azaleia, a raiva que sentia de Carlos se transferiu para o homem. O pai de Edu abaixou a cabeça e começou a resmungar:

– Aquele desgraçado... Sempre soube do Eduardo. Aproveitou o pedido da L.F.M. e há mais de um ano que usa os G.T.O.E. para investigar o paradeiro dele. Miserável, eu devia saber!

– Que pedido? O que o Dantas quer com o Edu? – Will perguntou já tentando colocar as emoções de lado e o raciocínio nos eixos.

– Primeiro, entenda uma coisa, William. A Radius é apenas um braço, uma subsidiária de uma organização euroamericana muito maior, controladora hoje da maior parte da Terra, chamada *Light For Mankind.* No entanto, apesar de seu poder, a L.F.M. tem uma grande pedra no sapato, um grupo com sede na região da Manchúria chamado Novos Independentes. A relação entre eles é mais o menos como a Radius e os Libertos. Um quer consolidar o poder enquanto o outro tenta enfraquecê-lo com atos terroristas.

– E o que isso tem a ver com o Edu?

– Há três anos, os Novos Independentes criaram um vírus e o disseminaram na sede da L.F.M., ao leste da América do Norte. A infestação foi rápida e avassaladora, matando vários líderes da organização. Abalada, a L.F.M. levou um bom tempo só para descobrir que a cura estava a anos de se tornar viável. Começou então a se esforçar para desenvolver uma vacina.

Will começava a antever as próximas palavras de Carlos.

– Depois de certo tempo, precisaram de cobaias para testar o que já tinham conseguido. Mas não podiam usar americanos ou europeus, já que o risco dos experimentos era enorme e eles não podiam perder mais nomes importantes. Acabaram dando mais uma incumbência aos líderes de suas bases operacionais espalhadas pelo globo.

– Catar gente.

– Isso. Os pedidos foram feitos um par de anos atrás, com duas condições. A primeira era que, em dois anos, duzentas e quarenta cobaias fossem capturadas na zona administrada por cada base operacional e que a responsabilidade por tais apreensões deveria ser exclusivamente do Grupo Tático de Operações Especiais atuante nessa mesma zona.

– Grupo...

– Os Sombras – esclareceu Carlos. – O esquadrão de elite da L.F.M. Quando a coisa fica realmente feia, geralmente nos cantos mais remotos do mundo, é a eles que a organização recorre. As maiores conquistas sobre os

Novos Independentes até hoje, por exemplo, foram obtidas por esses homens.

– Então quer dizer que não é só a gente aqui que tem que aturar esses desgraçados com cobra nas costas?

– Em cada parte da Terra, os G.T.O.E. usam um animal diferente para identificá-los. Sempre algum que, na tradição local, represente ameaça. Para aumentar seu poder intimidador. Aqui, é a cobra-rei, na África subequatorial, o leão, no Oriente Médio, o escorpião, e por aí vai. Da mesma forma, a L.F.M. batiza suas cidadelas, buscando familiaridade com seus dominados.

– Entendi. E qual foi a segunda condição dessa tal L.F.M.?

– Que apenas, além do G.T.O.E., o comandante, o subcomandante de cada base operacional e a equipe de cientistas designada para realizar os testes com a vacina saberiam a respeito do Inquisidor, o vírus criado pelos Novos Independentes. Nada absurdo, já que, desde a criação da Radius até a aparição do vírus, apenas quem ocupou os dois cargos mais importantes de nossa organização teve conhecimento da existência da *Light For Mankind*. E, obviamente, os Sombras que se sucederam durante todos esses anos. Esse sigilo, ao menos até onde eu saiba, nunca foi quebrado. Quer dizer, até agora. Para vocês dois.

Will olhou Ulysses, que estava tão concentrado nas revelações de Carlos quanto ele.

– O fato é que logo que Dantas recebeu o pedido, começou a procurar você, William, e seu irmão. Sabia que havia arranjado uma bela desculpa para se livrar do Eduardo e completar, assim, sua vingança contra mim. Meu romance proibido sempre foi tão repugnante para ele que nem mesmo o assassinato de Maria o satisfez. Além disso, o infeliz nunca engoliu o fato de que alguém com a ficha suja chegasse tão longe na Radius.

Por isso, só quando desse cabo na segunda e última coisa que amei na vida, ele sossegaria. Mas não verei mais mortes. Sei que a sorte está do nosso lado, mas não dependerei só dela para que nada de mau aconteça ao meu filho.

– Como assim? O que pode acontecer com o Edu?

– Na verdade, uma coisa já aconteceu. O Eduardo já recebeu a vacina contra o Inquisidor. Eu disse que estamos com sorte pois das duzentas e trinta e nove pessoas que a receberam antes dele, sessenta sofreram efeitos colaterais severos em menos de vinte e quatro horas. Mas ele não.

Will fez uma conta que, na teoria, seria fácil de ser realizada. Mas como matemática jamais fora seu forte e Carlos dissera muitos números em um curto espaço de tempo, o mulato levou alguns segundos para concluir:

– Quer dizer que pegaram o Edu por último?

– Sim, Dantas conseguiu o que queria no limite do prazo que a L.F.M. deu a nós.

– Tá, e que efeitos colaterais são esses aí que você falou?

– Como algumas vacinas, esta contra o Inquisidor contém o agente infeccioso enfraquecido que, depois de inserido no organismo da cobaia, o obriga a sintetizar anticorpos. Mas como a maioria dos resultados das pesquisas feitas pela L.F.M. sobre o vírus ainda é inconclusiva, a qualidade das substâncias imunizantes produzidas por ela é questionável. Uma prova disso é que, como disse, uma porcentagem considerável daqueles que recebem o Inquisidor ainda em sua forma latente não resiste. Não morre, mas perece de maneira horrível.

– Como?

– Bem, de várias maneiras. Seborreia no cabelo, perda acentuada de peso, escaras...

– Ficam retardados?

– É, pode-se dizer que sim.

Um palpite ocorreu a Will e ele só precisava de mais algumas respostas para saber que estava correto.

– O que se faz com essas pessoas que... perecem?

– São deixadas em observação.

– Onde?

– Em Nova Abolição. Ainda há a esperança de que, apesar de sua resposta negativa ao antígeno, desenvolvam uma memória imunológica que valha a pena ser estudada. Só por isso elas não são descartadas e, vez ou outra, uma é capturada para novos testes.

Will refletiu sobre a verdadeira origem dos Mongos e suas chagas.

– O problema, William, é que a aplicação da vacina é somente a primeira das duas etapas do experimento que visa erradicar o Inquisidor.

– E qual a outra?

– A aplicação do vírus em seu estado pleno, para testar a eficácia da vacina. Isso acontece uma semana depois da realização da primeira etapa, caso, é claro, a cobaia não apresente efeitos colaterais após receber a primeira das agulhadas. Como aconteceu com o Edu, por exemplo.

Will se inclinou para trás e sua temperatura ficou quase tão baixa quanto à da cela ao seu redor.

– Aí está o grande problema. De todos que foram capturados, ninguém sobreviveu ao vírus em sua forma mais letal. Na verdade, em questão de minutos morreram após a inoculação. Em todo o mundo, ninguém jamais resistiu ao Inquisidor, no máximo, suportaram alguns dias. Como Dantas sempre soube disso, eis o seu verdadeiro plano para assassinar o Eduardo.

– Por que esse filho da puta não experimenta a vacina nele próprio?

Carlos riu.

– Porque, além de sádico, é um covarde. Mas estou tratando disso.

Will piscou, desejando explicação.

– Quero matá-lo, William. E não só para salvar meu filho. Quero também mudar a Radius. Há muito tempo, acabar com a Purificação. Todo o ideal que a L.F.M. enfia na cabeça de nossos membros por essa maldita lavagem cerebral nada tem a ver com nós, cariocas. Só traz sofrimento. Infelizmente, uma dor que, se nada for feito, aumentará ainda mais nos próximos dias.

– Por quê?

– Lembra quando te falei que o Rio estava com os dias contados?

O mulato balançou a cabeça positivamente.

– Em breve, os Libertos atacarão Iraputã de forma massiva e inédita. Sabemos disso há um bom tempo, pois temos um informante no Q.G. deles, um dos G.T.O.E. E agora ainda há todos esses rabiscos espalhados por aí que não me deixam mentir. É curioso, pois é provável que eles também tenham agentes em Iraputã. Não é possível que seja coincidência estarem articulando uma grande investida justamente agora, quando a Radius atravessa sua maior crise.

– Crise? Mas a Radius nunca tá em crise!

– Por algum motivo não dito pela L.F.M., talvez o Inquisidor, ela tem nos suprido cada vez menos. Até mesmo nos contatado. Muitos de nossos equipamentos e veículos necessitam de reparos, faltam células de combustível e munição. Também sementes e animais em nossa vila. Por isso, nos últimos meses fomos obrigados a reduzir nosso pessoal pela metade e começar uma racionalização de recursos impensável anos atrás.

– Isso quer dizer que os Libertos têm chance?

– Isso quer dizer que a maior carnificina desde a Guerra dos Três Dias está prestes a acontecer nessa cidade. Entenda, William, eu quero, e devo, impedir esse ataque. Quero unir forças com os Libertos. Mais que isso, quero romper definitivamente os laços com a L.F.M. Ao que me parece, isso será o mais fácil. Tudo indica que ela está mesmo prestes a abandonar suas operações por aqui. Mesmo que depois retorne para restabelecer o poder, encontrará uma resistência sólida, coisa que não existia quando ela pisou aqui pela primeira vez. Eu quero algo que, desde que os mísseis caíram e queimaram os céus, nós, cariocas, nunca tivemos: liberdade.

Will encarava agora os olhos de Carlos percebendo que não só a cor que possuíam era igual à dos de Edu, como também a determinação que transpareciam. O subcomandante sentenciou:

– Tanto a salvação do seu irmão quanto a do Rio passam por um mesmo ponto: a morte de Dantas. E essa precisa acontecer hoje, para que um Incursão Falha, como eu, assuma pela primeira vez o poder da Radius e possa guiá-la por caminhos harmoniosos, antes do confronto com os Libertos.

– Você acha que vai conseguir?

– Sim, e tudo acontecerá de forma tal a gerar o mínimo de desconfiança.

– Tipo o quê?

– Tipo o Inquisidor – Carlos riu. – Como disse, poucos na Radius sabem da existência dele e aqueles que examinarão Dantas após a sua morte, com certeza, não pertencerão a esse grupo. A causa de seu óbito permanecerá como um mistério durante tempo suficiente para que eu consiga abafar a coisa toda. Foi a opção mais discreta que pensei.

– Mas você não disse que, pra pessoa morrer rápido, primeiro tinha que receber a vacina?

– Sim, e ele já recebeu.

– Como?

– Acupuntura. Um dorso nu e relaxado sob os cuidados de um fisioterapeuta subordinado a mim. Era tudo que eu precisava.

– Ele podia ter virado um Mongo.

– É verdade, tenho que reconhecer que essa é a única parte do meu plano que precisaria de proteção do acaso.

– Bom, o que importa é que deu certo, né? Então quer dizer que agora só falta colocar o vírus no Dantas e pronto.

– Isso. Mas não será tão fácil. Somente Dantas tem o código de funcionamento das seringas que contém o Inquisidor, enquanto eu, só o das vacinas. Mas tenho um plano para descobri-lo.

– Qual?

– Com isto aqui – Carlos tirou do bolso do casaco um objeto flácido e bege.

– Uma máscara? Mas como a gente pode ajudar? Tudo bem que esse aqui é mau que nem o capeta... – Will apontou para Ulysses – e eu faço tudo para ver o Edu bem, mas uma...

– Vocês? Ajudar de forma alguma. Só estão aqui por coincidência, porque vieram atrás do Eduardo. Eu vim aqui embaixo por causa dele – o subcomandante apontou para o sujeito repousado no canto da cela.

Os adolescentes se viraram e notaram que o homem continuava com o olhar perdido, aparentando não ter dado a mínima para a conversa que se desenrolava. Carlos chamou:

– 77A? Androide 77A? Está aqui por um motivo, não?

Ao ouvir seu nome, o robô se aproximou engatinhando.

– 77A, desculpe se as vozes em sua cabeça aumentaram nesses últimos dias. Eram somente interpretações do seu sistema aos sinais que eu enviava daqui. Reações imprevisíveis, é verdade, mas...

Subitamente, o robô enfiou a mão por entre as grades e agarrou o pescoço de Carlos. Perguntou com a voz metálica e irada:

– Era você que causava aquelas vozes?

– Sim... – respondeu Carlos, com dificuldade. – Me desculpe, depois de muito tempo tentando, precisei aumentar o sinal, após saber que meu filho tinha sido preso. Tinha que trazer você aqui de qualquer forma...

– Foi você que me dispensou?

– Não, foi o Dantas. Por favor, me largue... – suplicou o subcomandante, já sentindo o ar lhe faltar.

O androide obedeceu, mas não porque lhe foi pedido. Precisava se concentrar na criação de novas diretrizes. Depois de muito tempo, tinha um alvo mais específico que o verbete "Radius".

– Foi Dantas que te jogou fora de Iraputã depois de ter recebido você da L.F.M., como um presente por seus bons serviços. Te achou imprestável, um brinquedo sem graça e te ausentou de qualquer incumbência, apesar de todas as suas habilidades... polêmicas, digamos assim.

O androide encarava imóvel o chão, enquanto seus processadores trabalhavam em velocidade máxima. Will, por sua vez, alternava o olhar entre ele, Ulysses e Carlos, que continuou:

– Você quer vingança por isso, não, androide 77A? Durante muito tempo você quis isso, mas só o que precisava era de um incentivo. Por isso te trouxe aqui. Para te dar, enfim, uma função. A função de me ajudar a assassinar aquele que o privou de uma. E eu sei que esse é o pior crime que se pode cometer contra uma máquina da sua categoria, não?

O androide fez um movimento brusco para fitar Carlos.

– Como posso confiar em você?

– Se após a morte de Dantas você ainda não tiver saciado sua sede de vingança, pode acabar comigo também.

– E como posso ajudá-lo?

O pai de Edu olhou o relógio de pulso e concluiu que não tinha muito tempo restando naquela prisão.

– Se pudesse, te enviaria agora mesmo aos aposentos daquele desgraçado para você dar um fim nele. Mas como é o lugar mais bem guardado de Iraputã, faço só uma pergunta: você conhece a linguagem de programação DSH-4?

– Perfeitamente.

– Ótimo. Era o que eu imaginava – o subcomandante estendeu a mão que segurava a máscara. – Isso se chama Platos 3.0, a máquina de sonhos de Dantas. Toda noite ele a põe sobre sua face cheia de cicatrizes para relaxar e esquecer as atrocidades que comete, ou manda cometer, durante o dia. Só assim, com ilusões imundas, consegue dormir. Toda ela é programada em DSH-4 e, durante muito tempo, procurei alguém que dominasse tal linguagem. Mas não encontrei. São códigos ultracomplexos que requerem anos de treinamento para uma pessoa dominar. Um humano, veja bem. Como sabia que sua fabricação era do leste norteamericano, onde são produzidos os modelos 77 mais completos, tinha a certeza de que você poderia me ajudar.

– O que quer que eu faça?

– Quero que corrompa o sistema e crie uma nova entrada.

O androide tomou a máscara da mão de Carlos e encostou a ponta do indicador na região correspondente à "testa" do objeto. Um brilho azulado irradiou, simultaneamente, de seu dedo e na área da máscara tocada por ele. Em cinco segundos terminou o serviço.

– E agora?

Carlos encarou Will.

– Agora só preciso de um bom contador de histórias para me ajudar.

O mulato, percebendo malícia no olhar do subcomandante, perguntou interessado:

– Como assim história?

– Te contarei que tipo de história – respondeu Carlos, com uma meia-lua na face.

12 - O crepúsculo do tirano e do insurgente

Minutos depois de sirenes tocarem e um alvoroço tomar conta de Iraputã, Carlos, Will, Ulysses e 77A chegavam ao último andar da torre central da cidadela, conduzidos por meia-dúzia de soldados.

O centro de operações da Radius era fascinante e sombrio. Aninhava dezenas de terminais holográficos, tubos e pilastras, tudo preto, inclusive a raríssima bebida dos operadores: café.

No fundo, havia uma janela pela qual se podia ver a nuca da harpia na testeira do edifício e, mais além, o espetáculo que era a Vargas no início da tarde. Entre a ave e o quarteto capturado, no centro do saguão, aguardava um careca corpulento, de cavanhaque preto e marcas na face.

– Olha só quem pisou na bola novamente – disse o comandante Dantas, abrindo os braços. – Carlos, meu querido, você não nasceu para essa vida, não é? Não nasceu para a Radius. Bem que eu sempre desconfiei, nesses anos todos, que você era um maldito Incursão Falha!

Apertou um botão em um console, onde um telão se acoplava. A imagem de Carlos trocando palavras com Will e 77A na prisão do Q.G., vários andares abaixo, apareceu com o áudio da conversa que seguiu entre os três. O vídeo pausou na cena final, pouco depois do androide invadir a Platos 3.0 do comandante, quando soldados arrastavam os conspiradores para fora da prisão. Gesticulando, Dantas começou a andar de um lado para o outro.

– Sua ignorância, subcomandante, te cega mais do que supus. Logo você, que por tanto tempo cuidou dos equipamentos de segurança dessa cidadela, os ignorou enquanto tramava um plano para me derrubar?

Sacudiu a cabeça e avançou contra Carlos, lhe socando o estômago. O radiano se contorceu e o comandante enfatizou:

– Armar contra mim?

Apontou para Ulysses e, então, para o androide 77A. O robô estava inoperante e amparado por dois soldados.

– E você? Por que voltou aqui, sua lata-velha? Para me ludibriar, acabar comigo também?

Dantas abriu a palma da mão e um dos homens que segurava o androide depositou nela um pequeno objeto cilíndrico e frígido, a célula de combustível de 77A.

– Parece... – continuou o comandante, largando o objeto aos seus pés – que não poderá terminar o serviço, seu monte de metal inútil – e pisou com vontade o cilindro, espatifando-o.

– Não! – gritou Will.

Dantas amarrou a cara, se aproximou do adolescente e lhe deu um tapa no rosto. Apertou seu queixo.

– Cala a boca, garoto impuro! Você sabe por que ainda está vivo? Pelo mesmo motivo deste traste aqui! – apontou para Carlos. – Você veio aqui atrás do seu irmão? Pois bem, eu o trarei aqui.

Fez um sinal e o mesmo soldado que lhe dera a célula de combustível de 77A falou pelo comunicador. Em instantes, Edu, sendo arrastado por radianos, surgiu em uma das entradas do centro de operações. Pálido e com os olhos entreabertos, foi levado para perto do comandante.

– Pois aqui está ele. E este é o momento da verdade. Como sou misericordioso, vou dar a este garoto uma chance – Dantas abraçou e sacudiu o irmão de Will. – Uma chance para ele provar que realmente merece o amor de vocês. Afinal, depois que o testarmos, digamos assim, ele pode se tornar um salvador, não é mesmo, querido Carlos?

Puxou do casaco um recipiente cilíndrico coberto por uma capa. Quando notou o que era o objeto, Carlos tentou se desvencilhar dos homens que o seguravam, mas um dos soldados se pôs diante dele e, com a coronha do fuzil, lhe acertou a cabeça.

Dantas retirou a capa que protegia a seringa contendo o Inquisidor e esbravejou mais uma vez, olhando fascinado o brilho da ponta da agulha e o líquido no interior do recipiente:

– Vocês acharam que podiam comigo? Acharam que seria fácil elaborar um plano para me derrotar? Vocês esquecem que posso tudo, que controlo tudo? Que vejo tudo? – o comandante apontou para o vídeo pausado mostrando Carlos, Will, Ulysses e 77A sendo levados pelos soldados da Radius. – Diferente de vocês, que são cegos. Cegos porque preferem viver sem a luz da razão, da força e do progresso. E para isso... – digitou alguns números em um microteclado na seringa, a senha para a liberação da trava da mesma – não há perdão – puxou Edu para mais perto e enfiou a agulha em seu pescoço.

– Edu! – gritou Will, já em prantos.

– Meu Deus! – Carlos fez o mesmo.

Dantas afrouxou o braço, fazendo Edu, com os olhos fechados, desabar. Provocou, por fim, sorrindo:

– Deus não existe, subcomandante. Você sabe muito bem disso.

Desesperado, Carlos tremia, soluçava e algumas lágrimas também já escorriam por seu rosto caucásico. Sua tristeza por ter perdido o único filho era pungente e parecia que jamais iria deixá-lo. De repente, porém, parou de hiperventilar e gargalhou. Assustado, Dantas deu um passo atrás.

Foi quando viu Will e Ulysses erguerem sorridentes a cabeça e 77A recuperar as energias para lhe fitar. Os soldados em volta dos quatro pareciam estátuas de carvão. Carlos interrompeu a gargalhada e perguntou em um tom soturno, olhando por cima do ombro do comandante:

– Você vê tudo?

Quando Dantas se virou e reparou que o pai de Edu observava o vídeo pausado mostrando a detenção dele, Will, Ulysses e 77A, sua mente deu um nó e algumas poucas palavras inteligíveis surgiram dentro dela: DSH-4, programação, androide 77A, Platos 3.0. Sua máscara de sonhos. Impossível.

Em seguida, tudo era breu.

Quando despertou, sentiu o colchão macio de sua *kingsize* e ouviu o subcomandante repetir:

– Você enxerga tudo, comandante? Pois eu também.

Antes que Dantas pudesse reagir, Carlos, sentado em uma poltrona bem ao lado do comandante, enfiou uma agulha em seu pescoço. Riu ao puxar a seringa de volta, pois a cena não lhe poderia ser mais irônica: diante dele, um tirano sucumbia traído pelos próprios sonhos.

Desligou a minitela por onde, segundos antes, observava o desenrolar das cenas que se sucediam na mente de Dantas e retirou a Platos 3.0 do rosto do comandante. Guardou rapidamente o objeto dentro do casaco, com o monitor e a seringa. Esfregou as mãos e revelou:

– Ah sim, obrigado pelo código. E pode deixar que me certifiquei de que apenas você ouvisse certos "papos conspiratórios" em nossa prisão.

Sufocado, Dantas levou as mãos ao pescoço. Um apito intermitente soou não só pelo seu quarto, mas por todo o Q.G. da Radius, indicando que a saúde de seu líder ia mal. A advertência vinha dos *nanobots* implantados no organismo do comandante, monitorando suas funções vitais.

Poucos depois, uma equipe médica bem aparelhada e vários radianos curiosos lotavam o quarto.

– Estava passando quando ouvi o alarme disparar. Entrei e o vi nesse estado! É uma lástima... – alegou Carlos, firme.

– Por favor, senhor, afaste-se – foi só o que pediu o médico.

– Claro.

O subcomandante se levantou e obedeceu. Com a certeza de que seu plano estava perto de se concretizar, se esforçou para não exteriorizar a felicidade que sentia ao ver o responsável pelas maiores mazelas de sua vida definhando.

***

Muitos metros abaixo do quarto de Dantas, 77A arrebentava, conforme pedido por Carlos, as grades da cela ao lado daquela onde estava com Will e Ulysses momentos antes. Já fizera o mesmo com as barras de seu próprio cubículo carcerário – as correntes elétricas que as protegiam também haviam sido desativadas pelo subcomandante – e dado cabo dos oito soldados que guardavam a prisão. Além de ter pego, com um deles, um rifle P12H.

Foi quando o coração de certo morador de Grota IV quase saiu pela boca. Will, em um primeiro momento, hesitou em se aproximar do corpo de Edu desabado no cimento frio, mas não tardou a ir ao seu encontro. Se abaixou e chamou o moreno, lhe sacudindo os ombros:

– Edu?

No momento exato que seu pai dissera que aconteceria, Edu, que vestia um folgado roupão laranja, despertou. Abriu os olhos lentamente e, logo que viu o irmão, deu um sorriso.

– Will?

Os dois se abraçaram e o mulato espremeu, com a força de sua saudade, a testa no peito do irmão.

– Puta que pariu, graças a Deus!

– O que aconteceu? Onde a gente tá?

– Em Iraputã. Depois te explico tudo. Agora a gente tem que sair daqui.

Edu se levantou e, enquanto corria na companhia de Will até uma escada de emergência, olhou intrigado 77A e Ulysses. Parou quando ouviu o irmão falar novamente:

– Ah, peraí – Will retirou de sua jaqueta a gargantilha com o pingente de turquesa. – Isso é seu.

Edu pegou o cordão e o prendeu no pescoço.

– O M.F. quer dizer Maria de Fátima, nossa mãe. O C.A., Carlos Araújo, seu pai – explicou Will.

– Como você sabe?

– Ele é que tá ajudando a gente a sair daqui.

– Meu pai? Como assim? Onde ele tá?

– Acho que agora dando um fim no comandante Dantas.

– Ele tá em Iraputã também?

– Bom, ele mora aqui, né?

Edu ficou confuso, mas, como lhe era de costume, não nervoso. Perguntou para o androide ao seu lado:

– 77A, me diga a localização de Carlos Araújo.

Will franziu a testa. Não por Edu saber distinguir um androide de classe 77 e suas capacidades – a intelectualidade de seu irmão lhe era mais que conhecida. Estranhou foi o seu pedido.

– O que tá fazendo?

– Eu preciso achar ele.

– Tá maluco, porra? A gente precisa sair daqui! Quer dizer, depois de achar a Lia.

– A Lia veio com você?

– Veio.

77A terminou de enviar radiação terahertz e reconhecer cada nível da torre principal de Iraputã.

– Décimo terceiro andar – respondeu.

– E a Lia? – perguntou Will.

– Informe sexo, ida...

– Mulher, quinze anos, um metro e sessenta e dois, cinquenta quilos – Edu se antecipou.

77A revelou segundos depois:

– Quinto andar.

– Edu, esquece teu pai. Vamo encontrar a Lia e meter o pé! – disparou Will, já arrependido por ter contado ao irmão sobre Carlos.

– Eu preciso falar com ele, Will!

– Você tá querendo morrer? Eu vim lá da Grota pra te salvar e agora você quer que te peguem de novo?

– Você não entende! Pra você não tem diferença, nunca teve, mas pra...

– A gente não vai, porra!

Edu pensou alguns segundos, antes de responder sério:

– Se você não vai, eu vou.

Desapontado, Will semicerrou os olhos e sentenciou da mesma forma que o moreno:

– Vamo buscar a Lia.

Escoltados por 77A, Will, Edu e Ulysses subiram ligeiros a escada de emergência até o quinto andar sem serem incomodados. No entanto, ao penetrarem o corredor principal daquele nível, precisaram se esconder atrás do androide para não serem baleados pelos soldados de guarda.

77A revidou com precisão, acertando não só oponentes armados, mas também os demais radianos que, desesperados para se abrigarem de suas rajadas fluorescentes, cruzavam o seu caminho. As balas de nove milímetros que recebia em troca apenas ricocheteavam em seu corpo e provocavam zunidos assustadores para os adolescentes abrigados as suas costas.

Quando o androide limpou o corredor, o grupo alcançou outro menor, onde apenas uma voz ofegante cortava o silêncio. Vinha de um escritório trancado:

– Ah, gatinha. Quem liga pra esses tiros, né? Deixa eu te pegar, vai. Você quer, não quer?

– Quero sim...

Will e Edu notaram que a voz era de Lia e que havia um tom incomum de sensualidade nela. Correram até a porta da sala e, enquanto faziam um gesto para que 77A a arrombasse, ouviram mais gemidos:

– Quer, não quer?

– Quero sim. Vem cá...

77A derrubou a entrada de aço com um soco. Ulysses foi o primeiro a entrar no escritório iluminado por um néon azul. Viu um homem com as calças abaixadas em cima de Lia e levou a mão à bermuda.

Afligiu-se ao reparar que sua Predadora S&W Platinum fora apreendida. Porém, antes que pensasse em outro meio de ajudar a amiga, viu Lia enfiar a ponta de uma caneta na perna de seu atacante.

O homem urrou e desabou. A morena, maquiada e espremida dentro de um microvestido carmesim, estava ofegante e aterrorizada. Assim que viu o tiziu se aproximando, respirou fundo e reclamou:

– Por que você demorou? Se tivesse chegado um segundo antes, eu não tinha sujado a mão – Lia sacudiu os dedos manchados pelo sangue do homem que quase lhe violentara. – Cace...

Viu uma figura surgindo por detrás de Ulysses e congelou. Quando se tornou nítida, a adolescente por pouco não caiu para trás.

– Edu! Meu Deus, Edu! – correu até o moreno e o agarrou como se não quisesse que ele escapasse nunca mais. Edu não se importou, pois desejava o mesmo, e um beijo se seguiu.

Will sabia que devia estar contente por aquele reencontro, mas havia algo misturado a sua alegria que o impedia sequer de sorrir. Lia andou em sua direção e o abraçou.

– Que bom te ver...

– É, a gente conseguiu.

– Você conseguiu – corrigiu a morena, segurando o rosto do mulato. Olhou 77A. – Opa, eu tô conhecendo você. Você não...

– É ele, sim – respondeu Will. – Mas ele tá ajudando a gente agora.

77A puxou o gatilho para dar cabo do radiano que se contorcia de dor ao chão – seus gemidos pareciam os ruídos desagradáveis que há muito ecoavam em sua cabeça – e todos tremeram. Lia encarou o androide receosa e perguntou:

– O que a gente faz agora?

– A gente desce e se manda – sentenciou Will.

– A gente sobe. Até o décimo quinto andar – protestou Edu.

– Por quê? – indagou Lia.

– Meu pai tá lá.

– Como assim?

Will esfregou o rosto impaciente. Edu tentou ser breve:

– O Will falou que meu pai tá aqui em Iraputã e o 77A confirmou. Já falei pra ele: ninguém precisa ir comigo, mas eu vou conhecer meu pai de qualquer jeito.

Will lhe puxou pela gola e esbravejou:

– Edu, puta que pariu! Para de ser teimoso! Vambora agora!

– Me solta!

– Vamo!

Lia encarou Ulysses e deu de ombros. Estapeou o braço de Will, fazendo-o largar o irmão.

– Will, eu não tenho a mínima ideia do que tá acontecendo, mas o Edu tem o direito de conhecer o pai, sim. Ele sempre quis isso e essa pode ser a única chance dele.

O mulato a encarou com raiva.

– Você tem ideia de que é perigoso pra caceta a gente ficar andando por aqui?

A morena sacudiu a cabeça positivamente.

– Tem ideia de...

– Se ele for, eu vou com ele.

Will teve a mesma reação de contrariedade de quando Edu pedira para se encontrar com o pai pela primeira vez. Algum tempo foi necessário para que se acalmasse e tentasse outra abordagem:

– Tá ligada que todo mundo aqui... – olhou ao redor – pode mor...

Lia tocou suavemente os lábios do mulato e eles fecharam.

– Não vai acontecer nada. Eu prometo.

Passos foram ouvidos no corredor.

– Tá na hora! – gritou Edu. – 77A, segura eles aqui enquanto a gente sobe. Você não vai consegui proteger todo mundo mesmo. Depois encontra a gente lá no décimo quinto! Se ainda tiver em pé.

O androide consentiu e partiu de volta ao corredor principal. O quarteto de adolescentes seguiu na direção contrária, buscando, dessa vez, a escadaria principal da torre.

***

Quando Carlos reparou que os batimentos cardíacos e a respiração de Dantas normalizavam, começou, calado, a amaldiçoar a sorte que aquele homem tinha. Era praticamente uma chance em vinte do comandante, após receber a vacina contra o Inquisidor, e então a versão plena do vírus, levar mais que cinco minutos para morrer. No entanto, tudo indicava que conseguiria, que ainda teria algum tempo extra para infernizar sua vida.

– Prendam ele... – falou Dantas, com a voz moribunda, aos que estavam ao seu redor.

Carlos não sabia como reagir.

– Esse puto tentou me matar...

O conselheiro Mathias Figueiredo, chefe do Setor 7 e terceiro no comando da Radius, se aproximou para ouvir melhor o comandante. Ao seu lado, estava Rubens Trindade, líder do Setor 3 e o mais abaixo na hierarquia radiana.

– Como, senhor?

– Esse desgraçado... – Dantas apontou com dificuldade para Carlos – tentou acabar comigo. Prendam ele.

O conselheiro, com seus olhos azuis e cabelos grisalhos, se virou incrédulo para a equipe médica e os demais radianos ao seu redor. Dantas insistiu, um pouco mais disposto:

– Não ouviu, Figueiredo?

– Prendermos o Carlos? Mas...

O comandante perdeu a paciência de vez e, para o espanto geral, reuniu suas poucas forças para tomar a pistola nove milímetros do coldre do conselheiro. Trêmulo, apontou para Carlos, que arregalou os olhos e se virou. Antes que pudesse escapar, três tiros lhe acertaram o pulmão.

Will, Edu, Ulysses e Lia alcançaram o quarto de Dantas no momento em que o subcomandante caía de joelhos. Ao ver o filho na soleira da porta, Carlos falou suas últimas e únicas palavras a ele:

– Meu filho, me desculpe...

Os adolescentes congelaram e viram o radiano desabar de vez, morto.

– Tragam esse moleque para mim! – Dantas ordenou a seguir, apontando para Edu.

O primeiro a se livrar da perplexidade que dominava a todos foi justamente Mathias, que andou até Edu para cumprir a ordem. O segundo foi Will, depois Lia e Ulysses, que tentaram ajudar o moreno. Mas o trio foi logo impedido pelos soldados mais próximos.

Edu se debateu, mas não o suficiente para evitar ser colocado diante do comandante. Dantas, sabendo dos poucos minutos que lhe restavam e que uma vingança ainda precisava ser completada, pediu:

– Dentro do casaco dele... – apontou para o corpo de Carlos – há uma seringa. Peguem ela.

Rubens Trindade obedeceu e entregou o objeto ao comandante. Dantas estudou por alguns segundos a seringa com o montante do Inquisidor não injetado em seu organismo e, ainda impossibilitado de ficar em pé, empurrou a agulha no ombro do moreno imobilizado por Mathias.

– Edu! – o grito alucinado de Will pôde ser ouvido por quase todo o Q.G. da Radius.

O moreno caiu desacordado da mesma forma que fizera no sonho de Dantas. Seu irmão, aos prantos, perdeu as forças e sentou-se no chão. Lia fez o mesmo e, ao ver a palidez no rosto do namorado, pressentiu que estava perto, dessa vez, de perdê-lo para sempre.

Porém, outra coisa logo tomou sua atenção.

Era uma grande sombra, surgindo bem diante dela. Simultaneamente a todos, se virou para a porta do quarto.

O androide 77A estava lá, parado, com seu rifle plasmático em mãos. Mirou na cabeça de Dantas e, sem vacilar – Ulysses ainda pensou ter visto um sorriso em seu rosto emborrachado –, apertou o gatilho.

Quando a rajada de aço em revide varou o quarto e o atingiu, ele já havia se autodesligado. Não ouviria mais vozes em sua cabeça, nem sua existência suplicaria por significados. Finalmente achara uma função e não falhara em executá-la no momento mais oportuno.

Todos ouviram o estrondo causado pelo choque da carcaça esburacada do androide com o chão. Então um gemido. Giraram mais uma vez e perceberam que vinha de Edu.

O adolescente simplesmente se levantava, ainda cambaleante pelo desmaio causado pelo estrangulamento de Mathias. Will e Lia vibraram e correram para abraçá-lo. Ulysses se aproximou timidamente, mas logo foi puxado por sua amiga para fazer companhia ao trio.

Irresoluto por tudo o que acontecia, Trindade via a celebração. Perguntou a Mathias, que se encontrava da mesma forma:

– O que faremos?

O conselheiro permaneceu um tempo observando as partes de Dantas espalhadas por sua ex-alcova. Quando responderia, ouviu um telefone tocar sobre o criado-mudo da cama do ex-comandante. Andou hesitante até ele e o atendeu, se esforçando para não gaguejar.

– Comandante Figueiredo.

Cinco minutos se passaram sem que Mathias falasse coisa alguma. Quando desligou, seu semblante estava perturbado, sua frieza, a mais invejada de toda a Radius, era como se jamais houvesse existido.

Desde a fundação da entidade, muitos radianos haviam especulado com quem, ou sobre o que, seus comandantes falavam ao célebre Telefone Vermelho, nas raríssimas vezes que isso acontecia. A maioria sempre acreditara na explicação oficial, de que tudo não passava de negócios sigilosos envolvendo os mantimentos, veículos e materiais vindos do além-mar.

Alguns, porém, elaboravam teorias fantasiosas e, um punhado, de curiosidade exagerada, desobedecia a Suprema Constituição e chegava a atender o telefone sem permissão, mesmo esse se localizando nos aposentos de sua autoridade máxima. Em vão, pois nesses casos o que ouviam era apenas estática e, depois, uma pena severa dos juízes do Setor 2.

O fato é que a persistência do mistério envolvendo o "TV" apenas contribuía para que, a cada dia, novas apostas fossem feitas. No entanto, Mathias duvidava agora se algum radiano chegara perto da verdade.

Após olhar uma microcâmera jamais percebida por ele no vértice mais escuro do quarto de Dantas, fixou em Lia, Ulysses, Edu e Will, sobretudo os dois últimos. Os irmãos retribuíram da mesma forma insossa e defensiva. Já incomodado pelo silêncio, o agora subcomandante Trindade se manifestou:

– O que faremos com eles? Os matamos?

– Não! – berrou Mathias, se virando para o companheiro. – Devemos deixá-los em um lugar seguro. Não aqui. Pois em breve, como todos sabemos, Iraputã não será um lugar seguro.

Voltou a encarar os adolescentes de feições semelhantes. Dentre as revelações surpreendentes que a voz de sotaque espanhol lhe fizera ao Telefone Vermelho, uma era bastante peculiar: por que aqueles garotos, de uma hora para outra, haviam se tornado tão importantes para a Radius?

Não só isso.

Os seres humanos mais valiosos da Terra?

***

Quando o grupo de cientistas alcançou o corredor do quarto de Dantas, Will, Edu, Lia e Ulysses já eram conduzidos por entre a multidão que buscava informações sobre a tragédia que acontecera aos seus líderes.

O homem que vinha na frente, um senhor de cabelos de algodão perto dos setenta, em um primeiro momento se assustou ao ver o moreno que vestia roupão laranja, mas logo se felicitou por ele estar bem.

Afinal, apesar da imensa probabilidade, seria muita injustiça aquele adolescente, após ser salvo por suas habilidades específicas, morrer da mesma forma.

13 - Crônica para a R.R.L. - O fim da Radius

(...) Como beber
Dessa bebida amarga
Tragar a dor
Engolir a labuta (...)

(...) Pai! Afasta de mim esse cálice
Pai! Afasta de mim esse cálice
Pai! Afasta de mim esse cálice
De vinho tinto de sangue (...)

Chico Buarque e Gilberto Gil, Cálice

Cento e oito verões atrás eles vieram com suas aeronaves e cargueiros negros, sem dar pistas de onde ou por quê. Com a perseverança e a celeridade de formigas, ergueram três palácios no centro de nossa cidade e, então, um império de medo no coração de seus habitantes.

Primeiro, se limitaram a explorar cada bairro e estudar aqueles que, no meio da anarquia, ainda estavam longe de instituir algo parecido com a sociedade em que vivemos hoje. Tudo era barbárie, homens imersos na abjeção de uma imensa zona radioativa, famintos, feridos e perplexos sobre os clarões ocorridos dois anos antes. Os Sobreviventes.

Somente alguns meses depois, os vultos severos estabeleceram seus postos de vigilância pelo Rio e, enfim, contato conosco. Embora poucos soubessem falar nossa língua e aqueles que o faziam nada tinham de cortês, foram bem sucedidos em sua primeira convocação.

Não precisaram exatamente se esforçar para que isso acontecesse. Eles tinham alimentos em abundância, água e teto para se abrigar do inverno nuclear. Seus alvos, apenas a borda de um precipício cujo fundo havia a animalidade, a loucura e, bem abaixo, a morte. Foi mais ou menos como oferecer um reino a alguém perdido no deserto.

Por isso, o chamado original para a Purificação foi um sucesso. No tempo de uma geração, eles, os vultos, desapareceram, e nós viramos eles. Instaurou-se então um período de intolerância, despotismo e violência sem precedentes na história do Rio de Janeiro. A imposição de uma estranha "Suprema Constituição" sobre os não pertencentes à Radius.

Esses cariocas que se agruparam, basicamente, em quatro estratos sociais: os neutros – a maioria –, os viajantes ou nômades, os criminosos – de características semelhantes àqueles do pré-guerra – e a resistência.

No início, a Radius até tentou combater as facções, mas logo percebeu que era perda de tempo. Não ofereciam real ameaça a sua dominação e, cedo ou tarde, acabariam se extinguindo. Por conseguinte, seus membros, juntos com os neutros e viajantes, correriam para Iraputã e ela os receberia de asas abertas. Era só ter paciência.

O problema mesmo era o último grupo.

Foi com muita surpresa e orgulho ferido que a Radius descobriu que um punhado de filhos de São Sebastião desenvolvera a capacidade de se articular de forma a causar baixas significativas. Indivíduos astutos, estratégicos e incrivelmente adaptáveis. Excelentes guerrilheiros.

Com eles, os cariocas aprenderam que não tinham só as opções de continuar aceitando as ordens de seus subjugadores ou se agregarem a eles, mas que poderiam se rebelar de forma inteligente e organizada. Aprenderam que podiam lutar. E, talvez um dia, vencer.

Vietnã, parte dois. Vocês já devem ter ouvido essa frase.

Como já devem ter ouvido as informações dessa crônica. Então por que, vocês devem estar se perguntando, estou narrando-as novamente?

Ontem falei sobre Seu Souza e desejei que, quaisquer que fossem as mudanças após a sua morte, que fossem boas. Pois então. É isso que trago a vocês, boas notícias. Precisava apenas de um prelúdio.

Um prelúdio para o fim da Radius.

Está escrito nos muros e, principalmente, nas feições dos radianos. Se vocês repararem bem, há nelas agora, misturados à rudeza costumeira, uma desconfiança, um temor que nunca houve.

Muitos de vocês, devido à ideia pré-concebida da onipotência da Radius podem não perceber, mas ela definha, reclusa sobre a aura de poder e mistério que envolve sua cidadela. Ninguém sabe por que, mas isso não é relevante. E sim que os grilhões estão finalmente afrouxando.

E muito em breve arrebentarão. Como sei? Se todas as mensagens espalhadas aos quatro cantos não são suficientes para lhes convencer, posso dizer que o esqueleto de um passarinho me contou.

Contou-me que, em breve, uma caveira sairá de seu túmulo uma última vez para reclamar sua liberdade e a dos conterrâneos sob seu amparo. Para dissipar o véu negro que cobriu sua terra de insegurança e humilhação. Para derrubar um gigantesco monstro, é verdade, porém não mais inexorável. Para, como está sendo dito, trazer um novo Rio.

É, meus queridos, o fim da Radius está próximo.

O problema é que ela está batendo na minha porta agora.

Por isso mesmo, para provocá-la, talvez uma última vez, faço das palavras do camarada Diego JE as minhas. Mas só o final de sua despedida, já que, como sempre digo, até mesmo diante da morte precisamos ter educação: "Viva os Libertos!"

Hoje é 18 de janeiro de 2189 e sou Dilios Américo, para a Rádio Rio Livre.

14 - Fuga da Marambaia

Will caminhava sob um Sol diferente. Embora mais brilhante que o original, não lhe escaldava a pele e era mais laranja que qualquer entardecer. Seus raios encorpados ondulavam e abraçavam a vila onde ele estava.

O mulato não tardou a compreender que era a sua vila, a Vila dos Justos. Mas não a ordinária sob toneladas de pedra, e sim uma versão fresca, ao ar livre. Apesar da terra batida sobre a qual o conjunto de casas sempre se assentara ter se tornado asfalto, os pés de Will não ardiam ao pisá-lo. Na verdade, nada o incomodava, pois o mulato deleitava-se como nunca.

Andou até o final da viela e reparou que a Praça do Ébrio também estava diferente. E não só por sua nova iluminação natural. Mais larga e enfeitada com bandeirolas, abrigava casas multicoloridas e uma multidão pulando e cantando em meio a uma chuva de confetes, ritmada por instrumentos de sopro. Todos estavam ineditamente alegres.

Era carnaval em Grota IV.

Embora soubesse que seu bairro jamais tivesse experimentado tal folia, e que desde a Guerra dos Três Dias ela podia apenas ser apreciada em audiovisual antigo, Will não se importava. Aquela festa era a maior e mais bonita que o mulato já vira e tudo o que ele queria era saborear seu favo libertino.

Caminhou mais um pouco e então a viu, no centro da praça, entre um casal se beijando apaixonadamente e um viralatas abanando o rabo. Ela se virou e também o encontrou.

Lia usava o mesmo vestido de quando estava prestes a ser violentada na torre principal de Iraputã. Mas, dessa vez, não estava assustada. Sorria para Will, que podia sentir seu perfume, mesmo estando a muitos metros. Era o mesmo dos jasmins de Tia Azaleia.

Aquela visão anestésica não era a única. Não muito além da morena, havia o horizonte. Mas não o de concreto e disforme que Will estava acostumado a ver. Esse era azul. O mar. Embora jamais o tivesse visto pessoalmente, o mulato tinha certeza de que era o mar.

Will fechou os olhos, sentiu sua brisa e ouviu o barulho das ondas. Depois, nebulosamente, um chamado de Lia.

Socorro!

Abriu os olhos.

Agora era noite, tanto as pessoas quanto a música haviam sumido e Edu o encarava no mesmo lugar onde a morena de olhos amendoados estava. Era um olhar de repreensão, que lhe feria como uma flecha. Will pensou em se justificar a respeito de algo que ele não tinha certeza o que era, no entanto, novas visões lhe roubaram a voz e a animação.

No horizonte, agora negro, brotavam conhecidos olhos vermelhos e, por cima deles, um bando de harpias revoou. Os pássaros desceram e avançaram contra as costas de Edu, que não se protegeu. Will tentou alertá-lo, mas suas cordas vocais pareciam ter desaparecido com a cena abençoada de outrora. As aves envolveram seu irmão e, logo depois, ele.

Desesperado, o mulato abanou para se desvencilhar das garras e bicos agressores, mas eram muitos. Esforçou-se para ver Edu e se assustou. Um Lobo corria em sua direção. Quando a fera deu o bote, Will levou as mãos ao rosto em reflexo.

Em seguida, despertou com uma trovoada.

***

– Will?

Ofegante, o mulato precisou de algum tempo para que sua consciência retornasse plenamente. O rosto fino de Edu, a centímetros dele, se tornou nítido.

– Você tava sonhando, relaxa.

– Caraca, você ainda tá muito quente – ouviu Lia falar, dessa vez, sentindo os dedos da morena raspando sua testa.

– O que aconteceu?

– Você não se lembra? A gente tava lá em Iraputã e...

– Isso eu lembro. Mas não do resto.

– No meio do caminho você apagou de cansaço. Aí começou a ter essa febre.

– Onde a gente tá?

– Em uma ilha, acho. Trouxeram a gente aqui de helicóptero.

Enquanto se levantava, Will percebeu que a cela onde ele, junto de Lia, Edu e Ulysses – esse, indiferente ao seu despertar, lia "Sangue e Dor" sentado em um canto –, estava agora se diferenciava bastante daquela de Iraputã. Era rústica, larga e cheia de goteiras.

Quase tropeçou em um rato e olhou as paredes, notando diversos "PTs" e "BMs" pichados. Porém, o verbete mais presente ali não era a sigla de nenhuma facção, e sim "Libertos".

Um vento gelado lhe atingiu o rosto e ele descobriu uma pequena janela a três passos, protegida por grades. Andou até elas e, esquecido da probabilidade de estarem eletrificadas, as agarrou. Felizmente, apenas sentiu uma superfície áspera e molhada.

Enfiou a cabeça o máximo que pôde no espaço entre as barras para ver além. Uma tempestade caía sobre uma superfície revolta, a uns vinte metros abaixo. Ao ouvir com clareza seu ruído, o mulato concluiu que era o mesmo do seu sonho. Muito mais alto, porém.

O primeiro encontro real de Will com o mar foi frustrante. Aquela massa líquida clareada por holofotes fora da vista dele e se remexendo irritada nada tinha de atraente, muito menos as enormes ondas quebrando na torre que abrigava sua cela.

Quando desejava retornar à primeira parte de seu último sonho, Will ouviu uma voz rouca e arrastada:

– Meu Deus, como esse lugar tem barata! Quem dera sua resistência a guerras nucleares fosse só lenda...

Will se virou enxugando a testa e notou quem reclamava. Era um senhor na cela ao lado, batendo a sola dos sapatos no chão. Tinha a coluna ligeiramente arqueada, era calvo, usava óculos de grau e, assim como Ulysses, tinha um livro em mãos. Seu blusão era tão conservado quanto as roupas do canibal Fabrício Mayer e aparentava ter pouco mais de cinquenta.

Quando se pôs à frente das grades que o separavam do homem, Will leu o título da obra que ele segurava: "A Resolução dos Nichos", ou algo assim. O senhor interrompeu o sapateado e lhe encarou.

– Olha, o Sobrevivente acordou – e voltou a pisar nos artrópodes que o cercavam. – Nossa, são muitos! Assim meu joanete não aguenta.

– Como assim sobrevivente?

– Estava conversando com seus amigos e eles disseram que vocês eram da Zona das Grotas.

– E daí?

– Nada, nada – o homem espirrou. – Ah, essa umidade desgraçada... É que esse é o nome que dou às pessoas que moram lá.

Will pensou em perguntá-lo por que tinha esse costume, mas desistiu ao ouvi-lo protestando mais uma vez, dessa vez esfregando os braços.

– Nossa, que frio está fazendo! Esses radianos bem que podiam nos dar mantas. Seria o mínimo, depois de terem nos arrancado de casa. A comida daqui já não é boa, só falta eles...

– Você reclama, hein? Muito mesmo – Will não se conteve.

O coroa respondeu gélido:

– Garoto, qual seu nome?

– Will.

– William é seu nome, presumo. Senhor William, você sabe com quem está falando?

Will ficou desconcertado ao ser chamado de "senhor" – era a primeira vez que isso acontecia – e ao reconhecer a voz do sujeito. No mesmo instante, Lia e Edu notaram que ela lhes era familiar e se aproximaram. Ulysses teve a mesma percepção, mas apenas tirou o foco dos versos que lia e optou por encarar o lendário Dilios Américo de longe.

– Você...

– Sim, sou eu mesmo. Está incomodado com as minhas reclamações, senhor William?

– Não, é que...

– Que se acostume! Pois é com elas que há muito ensino aos cariocas as coisas mais importantes e...

Um som semelhante ao de uma furadeira foi ouvido e todos se viraram. Um pequeno dróide, se deslocando sobre trilhos iguais ao de um carro de combate, aproximou-se da porta da cela onde Will e seus amigos estavam e lançou, pelo vão embaixo das grades, uma caixa de papelão.

O objeto parou aos pés do mulato, que sentiu um odor ruim. Era verdade que Dilios alertara sobre a qualidade dos alimentos servidos naquela prisão, mas Will não podia adivinhar que cheiravam a estrume.

– E então? Não vai abrir? Acha que estou reclamando à toa? Pois então... – Dilios provocou.

O mulato se abaixou e fez uma careta, imaginando que tipo de aberração gastronômica encontraria.

Ficou sem saber.

Uma explosão aconteceu, fazendo pedaços de tijolos rodopiarem no ar e todos irem ao chão. Quando a poeira abaixou, Will se virou e reparou que, no lugar da janela pela qual ele olhava o mar momentos antes, havia agora um rombo do tamanho de um automóvel.

Viu homens trajando uniformes militares cinzas semelhantes aos da Radius surgirem como espectros da fenda e apanharem com destreza Edu, Lia e Ulysses. O último lhe agarrou pela cintura e se lançou ao mar revolto. O mulato, em ato reflexo, fechou os olhos.

Quando os abriu, percebeu que ele e seu captor eram puxados por cabos em direção a um helicóptero mais robusto que os *Sikorsky G-Hunter* radianos, dono de uma enorme caveira desenhada na cauda.

Antes que ficasse mais perplexo com sua fuga inesperada, olhou Dilios, esse com o rosto grudado na janela de sua cela, e cutucou o homem que o abraçava. Gritou para ser ouvido entre o barulho do motor do helicóptero, os ventos fortes e as ondas bem abaixo:

– A gente tem que salvar ele!

O homem murmurou alguma coisa e continuou imóvel. O mulato insistiu:

– Ele é o Dilios, da Rio Livre!

O soldado encarou Will e pensou por alguns instantes. Olhou para cima e gesticulou para os companheiros, que já entravam na cabine de passageiros com os amigos do mulato.

– Segura aí... – falou para Will, que obedeceu na hora.

Retirou do colete uma pequena carga de C4, balançou-se para ganhar impulso e grudou o explosivo bem abaixo da janela da cela de Dilios. O cronista recuou na hora, se abaixou e levou a mão aos ouvidos.

Mais um estrondo sacudiu a torre prisional. Dilios caminhou até a borda da lacuna recém-aberta e olhou aterrorizado para baixo. O soldado se reaproximou erguendo o braço não ocupado por Will e Dilios o segurou sem firmeza, obrigando o homem a apertar seu pulso para compensar. O soldado gritou:

– Se joga!

Trêmulo, o cronista hesitou, até notar a aproximação de radianos armados. Só então projetou o corpo sobre o vazio. O soldado enrijeceu os músculos e continuou segurando-o, para que não despencasse.

Em meio a uma chuva de balas, o helicóptero, enfim, ganhou altura e se afastou da torre. Sem demora, Will, Dilios e o homem que os amparava foram erguidos até o trem de pouso da aeronave.

Ao entrar nela, Will reparou que um homem o encarava com um sorrisinho, acomodado em um dos assentos paralelos à porta. Era o único que não usava capacete e, para qualquer um que o conhecesse naquele instante, seu traço mais marcante seria o corte de cabelo moicano.

No entanto, o que Will percebeu de imediato foi a tala sob os dedos anelar e mínimo da mão direita do sujeito, coberta por ataduras e esparadrapos. Algo lhe ocorreu, mas o bater da porta bem atrás dele lhe cortou os pensamentos. O homem que o encarava falou:

– Senhores, bem-vindos a bordo! Meu no...

Antes que terminasse, ouviu um alarme soando. Depois, o piloto do helicóptero:

– Capitão Pereira, travaram a gente!

O sujeito de moicano se levantou e correu até a cabine frontal. Viu no centro do radar um ponto branco, representando a aeronave, e um quadrado vermelho piscando ao redor. Pouco abaixo, dois semicírculos de mesma cor, ligados ao ponto por uma linha tracejada. Ordenou:

– Tenente, tira a gente daqui agora!

O piloto aumentou a velocidade e moveu o manche para a esquerda, se reaproximando da costa. Olhou o painel novamente e sentenciou:

– Mísseis vindo, senhor! Não vai dar!

Pereira retornou ao compartimento abrigando Will, Edu, Lia, Ulysses, Dilios e os soldados que os resgatara.

– Todo mundo se segurando!

Cada um obedeceu da forma que pôde. Segundos depois, um projétil explodiu a caveira na cauda do helicóptero, que despencou. Girou diversas vezes até chocar a barriga contra a água escura, arremessando seus passageiros no chão. Pereira foi o primeiro a se levantar. Estudou os corpos desabados que se moviam vagarosamente.

– Estão todos bem?

Não obteve resposta e se esforçou para abrir a porta da cabine. Quando conseguiu, percebeu que o helicóptero afundava depressa. Gritou:

– Vamo pra fora! Rápido!

Will e seus amigos rastejaram para o mar, acompanhados de Dilios e os demais libertos. O piloto e o co-piloto já haviam escapado e, assim como os outros, não possuíam ferimentos graves.

Felizmente, a praia estava a menos de cinquenta metros e a maré, embora brava, sem correnteza forte. Como nenhum dos adolescentes sabia nadar, se viram obrigados a percorrer a água gelada no dorso de seus respectivos salvadores. Dilios, embora tivesse tal habilidade, ficou para trás.

Ao alcançar a areia, o grupo soube que não podia descansar. Bem à frente, havia radianos perto de um garrão. Pereira, junto de seus companheiros armados com fuzis TAR-32, abriu fogo, simultaneamente aos homens de preto.

O número de baixas foi igual para cada lado e o grupo de libertos alcançou o carro de combate. Will olhou a torre da qual escapara, já ao longe, e a estrada enlameada que partia dela e seguia paralelamente à faixa de areia. Notou luzes se aproximando depressa. Pereira o encarou e gritou, apontando para o garrão:

– Entra aí, moleque!

O mulato obedeceu. O capitão ativou o veículo militar e acelerou. Quando alcançou a estrada, o único liberto ainda vivo além dele, o mesmo que salvara Will e Dilios, retirou o capacete e questionou aflito:

– Senhor, vão pegar a gente na saída da restinga!

– Não tem ninguém na nossa frente, Mauro.

– Mas eles...

– Eles só deixaram homens, além da Marambaia, no 04 e no 07. O resto já foi pra Iraputã. O subcomandante me falou isso antes de virmos pra cá. Só esqueceu de avisar que os filhos da puta tinham mísseis guiados por calor.

O soldado, sentado ao lado do capitão, consentiu e expirou com força. Pereira se virou para o compartimento de carga, onde Will, Edu, Lia, Ulysses e Dilios estavam e disparou:

– Garotos, você já me custaram cinco homens e um helicóptero! Espero que sejam mesmo tão importantes quanto o comandante disse que são – e voltou a encarar a estrada.

15 - Rádio Rio Livre

Edu permaneceu um tempo procurando compreender a frase de Pereira. Tinha muitas perguntas a lhe fazer e começou com a primeira que conseguiu formular:

– Onde a gente tava?

– Posto de Vigilância 03. Ou Posto da Marambaia.

– Aqui não é uma ilha?

– Não, não. Isso aqui é uma restinga.

– Fica no Rio?

Dilios Américo se antecipou:

– Sim, mas muito longe do Marco Zero. A prisão onde nós estávamos é a maior da Radius. E onde ela mantém apenas seus maiores desafetos. Aliás... – olhou os adolescentes sentados ao seu lado – é impressão minha ou vocês não se encaixam nessa categoria?

– Pois é – emendou Pereira. – Também tô interessado em ouvir a história de vocês. O comandante só disse que, como vocês eram muito valiosos pra Radius, também eram pra nós. Desembuchem.

Assim como a de seus amigos, a adrenalina de Edu abaixava, lhe permitindo lembrar com clareza os eventos ocorridos nas últimas horas. Mesmo assim, começou a narrá-los um tanto hesitante:

– Bem, eu... sei que me levaram da Grota até Iraputã. Aí começaram a me examinar e...

Will olhou novamente os dedos enfaixados de Pereira, agora segurando o manche do garrão, e interrompeu Edu, tentando ser sucinto. Decidiu fazer assim por estar bastante intrigado com o liberto.

– O que aconteceu foi o seguinte: levaram ele pra testar uma vacina contra o vírus que uns tais de Novos Independentes lançaram na L.F.M.

– Quem?

– A L.F.M.

– Quem é L.F.M., garoto?

Ao ouvir a pergunta, Will se lembrou de que poucos conheciam a organização. No entanto, se Pereira fosse realmente o Sombra que machucara os dedos durante o sequestro de Edu, já saberia a respeito dela e estaria, na verdade, fazendo uma misancene.

– A L.F.M. controla a Radius. A sede dela fica na América do Norte.

– Quê?

O mulato continuava suas especulações e logo se contra-argumentou. Embora Carlos Araújo tivesse dito a ele que a Radius possuía um Sombra de espião entre os Libertos, não fazia sentido a mesma pessoa que capturara seu irmão se esforçar tanto para resgatá-lo. Mas Pereira lhe parecia tão mal-encarado e cínico que a desconfiança do mulato somente aumentava. Quando Will respondeu, dessa vez, todas as atenções se voltavam para ele.

– Depois que esses tais Independentes colocaram o vírus na sede da L.F.M., ela tentou criar uma vacina. Pra isso, começou a procurar cobaia pelo mundo. Mas os testes nunca deram certo. Até fazerem no Edu, pelo menos. Só pode ser, senão teriam acabado com a gente depois do Dantas e... – Will olhou o irmão – do subcomandante terem morrido.

– Como é que é? O Dantas e o Araújo morreram?

– Isso aí.

– Caralho... – Pereira riu. – Não dá pra acreditar, é muita informação boa mesmo. Claro, se for verdade. Mas acho que o comandante vai gostar de saber disso tudo de qualquer jeito.

Dilios tomou a palavra:

– Capitão, tenho um pedido a fazer.

– Diga...

– Antes de chegarmos ao quartel-general, podemos passar na R.R.L.?

– Olha, mestre, a ordem que eu tenho é levar esses garotos até o Q.G. A gente não tá passeando.

– Preciso entregar uma crônica minha.

Pereira gargalhou de forma espalhafatosa, fazendo Will sentir mais repúdio dele.

– Senhor Dilios, sei que as crônicas do senhor ajudam bastante os cariocas e, muitas vezes, tem a ver com os nossos objetivos. A última, por exemplo, sobre a gente, foi muito boa. Mas não posso compro...

– Acredite capitão, a mensagem que darei, dessa vez, será muito importante para a batalha de amanhã. Ou melhor... – sorrindo, Dilios olhou o relógio digital do painel do garrão, bem ao lado do regulador de temperatura que marcava confortáveis 28 C° – de hoje.

Pereira e o soldado Mauro se viraram de imediato para o cronista, o segundo com uma pistola calibre quarenta e cinco em punho. O capitão questionou, com ar de autoridade:

– Como o senhor sabe disso?

– Por favor, meus amigos, não há porque acreditar que seus planos estão ameaçados por esse meu conhecimento – Dilios olhou o cano da arma apontada para ele. – Digamos que eu, o comandante Silva e o subcomandante Paiva sejamos bons amigos, confidentes. E é natural que o senhor não saiba disso, capitão. Nossas conversas não são muitas e ocorrem por meios discretos.

Pereira ficou pensativo e encarou os limpadores do para-brisa do veículo militar radiano. O soldado Mauro começou a, lentamente, abaixar a arma.

– Na verdade, o próprio comandante me encomendou essa crônica que devo entregar, assim como a última transmitida, a que o senhor disse ter gostado. Fez isso há três meses, na última vez que nos falamos. Foi nessa mesma ocasião que me contou sobre a invasão de Iraputã.

O sujeito de moicano e seu subordinado não sabiam como agir. Dilios notou a confusão em suas mentes e apelou, trocando sua voz zangada por uma morna, para convencê-los de vez:

– E você sabe, capitão, que a R.R.L. fica no caminho até o quartel-general. Não levarei vinte minutos. Apenas preciso deixar uma Unidade de Armazenamento de Dados com o Diego. Além disso, como o senhor falou, não encontraremos nenhum inimigo daqui até lá.

Pereira pensou em questionar Dilios sobre como diabos ele sabia a localização da mais nova base dos Libertos – teria sido por Silva também? Mas apenas continuou encarando a chuva, que batia mais forte no vidro a sua frente. O barulho que o encontro produzia foi o único ouvido até o capitão se decidir:

– O senhor terá dez minutos.

Dilios aquiesceu satisfeito e olhou, pela janela do garrão, a espuma das ondas da Restinga da Marambaia delineando o mar, parcamente iluminada pela Lua e as estrelas. Will também as observou e, em seguida, Ulysses, que devorava mais uma vez "Sangue e Dor", indiferente ao fato do livro estar com as páginas encharcadas pela água do Oceano Atlântico. O mulato olhou então Edu, que estava cabisbaixo e com as mãos sendo acariciadas por Lia. O moreno virou-se para o irmão e, quase sussurrando, desabafou:

– Ainda vai demorar pra gente voltar pra Grota, né?

– É, acho que sim – respondeu Will, conformado.

– Tô lembrando aqui. Só conheci ele, sei lá, cinco segundos.

Will suspirou.

– Pelo menos você conheceu teu pai.

– É...

– Você sabia que foi ele que matou o meu?

– Sério?

– Ele me falou.

– Cara, que loucura, né?

– Pois é.

Edu esfregou a gargantilha em seu pescoço.

– Por que ele falou aquilo?

– Aquilo o quê?

– Ele me pediu desculpas antes de morrer. Por quê?

Receoso de que Edu já tinha elegido uma pergunta para substituir a famosa sobre o C.A. e o M.F. gravados em seu pingente, Will preferiu, em vez de repassar a história contada por Carlos ao irmão, somente o aconselhar:

– Eu não sei. Acho melhor você esquecer isso. Ele não vai poder mais te responder, vai? Então. Deixa pra lá.

Lia fez coro:

– Eu também acho. Ele nunca fez diferença na vida de vocês. Nunca quis saber se tavam vivos ou não...

Mesmo sabendo que isso não era verdade, Will não se manifestou. Edu se virou para a namorada com lágrimas nos olhos.

– Não é justo. Tanto tempo querendo encontrar ele... Quando consigo, ele morre – e abraçou Lia.

– Fica assim não, mô...

Os dois se beijaram e Will virou o rosto. Tentou acalmar as emoções puxando assunto com Dilios, que ainda encarava o lado de fora:

– Seu Dilios.

– Sim?

– Quando a gente tava preso, você falou que chamava os moradores das Grotas de sobreviventes.

O cronista franziu o cenho antes de lembrar.

– Ah, sim, é verdade...

– Por quê?

– Você não faz ideia?

– Não.

– Já imaginava... – Dilios soltou um muxoxo. – Vê que, sem mim, os cariocas não saberiam nada que preste?

Will ignorou o comentário do cronista e aguardou. Dilios retirou os óculos e os encaixou na gola.

– Vocês são Sobreviventes, com "s" maiúsculo, porque foram, praticamente, os únicos cariocas a sobreviverem à Guerra dos Três Dias.

– Como assim? Mas nem todo mundo mora nas Grotas.

– É evidente, meu jovem. É evidente.

– Não tô entendendo...

– Sabe, não costumo contar histórias, como direi, com tanta disponibilidade quanto caciques fazem em volta de fogueiras. Informação nesses tempos é algo ainda mais valioso do que antes da guerra. Porém...

– Vai responder ou não?

– Porém, jamais esqueço um ato de gratidão. Eu vi que você pediu para que o rapaz aí... – Dilios acenou com a cabeça em direção ao soldado Mauro – me resgatasse. Por isso, vou abrir uma exceção.

Will encarou o cronista com um ar de deboche e o viu tomando fôlego para começar a narração:

– Foi irônico, como muito da história do Rio de Janeiro. Meses antes da Guerra dos Três Dias começar, e justamente por saberem de sua iminência, governos de várias nações começaram a construir abrigos nucleares. O brasileiro foi um deles. Porém, devido à burocracia, falta de planejamento e coordenação entre as esferas de poder, vários problemas ocorreram aqui. Levou-se muito tempo para escolher os locais que abrigariam os refúgios e, com a proximidade da guerra, resolveram iniciar as escavações em uma área urbana mesmo. Mas essa foi só a primeira das questões. Pouco tempo depois de quatro galerias imensas serem criadas, as obras foram interrompidas por denúncias de irregularidades. Investigações foram feitas e apontaram que a mais grave eram desvios de verba.

– Isso tem a ver com os Políticos? – Will se lembrou da história contada por Fabrício Mayer e indagou apenas para parecer inteligente.

– Se tem a ver com os Políticos? Tem tudo a ver com os Políticos! Garoto, você vai me deixar seguir ou não?

– Vai lá... – Will começava a se divertir com a rispidez de Dilios, que soltou um "humpf", antes de perguntar:

– Enfim, onde eu estava?

– Dinheiro roubado.

– Ah, sim. Pois bem, percebendo que a situação demoraria a ser contornada, os ricos da cidade começaram a construir seus próprios abrigos em áreas remotas do país e do mundo. Alguns pobres, por sua vez, encontraram no que mais tarde chamariam de "Grotas" ótimos locais para recomeçarem suas vidas. Na época, os maquinários já haviam sido retirados e o único sistema finalizado era o de ventilação. Quando os mísseis caíram, cerca de vinte mil cariocas já moravam ilegalmente nas galerias.

– Então quer dizer...

– Sim, das oito milhões de pessoas que viviam na cidade, apenas vinte e dois mil sobreviveram. Dessas, a grande maioria era protegida pelas mesmas rochas dentro das quais vocês e seus amigos moram.

– Sobreviventes... – Will sibilou para si, simpatizando pela alcunha.

– É, vê como não há nome melhor para descrevê-los? Na verdade há, mas prefiro ocultar o "estúpidos" depois do "Sobreviventes".

Will não se conteve e riu dessa vez.

– Não quero derrubar suas autoestimas, sabe? Já são tão baixas... Mas não é brincadeira, senhor William, ô povo ignorante esse das Grotas. Pela mãe Maria. Diferente, por exemplo, dos moradores da Zona dos Apês. Esses sim eram um exemplo de racionalidade, civilidade...

– É, tão civilizados que acabaram mortos...

Ulysses sabia que Will fizera o comentário apenas para mexer com Dilios, mas não se conteve e o olhou torto. Nem mulato nem o cronista perceberam. O último respondeu:

– Um fato absolutamente normal, senhor William. Grandes impérios que possuíam essas qualidades decaíram de formas horríveis. Se há algo que a História nos ensinou é que não há uma cartilha para um povo se manter erguido eternamente. Parece que todos necessitam também de sorte para não vergarem. Como vocês, "groteanos", tiveram antes da guerra.

Will sentiu ainda mais orgulho por ser um "Sobrevivente".

– Como você sabe de tudo isso?

– Isso o quê?

– Tudo isso sobre o passado, como o Rio e o mundo eram antes da guerra.

– Ah, dedicação. Pura e simples. Mas também sou ajudado.

– Por quem?

– Crianças.

– Seus filhos?

– Não, por Deus. Filhos... Se tal coisa tivesse um dia aparecido na minha vida, minhas pesquisas não teriam chegado tão longe.

– Mas por que crianças?

– A Radius não costuma implicar com as idas e vindas delas. E eu preciso de colaboradores que possam circular livremente, ao menos pela maior parte da cidade, para conseguir HDs.

– Eles conseguem? Tipo, nunca vi um troço desses que não tivesse torrado. A não ser os da Radius.

– Bem, elas vivem basicamente disso, são o sustento delas e, muitas vezes, de suas famílias. Precisam se esforçar. Conseguem sim, principalmente as de São Paulo que, vez ou outra, me visitam com as mercadorias mais valiosas. Mas é uma pena, pois sei que tudo poderia ser bem mais fácil.

– Por quê?

– Computação em nuvem.

Will pensou em soltar um palavrão no meio de sua próxima pergunta, mas se conteve, pois Dilios, decididamente, parecia ser um sujeito diferente, mais respeitável e distinto talvez, apesar de sua pompa.

– Mas que droga é essa?

– No fatídico ano de 2079, praticamente toda a rede de computadores já funcionava dessa forma. A informação não estava mais dentro de PCs, e sim em servidores espalhados pelo mundo, acessados remotamente. Os arquivos que existiam eram agrupados em um número reduzido de lugares, diferentemente de décadas anteriores, quando todos mantinham documentos em seus próprios discos rígidos. São Paulo é onde pode ser encontrado o maior número desses servidores. Melhor que ela, só cidades distantes, como algumas da América do Norte. Aqui no Rio, somente achei servidores três vezes. O resto foi apenas coisas supérfluas, como fotografias e outros materiais íntimos que os cariocas julgavam ser preciosos demais para serem armazenados em um sistema tão propenso ao compartilhamento não autorizado quanto o de sua época.

Will coçou a bochecha.

– É, acho que tô entendendo.

– Foi um sistema que se mostrou, sem dúvida, muito útil. Principalmente a partir do momento em que grande parte da humanidade teve acesso à internet de alta velocidade. O problema... – Dilios riu – é que ela não sabia que o mundo ia acabar tão cedo. E que, dessa forma, tornaria o trabalho dos historiadores do futuro tão difícil.

O mulato encarava agora Dilios com admiração.

– O senhor sabe *mesmo* muita coisa, hein?

– Então somos dois, meu jovem. Aquilo que você falou sobre L.F.M., vírus e coisa e tal... Depois, gostaria que você me respondesse algumas perguntas. Se não se incomodar, é claro.

Will estava impressionado também com a polidez do homem e, por que não, com a sua própria. Afinal, raramente fazia elogios a estranhos e, com menos frequência ainda, os chamava de "senhor".

– Não me incomodo. Mas é sério, o senhor estuda muito mesmo. Parece que conhece tudo.

– Não tudo, mas quase. Porém, senhor William, acredite, às vezes preferia ser tão obtuso quanto os moradores dessa cidade.

O mulato, dessa vez, não entendeu o que o cronista quis dizer, por não saber o que era "obtuso", mas se esforçou para conseguir. No entanto, perdeu a concentração com um sacolejo do veículo, causado pelo surgimento de um nível de asfalto, indicando que a nefasta Restinga da Marambaia ficava para trás.

***

Dezenas de quilômetros depois, o capitão Pereira terminava de subir um morro por uma pequena estrada coberta por mato e cascalho e estacionava o garrão na entrada de uma gruta.

– Chegamos!

O grito fez o soldado Mauro e os adolescentes no compartimento de carga do veículo despertarem. Dilios estava acordado. Will, Edu, Lia e Ulysses haviam adormecido logo após deixarem a Restinga da Marambaia. Já tinham trocado seus uniformes de presidiários molhados por vestimentas radianas e consumido quase toda a ração e água disponível no veículo.

Apesar do sono, o grupo saiu depressa do garrão e entrou na lapa sombria. Era tão apertada que todos precisaram seguir em fila para avançar. Apenas a lanterna de Pereira iluminava o caminho que, depois de muitos declives e vãos, terminou em uma pequena galeria. Ao notar que não havia saída, o capitão se impacientou, mirando a lanterna em várias direções.

– Ué, mas não era aqui que...

– O senhor nunca veio aqui? – questionou Dilios.

– Não, só sabia onde ficava. Eu tinha certeza...

– Mas o senhor não se enganou, capitão. Você nos trouxe ao lugar certo.

Dilios tomou a dianteira e se abaixou em frente a um pedregulho. Era pouco maior que um bueiro e encostava-se à rocha que compunha o fim da gruta. Alisou-o suavemente e deu quatro pancadas na superfície, aguardando um tempo maior entre a primeira e a segunda.

Pereira estranhou o som que as batidas provocaram. Dilios continuou abaixado e, pouco depois, a pedra, que na verdade era um bloco de madeira camuflado por textura de granito, se ergueu como uma escotilha, revelando um buraco circular de menos de um metro de diâmetro.

Pereira semicerrou os olhos e viu, acoplado à superfície da base do bloco, um microfone e, descendo rumo à escuridão, lâmpadas e um cano de metal. Dilios se agarrou no cano usando os braços e pernas e deslizou para baixo. O gesto foi repetido por todos.

O grupo alcançou uma passagem ainda mais estreita e comprida que a anterior. Ao final, uma porta de madeira-de-lei empoeirada. Dilios se aproximou e bateu, novamente quatro vezes, dessa vez com o intervalo entre o terceiro e quarto toques mais prolongado. Uma pequena tira no alto da porta correu para o lado e um par de olhos desconfiados surgiu.

– Não tem nada aqui pra vocês, não.

Dilios sorriu.

– Mas *eu* tenho algo para você.

A porta se abriu, revelando um jovem de baixa estatura, pulseiras multicoloridas e cabelo *black power*. Will reparou que, além de forte mau hálito, tinha o sorriso amarelo e a cor semelhante à sua.

– Grande Oswal... quer dizer, Dilios! Quanto tempo, meu camarada! – saudou Diego JE, abraçando o cronista. – Porra, eu achava que você não lembrava mais do código...

– Vivo de memórias, figura, não esqueça.

– É verdade. Mas nem avisou que vinha, hein? Veio buscar a moleca? – o DJ se virou. – Mariana, vem cá! Seu tio tá aqui!

Uma voz infantil foi ouvida se aproximando depressa:

– É Mariane, Diego! Com "e"!

– Enfim, que seja.

Uma menina, por volta dos cinco anos, se aproximou e segurou as mãos de Diego. Suas feições eram angelicais e contrastavam com o coelho de pelúcia acomodado em seus braços, encardido e sem uma das orelhas. Remexeu seus cachos curtos e encarou Lia, antes de responder:

– Ele não é meu tio. Ele é um velho chato.

Dilios franziu o cenho e ameaçou Mariane, lhe apontando o dedo:

– Olha como fala, menina. Não se esquece que eu sustento sua família.

Mariane correu para trás das pernas curtas de Diego e mostrou a língua. O DJ lhe fez um afago na cabeça e comentou:

– Ah, convenhamos que ela tem razão!

– O importante é que ela fez o trabalho dela direito.

– Isso ela fez sim. Tem até me ajudado com as transmissões. Agora me diz, por que você pediu pra ela ficar aqui, depois de entregar a crônica?

– Seria perigoso ela voltar para a família.

– Posso saber por quê?

– Estavam apertando o cerco contra mim. Eu sabia que seria pego em breve e que, quando isso acontecesse, meus colaboradores estariam em risco. Tinha quase certeza que a Radius não me transformaria em mártir, mas, com relação a eles, não haveria problema nenhum. Mas ela deu sorte – Dilios apontou para Mariane. – Se não fosse pelo deslocamento de quase todo o contingente radiano para Iraputã, a família dela já estaria morta.

– É, mas você também teve sorte, né? Não te pegaram...

– Pegaram. Mas eles... – Dilios apontou para o capitão Pereira e o soldado Mauro – me libertaram. Bom, na verdade libertaram eles – estendeu o braço em direção a Will, Edu, Lia e Ulysses. – Eu só peguei carona.

Diego estudou os adolescentes e removeu seu semblante amistoso. Questionou o amigo:

– Eles são seguros?

– Positivo.

– Mesmo? Olha que você já mandou umas crianças pra cá que quase deram com a língua nos...

– Absolutamente seguros.

O DJ encarou Will, Edu, Lia e Ulysses por mais um tempo, até retomar o ar de simpatia.

– Beleza. Mas nossa, então você é um puto de um sortudo mesmo, seu ranzinza! Vem, vamo entrar. Faz tempo que você não vem aqui. A galera dos Libertos, então, nem se fala. A última vez... – Diego olhou Pereira e Mauro – foi quando rolou o centenário de vocês. Lembro que pediram pra fazer programação especial pra comemorar, com as músicas favoritas do comandante Silva e tudo o mais. A festa foi foda, rolou até de manhã!

Pereira deixou que os adolescentes e seu subordinado o ultrapassassem e entrassem na R.R.L. Antes que Dilios fizesse o mesmo, o segurou pelo blusão. Abriu cada um dos dedos das mãos e obrigou o cronista a fazer uma leitura labial.

– Dez minutos.

Dilios aquiesceu e entrou. A Rádio Rio Livre não estava muito diferente da última vez que estivera ali. As paredes desenhadas, o transmissor FM construído pelo pai de Diego, fundador da R.R.L., o microfone, a mesa de som, o miniestúdio coberto por caixas de ovos, as fracas lâmpadas incandescentes rodeadas por mosquitos, tudo empoeirado como três meses antes. Até o lençol da cama de Diego, essa destacada do resto do ambiente por um biombo, se encontrava revirado da mesma forma, fazendo o cronista pensar se o DJ lavara a peça desde então.

Dilios sacudiu a cabeça em reprovação e se aproximou do amigo, já largado em uma cadeira giratória de couro de jacaré e com um par de fones no ouvido. Preparava-se para recomeçar a equalização de um famoso *psy-funk* do século XXI. O cronista puxou um banco, tirou a sujeira do assento com as costas das mãos e sentou ao lado do DJ. Diego perguntou sem tirar os olhos de seu *mixer*:

– Então, diz aí. O que você tem pra mim de tão importante, dessa vez?

– O último choro.

– Hã? – Diego tirou os fones de ouvido e olhou Dilios com a sobrancelha arqueada.

– Esse é o nome da crônica nova.

– Ah, tá. E do que se trata?

– Do fim da Radius.

– De novo? Esse foi o nome da sua última crônica.

– Eu sei, mas agora é para valer.

– Por quê?

– Porque vai acontecer hoje.

– O que, criatura?

– O fim da Radius.

O DJ cristalizou.

– Me dá o UAD. Agora fiquei curioso.

Dilios tirou do bolso da calça uma *nécessaire* à prova d'água contendo a Unidade de Armazenamento de Dados que guardava a narração de sua crônica e entregou ao DJ. Diego, de pronto, requisitou os serviços de sua mais nova assistente:

– Mariana!

A menina, que batia papo com Will, Edu, Lia, Ulysses e o soldado Mauro –Pereira optara por permanecer na entrada – como se os conhecesse há anos, se aproximou protestando mais uma vez:

– É Mariane!

– Tá, tá bom. Vai ali debaixo da mesa e liga o cabo mais grosso no buraquinho azul. Como te ensinei ontem.

A menina fez bico, mas obedeceu. A tela do computador de Diego acendeu e o DJ inseriu a UAD na torre da máquina. Ao transferir o único arquivo contido no dispositivo para o disco rígido, o abriu em um programa de edição de som e configurou um filtro para tornar a voz de Dilios ligeiramente mais grossa. Apertou o *play* para rodar a ferramenta e o mais recente texto do cronista foi ouvido atentamente por todos no recinto.

***

– Uau! Ficou bom isso, hein? – opinou Diego, logo após o término da narração.

– É, espero que sirva para algo – respondeu Dilios.

– Elas sempre servem.

– Será?

– Bom, essa ficou legal. No mínimo, é um belo consolo pra quem tá indo pra merda. E um atrativo pra quem não sabe se vai ou não.

– Sabe que, às vezes, você consegue ser mais pessimista que eu? Até mais que seu pai?

– É, acho que sei, sim. Bom, agora tem que deixar rolando mais quatro vezes até o filtro ser aplicado de vez. Depois a gente transmite.

– Certo.

– Vou esquentar uma carninha de gato. Você quer?

– Não, obrigado.

Diego se levantou e andou até a dispensa perto de sua cama. Dilios optou por continuar sentado e atento a cada palavra sua que saía, mais uma vez, dos alto-falantes espalhados pela R.R.L.

– Foi por isso que eu não reconheci sua voz.

Pulou da cadeira ao ouvir a voz bem atrás de si. Virou-se e, ao notar que era Will, reclamou:

– Garoto, não faça mais isso. Na minha idade, é perigoso.

– Foi por isso que eu não reconheci logo a sua voz lá na prisão. O senhor muda ela quando vai pro rádio.

– Se o comandante Dantas podia fazer tal coisa antes de falar aquelas asneiras sobre Deus e Purificação, por que eu não posso?

Will concordou em silêncio. Em seguida, viu Pereira sussurrando algo pelo comunicador. Ao reparar que estava sendo observado, o capitão deixou sua carranca mais intimidadora e se virou. Will estranhou o gesto, mas logo voltou a atenção a Dilios. Queria lhe indagar algo, mas não sabia qual o melhor jeito de fazê-lo. Tentou meio acanhado:

– Seu Dilios...

– Sim?

– Eu tava ouvindo ali a sua crônica com a galera...

– Sim, você já deu a entender.

– Pois é, me diz uma coisa...

– O quê?

– O senhor acredita, de verdade, no que disse?

– No que acredito não é relevante no momento.

– Então não acredita, né?

Dilios olhou o chão coberto por fios desencapados como se tivesse levado um cascudo. Will, sem notar seu embaraço, complementou a pergunta:

– Se não acredita, por que diz?

O cronista precisou tomar fôlego para se defender:

– Porque, senhor William, quando se é um formador de opinião, há de se ter o cuidado para que seu ceticismo não contamine quem, justamente, não precisa disso.

– Como assim?

– Olhe essa cidade, rapaz, e diga do que ela mais carece.

– Sei lá. Paz?

– É uma boa resposta, senhor William, é uma boa resposta. Mas há algo ainda mais primário. O que os cariocas têm necessidade, nesses dias tão reles, é de um motivo para levantarem no dia seguinte. Uma razão, nada mais, para conduzirem suas vidas e aguentar o ocaso. Precisam disso para reerguer sua casa. E, agora, que todos estamos em um momento chave para que isso aconteça, mais do que nunca é preciso ter coragem. Acima de tudo, esperança. E se as minhas palavras conseguem levar tal coisa aos cariocas, então sempre as direi, independente de quão "realista" minha visão sobre o futuro possa ser.

– E o senhor tem isso?

– Isso o que, meu jovem?

– Esperança?

Dilios, dessa vez, não respondeu. Decidiu, em vez disso, abrir o jogo, para continuar discorrendo sobre seu ponto de vista e, sobretudo, fazer Will perder a curiosidade sobre seus reais sentimentos.

– Sabe, senhor William? Há algo que você precisa saber.

***

Edu, Lia e Ulysses observavam maravilhados as cabeças abertas pelas quais saíam dezenas de versos belos, mulheres em êxtase sob aves e um azul celeste que não existia mais no Rio, crianças brincando nas palmas das mãos de arlequins, homens rompendo prisões e prisões rompendo homens, dentre outros grafites psicodélicos e explodidos em milhares de cores nas paredes da R.R.L. Tudo em meio, é claro, a muitas harpias mortas e caveiras sorridentes.

– Cara, muito bom isso, hein? – elogiou Edu a Diego, que estava bem ao seu lado, retirando comida do microondas.

– Legal, né? A maioria quem fez foi um cara dos Libertos, o Lucas. Você deve conhecer ele, não é ô...

– Mauro. Conheço sim, o "Locão" é nota mil.

– Ele é mesmo. Ele é quem faz a maioria dos desenhos que a gente vê por aí. Isso faz parte do esforço da resistência, meu e do Dilios pra tornar essa cidade um lugar bacana pra se morar.

– O que eu gosto mais é do coelhinho – revelou Mariane, apontando para um animal com um cigarro na boca e olhos mais vermelhos que o habitual.

Diego olhou a imagem e riu.

– É Mariana, eu também...

Edu enfatizou:

– Sério, legal mesmo. Eu queria muito saber desenhar assim.

– Bom, quando você conhecer o Lucas, pede umas dicas pra ele. Pelo visto, é pro Q.G. que vocês tão indo, né? – palpitou Diego, sentando na cama com uma marmita engordurada em mãos.

– O que quer dizer "Jamais Expulso"? – perguntou Lia.

– Além do meu sobrenome?

– É – a morena apontou para a frase escrita no teto, bem ao lado de uma caricatura do próprio Diego.

O DJ olhou para cima e respondeu orgulhoso:

– Essa fui eu quem fiz mesmo. "Jamais Expulso" porque até tentaram, mas não conseguiram tirar meus ancestrais daqui.

– Que ancestrais?

– Sabe, gata, a maior favela do Rio de Janeiro ficava nesse morro. Pouco antes de tudo explodir, tentaram remover os moradores pra construírem a quinta Grota. Até começaram as obras, esse lugar que a gente tá foi onde escavaram primeiro. Mas a galera não deixou, não. Se armou e tudo. A parada ficou conhecida como O Levante da Rocinha. Acho que nem o Dilios sabe disso. Meu pai me contou porque o pai dele contou, e por aí vai. O fato é que a polícia, na época, não tava preparada pra essa reação e até hoje não sei se deu tempo dela voltar pra terminar o serviço. De qualquer forma, gosto de guardar uma lembrança do que aconteceu. Jamais expulso. Nunca se render. Tem tudo a ver com a R.R.L. Tudo a ver comigo – Diego bateu no peito. – Todos se foram, derretidos por um calor de quatro mil graus. Mas, pelo menos, um morador não arredou o pé. Ah, isso ele não vai fazer nunca.

***

Will ainda estava incrédulo sobre o que acabara de ouvir de Dilios.

– Então o senhor sabe sobre a L.F.M.? E que os Sombras trabalham pra ela?

– Sim. O Diego, o comandante Silva e o subcomandante Paiva também.

– Sério? E quem mais?

– Apenas nós quatro.

– Vocês sabem do vírus também?

– Não. Quer dizer, ao menos eu e o Diego não. Mas o comandante Silva e o subcomandante Paiva já devem saber, ou não teriam ordenado seu resgate e o de seus amigos.

– Mas como vocês ficaram sabendo da L.F.M.?

– Ora, senhor William, digamos apenas que se trata de uma informação muito importante para ser mantida em segredo durante tanto tempo.

– E como foi... de verdade?

– Há uns trinta anos, dez antes dos Novos Independentes entrarem em contato com os Libertos pela primeira vez, um sujeito conhecido apenas como "Redentor" conseguiu a façanha de grampear aquele tal "Telefone Vermelho" dos comandantes da Radius. O homem foi o maior espião que os Libertos já tiveram e o único a conseguir isso. Uma pena que, logo depois de descobrir o maior segredo da organização, teve o disfarce revelado e foi servido aos Lobos.

– Por que vocês não contam pra todo mundo sobre a L.F.M.?

– Senhor William, acho que você ainda não entendeu o espírito da coisa.

– Espírito do quê?

Dilios se debruçou na mesa de som de Diego e começou a gesticular, compondo uma cena com as mãos.

– Veja bem. Imagine que você está, há muitos anos, treinando uma pessoa para ela enfrentar, digamos, um lobo com as próprias mãos. Não um da Radius, obviamente, um natural. Ela tem pouca resistência e força física, mas, mesmo assim, você a doutrina e a ensina várias técnicas para fazê-la vencer. De repente, num belo dia de janeiro, você percebe que ela está preparada. Por que, me responda, nesse grato momento, você diria a ela que, após enfrentar o lobo, será a vez de um leão?

– Eu... eu não sei...

– Vê que não há sentido?

– É, mas...

– Pois é esse esforço que eu, o comandante Silva, o subcomandante Paiva, o Diego e o pai dele, enquanto era vivo, fazemos há anos. Treinar os cariocas para a primeira das etapas de sua libertação, que é a batalha final entre os Libertos e a Radius. Nada mais. E esse dia chegou. Se vencermos, aí sim pensamos no próximo passo. *Isso* não faz sentido?

Por mais coerente que a explicação de Dilios fosse, Will continuava achando que a verdade era mais importante. Mas sabendo que seria inútil dizer tal coisa ao cronista com todas as letras, se lembrou das palavras de Carlos Araújo e tentou outra abordagem:

– E se tivesse outra forma de ganhar sem ser matar o lobo? Talvez fechar com ele pra matar o leão?

– Está louco, senhor William? – Dilios riu. – A Radius jamais tentou acordar qualquer coisa com os Libertos. E mesmo nesse momento, acuada e enfraquecida, a horas de sofrer um grande golpe, creio ser difícil tal coisa acontecer. Ou melhor, agora é que não farão isso.

Will foi obrigado a concordar. Afinal, a única pessoa que poderia evitar o confronto que decidiria o futuro do Rio de Janeiro fora assassinada... Sentiu pena, mais uma vez, pela morte do pai de Edu, principalmente pelo fato do homem não ter tido a chance de colocar suas ideias pacifistas em prática.

– Mas e se...

Não pôde continuar.

De repente, a voz de Dilios sumiu dos alto-falantes da R.R.L. e uma sequência de pancadas foi ouvida no lugar dela. Diego jogou a marmita de lado e correu para grudar o ouvido na maior das caixas de som. Novas batidas, ainda mais altas, foram ouvidas. O DJ sentenciou:

– É, esse, decididamente, não é o código.

***

Uma explosão chacoalhou a caverna que aninhava a R.R.L. Diego caiu sentado. Edu perguntou:

– O que tá acontecendo? A Radius tá aqui?

O soldado Mauro empunhou seu TAR-32 e questionou Pereira, enquanto o capitão se afastava da porta:

– Senhor, você não disse que não havia homens da Radius entre a Marambaia e o Q.G.?

Pereira nada respondeu. Apenas encarou Diego, que se ergueu e olhou um pequeno monitor colado a sua mesa de som. Ao notar vultos surgindo do outro lado do recinto, revelou:

– Não é só a Radius. Vamo! Pra saída de emergência!

Um estrondo sacudiu a porta. Diego correu até uma tampa metálica que saltava da rocha, bem abaixo do seu microondas, e a abriu. Lia viu um orifício de menos de um metro e comentou:

– *Essa* é a saída de emergência? Um túnel de lixo?

Uma segunda pancada foi ouvida. Diego se impacientou:

– Você tem outra, gata?

– E o que é isso cinza aqui?

– Chorume! Vai fazer a gente deslizar numa boa!

– Ai minha santa...

Mais uma batida e Diego empurrou Lia em direção ao buraco.

– Anda logo!

– Tá bom, já tô indo!

A morena sentou na borda da passagem com as pernas voltadas para dentro e pôs Mariane no colo. Antes que largasse seu corpo na escuridão, cobriu o nariz e o de sua companheira.

– Bora, gente! – falou Diego, dessa vez a todos, que o obedeceram sem demora, utilizando o asqueroso tobogã como rota de fuga.

O próprio DJ, no entanto, não seguiu o grupo. Correu até sua mesa de som para transferir a narração editada de Dilios para dentro do UAD do cronista e pegar seu estimado transmissor FM. Jogou tudo em uma pequena mala. Quando retornava, viu um laser fino e vermelho quebrar a dobradiça superior da porta, invadir a rádio e fatiar equipamentos como se fossem de isopor.

Correu abaixado até o túnel de lixo e, antes de mergulhar nele, viu a porta tombar parcialmente. A mão de um Sombra lançou três granadas pelo vão recém-aberto e só então Diego escorregou, pouco antes dos artefatos explodirem.

Caiu sobre toneladas de restos de comida, plástico e papelão. Ergueu-se e notou que seus companheiros já se aproximavam de seu jipe, estacionado à frente. Correu para alcançá-los e abriu a porta do veículo com um soco. Acomodou a mala perto dos pedais, tomou o assento do motorista e tentou, em vão, dar a partida.

– Ah, não, esqueci!

– Do quê? – Edu e Lia perguntaram em uníssono.

– Vocês... – Diego apontou para Pereira e Mauro – me protejam. Preciso trocar a bateria.

Os libertos aquiesceram e abriram as portas traseiras para se cobrirem. Agacharam-se, mirando seus fuzis através das janelas semiabertas. Diego correu até o porta-malas e pegou três barras de níquel-hidreto metálico. Ao deitar-se na lama para instalá-las no assoalho do jipe, os Sombras surgiram pelo túnel de lixo e dispararam seus P12H.

Mauro e Pereira revidaram, obrigando o esquadrão a correr para trás de sacos de lixo. Edu, Lia, Mariane, Ulysses e Dilios já se escondiam abaixados no assento traseiro do *off-road* de Diego, enquanto Will, curioso, estava com a cabeça ligeiramente erguida observando o tiroteio. O mulato não tardou a perceber que os Sombras não atiravam em Pereira, apenas em Diego e Mauro.

De repente, um disparo pulverizou uma lasca do ombro do soldado, que berrou e tombou de joelhos. Pereira recarregou a arma e tentou se aproximar para ajudá-lo, mas a intensificação dos ataques e a aproximação dos inimigos o impediram. Ouviu Diego felicitar-se:

– Consegui! – o DJ retomou a direção de seu jipe e conseguiu fazê-lo funcionar – Vamo! – gritou para Pereira, que contornou o *off-road* e se acomodou no assento do carona.

Dilios tentou se inclinar e puxar Mauro para dentro, mas uma rajada fluorescente acertou em cheio a porta atrás da qual o soldado se cobria, arrebentando-a. O cronista recuou e Diego pisou fundo.

Pelo retrovisor, o DJ viu os Sombras dispararem mais algumas vezes. Depois, executarem Mauro com uma bala na cabeça. Se debruçou no volante e desabafou, com os olhos marejados:

– Puta que pariu, não acredito! – encarou Pereira. – Como eles sabiam que vocês tavam lá? A Radius, nem mesmo os Sombras, nunca souberam onde ficava a R.R.L., porra!

O capitão respondeu indiferente:

– Eu não tenho a mínima ideia.

– Eles devem ter seguido vocês!

– Ninguém seguiu a gente, rapaz.

– Ah, é? E como descobriram então?

– Já falei que não sei...

– Seus putos...

Pereira apontou a arma para o DJ e ameaçou:

– Olha como fala...

– Ô, calma aí... – Lia interveio. – Ele só tá nervoso.

– Minha rádio, minha casa, minha vida. Porra, anos de trabalho pra tudo se explodir... – lamentou Diego.

Pereira suspirou forte e esmurrou o painel do jipe.

– Tá vendo? Eu falei que a gente não devia parar! Eu falei!

Dilios, sabendo que a indireta fora enviada a ele, não soube o que responder. Ouviu o capitão sentenciar, por fim:

– Agora sem mais paradas até o Q.G., ouviram? E isso é uma ordem!

Interlúdio

Minutos depois, o clima ainda estava péssimo dentro do jipe, cada um calado por uma razão: Will, por não poder estar mais desconfiado de Pereira; o capitão, por ter culpa na invasão da R.R.L. – ao menos era isso que o mulato achava –; Diego, por ter perdido sua rádio; Edu, por sentir, novamente, saudades de casa e do pai; Lia, pelo nojo de estar com a roupa coberta por chorume; Dilios, por se achar parcialmente responsável pela morte de Mauro; e Mariane, por estar choramingando.

Após descer o morro que abrigava a antiga Favela da Rocinha, *o off-road* se embrenhou por um punhado de prédios e casas putrefatas e alcançou a orla da Zona Sul. Foi quando a única pessoa naquele veículo disposta a falar reparou no raiar do Sol, se concentrou e tomou fôlego.

Uma voz inédita, suave e decidida, ao menos naquele instante, em desfazer qualquer melancolia, foi ouvida. E, até que se calasse, mesmo que apenas bairros depois, ninguém ousou interrompê-la.

Cidade quebrada
Que bebe da morte e do caos
Tem ainda esperança
Apesar de seus filhos maus

Após o último verso, o jipe seguiu paralelo a uma lagoa que, cento e dez anos atrás, possuía o dobro do tamanho.

Acorda e dorme na sombra
Sem os matizes de outrora
Gorjeios, perfumes e brilhos
Não sabe mais o que é glória

Dessa vez, o veículo seguiu rente a uma praia delimitada por uma calçada composta por pequenos blocos que, embora soltos em sua maioria, ainda formavam vários "S" negros.

Maravilha castrada
De formas e sonhos extintos
Máculas, mentiras e humilhação
Azedume e dores infinitos

Por fim, foi avistado um par de morros que, não fosse pelo gigantesco rombo no topo da esquerda, lembraria a silhueta de uma mulher curvilínea.

Reerga-se sobre o mar e os montes
Pegue de volta o calor
A felicidade, a cura, o "sou"
A preciosidade do amor

O silêncio se manteve mesmo após Ulysses terminar de recitar a última estrofe. Quando isso aconteceu, todos, exceto o capitão Pereira, olhavam incrédulos pra ele. Dilios tentou elogiar, Will e Edu, fazer piada, mas não conseguiram. Lia foi a primeira a se libertar do encanto das palavras do tiziu e, ainda assim, hesitantemente:

– Ulysses, foi você que... que escreveu isso?

O negro sacudiu a cabeça positivamente. A morena olhou "Sangue e Dor" em suas mãos e perguntou, rindo:

– Você não tirou desse livro?

Ulysses fez que não.

– Ficou legal, viu?

16 – Traidor

O tiziu agradeceu sorrindo. Em seguida, se assustou ao ouvir a voz grossa do capitão Pereira:

– Para, aqui já tá bom!

Diego também foi pego de surpresa pela ordem e freou bruscamente. Pereira alisou o cabelo em forma de tira e saltou do jipe vociferando:

– Todo mundo pra fora!

Sem demonstrar estar preocupado se o grupo o seguia, se afastou a passos largos. Will semicerrou os olhos e reparou, mais uma vez, que ele começava a sibilar pelo comunicador. Franziu o cenho e apenas tirou os olhos do capitão quando alcançou uma praça.

O primeiro detalhe do lugar que reparou foi a fonte circular desativada no centro, dentro da qual um pilar de cinco metros de altura com uma ânfora no topo se erguia. Permaneceu observando o objeto iluminado pela alvorada por alguns segundos, até ouvir a voz do irmão:

– É por aí?

Virou-se e olhou na mesma direção que Edu. Pereira, sem responder ao moreno, entrou em uma cabine cercada por grades, ligou a lanterna e começou a descer uma escadaria. Ulysses, Diego e Dilios, um tanto amedrontados, prenderam a respiração antes de o seguirem. Mariane murmurou algo e segurou a mão de Lia. Will foi o último a penetrar a escuridão e, antes que o fizesse, leu em uma placa sobre a entrada da cabine:

LA G D M CH

Quando os degraus terminaram, o grupo ultrapassou roletas quebradas e alcançou uma plataforma repleta de *displays* publicitários avariados. Edu reparou em um que mostrava anões vestindo saia de bailarina e torceu o nariz. Viu então Pereira pular nos trilhos abaixo da plataforma e caminhar em direção a um túnel. Fez o mesmo para se aproximar do liberto.

– Como vocês não são descobertos? – mesmo sussurrando, a voz do moreno ecoou assustadoramente.

– A gente tem algumas manhas – respondeu Pereira, aparentemente mais calmo.

– Tipo o quê?

– Tipo mudar o Q.G. de lugar. De tempos em tempos.

– É complicado?

– Ô... Esse agora, por exemplo, começou a ser construído há sete anos e só ficou pronto há três.

– Por quê?

– Bom, mesmo a Zona Sul sendo a área menos habitada do Rio e, por isso, a menos vigiada pela Radius, ela fica perto de Iraputã, né? A gente precisou ter muito cuidado, trazer as coisas aos poucos, pra não chamar atenção.

– E valeu a pena?

– Com certeza. Essa é a melhor das sete bases que a gente já teve. E não só por ficar mais perto do Q.G. inimigo. É a maior e a mais segura também.

– Segura mesmo?

– Muito. Por quê?

– Não sei, parece que qualquer um pode descer aqui. Como...

– Você vai entender daqui a pouco.

Edu aquiesceu e o grupo continuou andando pela passagem. Só parou quando Diego pediu:

– Esperem!

Dilios encarou o DJ.

– O que há?

– Não tá ouvindo isso?

– O que, rapaz?

– Isso.

Dilios se concentrou, mas somente o que conseguia discernir na quietude era o estalar de pingos d'água, caindo de uma goteira próxima.

– Olha, confesso que já não ouço tão bem, mas acho que é só sua imaginação.

– Não, não – Diego tentou utilizar com mais afinco seu ouvido treinado de editor de som. – Tem alguma coisa vindo.

Pereira se virou e foi a sua vez de opinar:

– Não tem nada vindo. Vamo continuar, já tamo per...

Ao ver algo surgindo por cima do ombro do DJ, se calou. Tomou fôlego para gritar:

– Vambora! Agora!

Todos giraram e, ao verem, ao longe, meia dúzia de "V" rubros flutuando na escuridão, arregalaram os olhos. Correram, simultaneamente aos Sombras em sua perseguição. Diego não resistiu e provocou Pereira:

– Não tão seguindo vocês não, né? Tá bom...

O capitão nada respondeu. Apenas aumentou a velocidade e, assim que avistou uma pilha de concreto bloqueando seu caminho, sacudiu os braços. O DJ comentou novamente:

– Ah, que legal, não tem saí...

Antes que terminasse, os Sombras ganharam terreno e acertaram sua coxa, derrubando-o. Sentindo a carne em brasa, Diego a apertou e começou a gemer. Dilios parou para ajudá-lo, mas logo teve a mão direita atingida e lhe fez companhia sobre os trilhos empoeirados.

O esquadrão disparou balas de borracha em Will, Edu, Ulysses e Lia. A morena, com Mariane no colo, xingou com vontade. As palavras sujas pareceram servir de combustível aos homens, que se aproximaram mais depressa e atingiram os irmãos nas costas. O impacto fez a dupla tropeçar nas próprias pernas e rolar pelo chão.

Indiferente ao que acontecia as suas costas, Pereira chegou à frente da pilha de concreto. Gesticulou mais uma vez.

– Ei, aqui...

Não precisou terminar.

Alguns blocos próximos à lateral do túnel rolaram como se fossem vivos e, dos vãos antes escondidos atrás deles, dois canos de AM-29 se projetaram. O capitão se abaixou e girou para observar os Sombras, que passaram a receber, impiedosamente, uma chuva de projéteis.

O esquadrão tentou investir contra as guaritas camufladas, mas logo recuou. Quando se certificou de que estava fora de seu alcance, um dos libertos puxou uma alavanca, fazendo os escombros à frente de Pereira se erguerem todos de uma só vez.

– Capitão, o senhor está ferido? – perguntou o soldado, enquanto se aproximava.

– Eu não, mas eles...

O homem olhou para Dilios e Diego caídos. Will e Edu já estavam de pé. Enquanto corria para ajudá-los, chamou seu companheiro de vigília e, confuso, perguntou ao seu superior:

– Quem são eles?

– A carga que o comandante mandou trazer. Na verdade, só os garotos, o resto veio de carona.

– E o Mauro e os outros, senhor?

Pereira sacudiu a cabeça negativamente. O soldado ficou inerte por algum tempo, antes de voltar a atenção para a dupla ferida.

– Senhor, por favor, me ajude aqui.

Pereira consentiu e apanhou Dilios pelos braços. O soldado, pelas pernas. Ulysses viu o outro liberto tentando erguer Diego e correu para ajudá-lo. Will e Edu também contribuíram, sustentando, respectivamente, a coluna do cronista e a do DJ. Mariane já chorava por seus amigos e Lia lhe afagava a cabeça.

Ao ultrapassar a pilha de concreto suspensa, o soldado que segurava Diego a fechou e partiu com todos até outra parecida. O par de soldados de vigília do outro lado a ergueu e observou, curioso, os visitantes.

Mais alguns passos e a terceira e última pilha foi então suspensa, revelando uma galeria de desenho idêntico à que o grupo alcançara pouco antes de ser atacado pelos Sombras. Mas a semelhança parava por aí. O novo local estava repleto de homens em efervescência, gritando e correndo. Entre vagões que serviam de alojamento, havia bancadas cobertas por armas e equipamentos, como bolsas para remédios, *camelbaks* e manoplas autoajustáveis de *kevlar*. Tudo iluminado por lâmpadas fluorescentes que deixavam os olhos de Will miúdos.

Quando o mulato se acostumou à luz do lendário quartel-general dos Libertos, leu pintado em uma das paredes, bem abaixo da maior caveira grafitada que conseguiu achar:

VIETNÃ PARTE DOIS PARA SEMPRE.
MORTE À RADIUS!

Notou um homem se aproximando depressa. Era robusto, bronzeado e usava um sobretudo cinza mescla. Will percebeu que, não fosse pelo corte de cabelo militar e o brinco de marfim na orelha esquerda, poderia ser confundido com Dantas, falecido líder da Radius.

– Capitão, o que está acontecendo aqui? – vociferou o comandante Silva, ao se aproximar.

– Tivemos contratempos, senhor – respondeu Pereira, abaixando cuidadosamente o corpo de Dilios.

Silva olhou o cronista e se assustou ao ver sangue em suas mãos.

– Meu Deus! Oswaldo! Mas o que...

Reparou em Diego e seu ferimento, muito mais grave que o de Dilios, e levou as mãos à cabeça. Virou-se para um dos homens já aglomerados as suas costas e gritou:

– Tenente, ordene que levem eles para a enfermaria!

Um par de médicos logo surgiu para os primeiros socorros a Dilios e Diego e os levou em macas. Ao ver seus amigos, acompanhados de perto por Mariane, se afastarem o suficiente para não serem mais vistos, o comandante Silva encarou novamente Pereira, com os olhos flamejantes.

– Capitão, o senhor pode me dizer que contratempos você teve? A ordem era levar esses garotos – o comandante apontou para Will, Edu, Lia e Ulysses –, e somente esses garotos para Santa Cruz! Não trazer eles para cá! E o que o Oswaldo e o Diego estão fazendo aqui?

– Eu sei, senhor. Mas é que logo depois que o nosso helicóptero foi abatido na Marambaia, tive que improvisar. O senhor Dilios só veio com a gente porque foi, por coincidência, resgatado com os garotos. Depois, me pediu para que déssemos um pulo na R.R.L., pra entregar a última crônica encomendada pelo senhor. Foi então que pegamos o Diego.

– E os Sombras? O que estavam fazendo no nosso quintal? Nem mesmo eles sabem a localização do Q.G.! E, agora que fugiram, podem muito bem voltar com reforços, o que seria desastroso para os nossos planos!

– Sim, senhor, eu concordo. Eles apareceram primeiro na R.R.L.

– Por que o senhor não nos manteve informado sobre o que acontecia na missão?

– Como não? Senhor, confesso que estou estranhando suas perguntas. Eu me reportei ao C.O. duas vezes depois de deixar a Marambaia! O senhor já deveria saber a respeito de tudo que estou dizendo!

– Capitão, há seis horas não temos notícias suas!

– Mas eu entrei em contato, senhor!

– Com quem você falou?

– Com o Valadares!

– Tem certeza?

– Absoluta.

– Então vamos desfazer este mistério agora.

Silva correu, acompanhado por todos, até a escadaria mais próxima e a subiu ligeiro. Ultrapassou uma divisória de plástico, alcançando o corredor principal do centro de operações dos Libertos, e entrou como um raio na maior das salas, onde, em uma das paredes, lia-se "Comunicações". Se aproximou de um negro franzino operando um transmissor.

– Tenente Valadares!

O homem se levantou.

– Senhor! Capitão, que bom te ver!

– Tenente, quando foi o último contato entre o capitão e o C.O.?

Valadares olhou desconfiado Pereira.

– O capitão estava a bordo do Sabiá I, se aproximando do Posto da Marambaia. Isso foi há exatas seis horas e trinta e seis minutos. Já estávamos quase dando como fracassada a missão Carga Mirim.

– Mas isso é impossível! – gritou Pereira. – Eu falei com você há menos de uma hora! Disse que estava perto da entrada B!

– Desculpe, senhor, mas não me recordo disso.

– Como não? Eu...

– Valadares, por gentileza, mostre a lista das transmissões que você realizou na última hora – solicitou Silva.

O tenente tocou um dos ícones no monitor a sua frente e cinco números de protocolo apareceram. Valadares começou a explicar cada um, apontando com sua caneta esferográfica:

– Sabiá II, centro de operações de Santa Cruz, Unidades de Inteligência, Unidades de Inteligência e... Unidades de Inteligência. Nada do capitão.

Silva olhou sério para Pereira.

– Deve ter algum engano, eu...

Will inspirou, fechou os punhos e reuniu forças para dizer o que pensava a respeito do capitão desde que o conhecera. Se havia um momento certo para fazer isso, era aquele.

– Não tem engano nenhum.

Pereira se virou para ele.

– Hã?

– Você não tava falando com ninguém daqui. Tava falando pros Sombras onde a gente tava.

Pereira trincou os dentes e esbofeteou o mulato, que foi ao chão. Edu e Lia correram para ajudá-lo e encararam o liberto com um olhar de reprovação.

– Moleque, eu te salvei! Tá maluco?

Will se levantou esfregando o rosto.

– Salvou da Radius pra entregar pros Sombras, isso sim!

– O que você...

Silva abanou rapidamente na frente dos dois.

– Garoto, eu te trouxe aqui com seus amigos somente porque nosso contato em Iraputã afirmou que vocês, por algum motivo que desconheço, são muito valiosos para a Radius. Não para acusar meus homens.

– Eu sei. Acontece que a Radius também tem um espião nos Libertos. E eu tenho vários motivos pra acreditar que o espião é ele – apontou para Pereira.

– Moleque...

Antes que Pereira acertasse Will mais uma vez, Silva segurou o punho do capitão. Falou:

– Garoto, estou te avisando... Cuidado com que diz. Posso saber que motivos são esses? E como você sabe que estamos infiltrados?

– É uma história meio confusa, mas queria que o senhor acreditasse nela.

– Já que começou, termine.

– Meu irmão, Edu... – Will apontou para o moreno – foi levado pelos Sombras há dois dias, lá da Grota, onde a gente mora. O Rodney...

– Quem?

– O... – o mulato parou e decidiu recomeçar a frase – Uma das testemunhas do sequestro me disse que um dos Sombras tinha machucado os dedos na ocasião. Que nem ele... – apontou para o capitão.

Edu recordou do chute que dera em um de seus apanhadores, ainda dentro de sua casa. Pereira se justificou:

– Senhor, o que isso tem a ver? Já disse mil vezes que foi o Satã que me mordeu, ele...

– Continue, garoto.

– Então, depois disso, fui com a Lia e o Ulysses – Will apresentou os adolescentes ao seu lado – buscar meu irmão em Iraputã. A coisa não deu muito certo e a gente acabou preso. Mas aí aconteceu um troço maluco. O ex-subcomandante da Radius, Carlos Araújo, apareceu e falou um monte de coisas. Uma delas era que a Radius já sabia há algum tempo que os Libertos iam tentar invadir Iraputã, porque tinha um cara aqui. Um dos Sombras.

– E?

– O ex-subcomandante me falou também porque meu irmão tinha sido sequestrado. A L.F.M., a organização que controla a Radius, tinha sido atacada por um vírus e precisava de cobaia pra testar uma vacina contra ele. O Edu foi uma delas. Depois a gente ficou sabendo que ele foi o único, até hoje, a se dar bem nos testes. Por isso, o comandante Figueiredo, que agora tá no comando da Radius, mandou a gente pra Marambaia. Pra ficar longe da praça de guerra que vai virar Iraputã. Porque agora, pra L.F.M., o Edu é que nem ouro!

– Comandante, com mil desculpas, mas o senhor vai acreditar nessa história de L.F.M., vírus e sei-lá-o-quê? Eu...

– Por favor, prossiga.

– Primeiro, eu fiquei me perguntando por que o capitão iria resgatar o Edu, se ele mesmo tivesse ajudado a levar ele. Mas depois a ficha caiu. Ele tava só cumprindo ordens do senhor. Tinha que fazer isso pra não dar na telha. O lance é que ele tentou aproveitar a missão pra dar o Edu de bandeja pros amiguinhos, os Sombras. Os Sombras não trabalham pra Radius, mas pra L.F.M., isso o ex-subcomandante da Radius também me contou. E ela precisa da cura para o vírus agora, não pode esperar pra ver o que vai acontecer com a Radius. Aliás, ela tá se lixando pra Radius, é por isso eles tão fracos.

– Mas quanta besteira...

– Besteira é? – o mulato encarou Pereira. – Então me diz: por que nas duas vezes que você falou pelo comunicador quando a gente vinha pra cá, logo depois os Sombras apareceram? E por que eles não atiraram só um daqueles cocozinhos verdes em você?

– Eu sei lá, porra, como...

– Isso é verdade, capitão? – indagou Silva.

– É, mas...

– Você é um traíra safado! – esbravejou Will. – Esse monte de coisa não pode ser coincidência! Você foi um dos Sombras que levaram o Edu! E o desgraçado que contou pra Radius que ela ia ser invadida! Tá na cara!

Silva esfregou o rosto e pediu:

– Capitão, por favor, deixa eu ver seu comunicador.

O pedido fez Pereira gaguejar.

– O... comunicador?

– Sim, capitão, o comunicador.

O liberto de moicano engoliu a seco e retirou o pequeno dispositivo do ouvido. Silva pegou e, ao estudá-lo com cuidado, fechou os olhos e tomou fôlego para dar sua próxima ordem. Olhou os operadores ao redor e falou melancólico:

– Senhores, prendam o capitão Pereira.

– O quê? Como assim? – protestou Pereira, vendo seus companheiros se levantando. – Comandante, o senhor vai mesmo acreditar nas maluquices que esse garoto tá dizendo?

– Isso parece maluquice para você, capitão? – Silva ergueu o braço e mostrou a harpia vermelha desenhada nas costas do aparelho que, segundos antes, se aninhava no ouvido de Pereira.

Will, Edu, Lia e Ulysses correram para ver a figura e ficaram boquiabertos. Mesmo o mulato, por mais convicto que estivesse de suas acusações. Pereira espremeu os lábios, olhou o chão e procurou palavras para se explicar:

– Eu não sei que merda é essa, eu...

– Levem ele – ordenou Silva.

– Comandante, o senhor não confia em mim?

Silva fez um gesto e os operadores, que já agarravam Pereira, pararam. Inspirou antes de fuzilar:

– Confiar em você, capitão? Me dê uma razão, só uma, para eu fazer isso! Depois de tudo que já descobrimos sobre o senhor!

Pereira entendeu o recado e não se manifestou.

– Tantos casos de abuso de autoridade, insubordinação, uso indevido de nossas armas e instalações... Sem contar o que veio antes, sua quase venda de informações para a...

– Eu não...

– Mas quase vendeu! Estava com encontro marcado com a Radius e tudo! Todos vimos aquele bilhete!

– Um bilhete que já tinha amassado há anos! Eu era garoto na época que combinei aquilo com eles, não dava valor ao que tinha aqui. Eu errei! Mais quantas vezes eu preciso dizer isso?

– Nenhuma, capitão. Agora, nunca mais – Silva finalizou com a voz pesarosa e os operadores voltaram a puxar Pereira, dessa vez com mais força. O liberto se sacudiu bruscamente e, assim que se percebeu minimamente livre, aproximou o rosto do seu líder.

– Você quer uma razão para confiar em mim? Eles são sua razão! – acenou com a cabeça em direção aos adolescentes. – Eu trouxe eles aqui, como o senhor e o subcomandante pediram. Eu cumpri a missão Carga Mirim! Fiz isso para provar ao senhor, mais uma vez, que tinha me redimido. Mas o senhor está cego e até sei por quê. Ah, eu sei...

– Capi...

– É por causa da batalha, né? Pois bem, sabe de uma coisa, comandante? Há um bom tempo quero te falar isso, mas nunca tive coragem. Acho que esse pirralho aí me incentivou – Pereira olhou Will. – Nem todos os libertos estão confiantes como o senhor. A maioria ainda acha que não dá pra ganhar da Radius. Mas você não percebe isso, porque vive trancado com o subcomandante, pensando em estratégias e mais estratégias. Não vê o medo nos olhos dos seus homens por estarem perto de, pela primeira vez, enfrentar aqueles putos cara a cara. E, sendo sincero, sinto o mesmo que eles. Que não vamos ter triunfo hoje. E sabe por quê? Porque, assim como a maioria do pessoal, acho que o senhor não é metade do líder que diz que é!

– Cala a...

– É isso mesmo! O senhor, comandante Silva, não é um bom líder. O senhor é um injusto, isso sim! Um injusto e...

– Chega! Levem ele, agora!

Os operadores tentaram, mais uma vez, conduzir Pereira para fora do recinto, mas o capitão fez valer novamente seu porte físico e conseguiu se desvencilhar totalmente. Olhou os sujeitos e comentou, gélido:

– Não precisam me levar. Eu sei onde fica a prisão. Já coloquei muito radiano lá a pedido dele... – apontou para Silva, antes de se retirar.

17 – A hora é agora

Dilios sentia a coluna doer por causa da rigidez do leito onde se acomodava. Porém, enquanto olhava o teto da débil enfermaria dos Libertos, algo muito mais incômodo lhe atraía a atenção. Tanto a ponto de fazê-lo esquecer da perda do dedo mínimo da mão direita.

Como há muito não acontecia, uma lágrima escorreu sobre sua pele desgastada pelo tempo e preocupações a respeito dos cariocas e sua cidade tétrica. O suficiente para fazer o cronista, mais uma vez naquele recinto, amaldiçoar Deus – embora, assim como a Radius, não acreditasse em sua existência – por teimar em aleijar o futuro do Rio de Janeiro e deixar peças de museu, como ele, vagando com feições rabugentas e ideias antiquadas por suas ruínas.

Sua tristeza era tanta que, nem mesmo quando sentiu a mão de Mariane, que estava ao seu lado, segurar a sua, ou quando viu Will, Edu, Lia e Ulysses entrarem na enfermaria, tentou disfarçar suas emoções, embora sempre fizesse tal coisa com uma habilidade ímpar.

– Senhor Dilios, como o senhor tá?

Dilios respondeu Edu sem o olhar:

– Já estive melhor, meu rapaz.

O moreno olhou a mão enfaixada do cronista e o leito à esquerda dele, onde a mala com o transmissor FM de Diego e a UAD de Dilios estavam.

– Onde tá o Diego?

Ao ouvir a pergunta, Mariane começou a chorar e correu até Lia. Assustada, a adolescente pegou a menina no colo e perguntou:

– O que aconteceu?

– O disparo acertou a artéria femoral dele. Não resistiu. Levaram ele daqui agora há pouco.

O quarteto de adolescentes sentou aos pés de Dilios. O cronista os observou por algum tempo, em uma tentativa de esquecer seu falecido amigo.

– Onde vocês estavam?

– No centro de operações. Prenderam o Pereira – Edu respondeu.

– Por quê?

– O Will dedurou ele. Convenceu o comandante Silva de que ele era um traidor.

A revelação fez o cronista sair da inércia e recostar na cabeceira da cama. Olhou Will e percebeu que ele, dentre todos ali, só não estava mais abalado que Mariane. Falou:

– Não sei por que você fez isso, meu jovem. E nem quero saber. Vocês adolescentes são tão... imprevisíveis. O fato é que, agora, você deixou o capitão em maus lençóis. Muito mesmo, como você costuma dizer.

Will encarou Dilios e perguntou assustado:

– Por quê?

– Dentre os Libertos, senhor William, traição é punida com morte, sabia?

Will não sabia e, justamente por isso, sentiu o coração acelerar. Levantou-se e correu até o canto mais escuro da enfermaria, esbarrando em médicos e suporte para soros no caminho. Lia acomodou Mariane sobre o leito de Dilios e foi atrás dele. O alcançou atrás de uma cortina, ofegante e cabisbaixo. Perguntou:

– O que foi?

– Como o que foi, Lia? Você não ouviu o que o Dilios falou?

– Ouvi, ué. Mas você mesmo não disse que o cara é safado? Ele merece!

– É, mas daí ele morrer...

– O comandante disse pra você ter cuidado com que ia falar.

– É, eu sei. Mas é que agora...

– Você não tem mais certeza se o tal do Pereira é espião, né?

Will respondeu a amiga com um olhar angustiado. Desabafou:

– Eu sei lá, a única certeza que eu tenho é que queria que nada disso tivesse acontecido. Que nenhum Sombra tivesse aparecido lá em casa e que batalha nenhuma tivesse pra acontecer.

Lia refletiu sobre as palavras do mulato e largou o corpo na parede em que ele se apoiava.

– É, eu também...

– Eu disse pra você não vir.

– Ah, fala sério, eu sabia que você ia precisar de mim.

– Por quê?

– Eu conheço você, né Will? Você até que é safo, mas quando decide fazer as coisas, assim, do nada, sempre dá merda. Igual àquela vez que você brigou com o Mic porque achou que ele tava dando em cima de mim.

– Mas tava.

– É, ele tava mesmo...

Lia abriu um sorriso e Will fixou nele.

– Por que você acha que não deu certo?

– Por quê? Ah, ele é muito mais forte que você, né? E...

– Não. Eu digo... a gente.

A morena o encarou. Mordiscou a língua e olhou cada uma das macas mais próximas antes de responder:

– Eu não sei, Will. A gente tava brigando muito, né? Eu e você somos muito teimosos, sei lá. Fora isso... – deu as costas ao amigo. – Enfim, eu acho que se você não tem certeza se o tal do Pereira é dedo-duro, tem que...

Will segurou o braço de Lia. A morena não reagiu e ouviu o mulato lhe fazer a pergunta-chave:

– Você já esqueceu?

Lia fechou os olhos e, dessa vez, sabendo que não teria forças para resistir ao que viria, relaxou. Will aproveitou e deu o golpe de misericórdia.

O beijo foi um ato de libertação, acalentador e tão intenso quanto os últimos dias haviam sido. Uma válvula de escape não só para a tensão de Will e Lia, mas também para seus sentimentos, reprimidos desde o fim de seu conturbado namoro. Um fim que não fora o fim.

E ambos, no fundo, sempre souberam disso. Da verdade que agora estava ali, em cada roçar de lábios. Só não podiam imaginar que ela seria trazida à tona de forma tão avassaladora e inesperada.

Tão inesperada quanto a aparição de certo moreno, que viu a cena ao puxar a cortina que escondia a dupla do restante da enfermaria.

– Mas que porra é essa?

Edu não costumava falar palavrões, muito menos sair no braço com o irmão. Na verdade, nunca fizera tal coisa. Porém, sentindo seu sangue ferver de maneira inédita, foi exatamente isso que ele fez.

Ulysses olhava curioso o coelho de pelúcia de Mariane – sua feição deformada lembrava, de certa forma, alguma vítima sua – quando notou um alvoroço começando no canto mais escuro da enfermaria. Correu na companhia de alguns médicos e, ao ver os irmãos Costa se xingando e se atracando de forma atabalhoada, sacudiu a cabeça em reprovação.

Amadores. Mesmo tendo à disposição uma coleção de bisturis, dispostos em uma pequena mesa próxima, Will e Edu preferiam continuar trocando socos sem rumo e rolando pelo chão. Aquilo irritava Ulysses, assim como os gritos de Lia para que os irmãos parassem de brigar.

Com a cabeça cheia e tanta saudade de casa quanto seus amigos, o tiziu saiu da enfermaria. Retornou à estação de metrô que abrigava o centro de operações dos Libertos e subiu a escadaria que terminava na entrada dele. Tomou uma nova direção, pela qual seguiu por muito tempo e sem ser incomodado pelos poucos soldados que cruzaram seu caminho.

Entrou em uma sala muito maior do que aquela onde o comandante Silva dera ordem de prisão a Pereira, um estande de tiro. Certificou-se de que estava vazio, caminhou até um armário e pegou, sem cerimônias, um AM-29.

Viu que seu leitor biométrico fora corrompido, para que o fuzil pudesse ser utilizado por qualquer um, e tomou uma das cabines. Destravou a arma e apontou para um dos alvos de isopor, ao longe.

Disparou duas vezes. Sorriu pela primeira das rajadas ter atingido a foto da cabeça de harpia colada no topo do isopor e, a segunda, o colete negro de um radiano morto, bem abaixo. Ouviu uma voz e sua felicidade se foi:

– Ei!

Ulysses se virou e, ao notar um rapaz de olhos cor-de-mel se aproximando, repousou o fuzil na bancada da cabine e se afastou. O liberto estudou as vestimentas do negro e o Passe Concedido encerrado em sua mão. Perguntou:

– Você é um radiano?

O tiziu sacudiu a cabeça negativamente.

– Como não? Tá usando roupa da Radius e essa parada na mão...

Ulysses odiava ter que se explicar. No entanto, percebendo que, daquela vez, não havia outra solução, andou até uma mesa ao lado do armário de armas. Pegou lápis e papel para escrever uma mensagem e a entregou ao liberto.

MEU NOME É ULYSSES. FUI LIBERTADO COM MEUS AMIGOS PELO CAPITÃO PEREIRA NA MISSÃO CARGA MIRIM

O rapaz leu desconfiado o recado e encarou novamente Ulysses, dessa vez por tanto tempo que deixou o negro incomodado. Até amassar o papel e o jogar de lado. Sorriu.

– É, eu ouvi falar dessa missão. Eu sou do pelotão do Pereira, o sub dele. E aí? Como foi?

Ulysses fez sinal de mais-ou-menos com a mão.

– Saquei. Você não é muito de falar, né?

O tiziu nada respondeu. O liberto se aproximou e lhe apertou a mão.

– Meu nome é Lucas. Ou Locão, tanto faz.

Ulysses arqueou a sobrancelha ao ouvir o nome e, quando o rapaz entrou na cabine onde ele estava momentos antes, reparou em alguns detalhes seus. Atrás da jaqueta que usava, lia-se "Guerreiro por ofício. Artista nas horas vagas" e, no antebraço onde não havia a caveira dos Libertos, um escudo vermelho e preto com as letras "CRF" estava tatuado.

– Sabe, eu tava sem sono, andando por aí e fiquei sabendo que o capitão foi preso. Nem sei por que, mas, na boa? Acho que foi uma puta injustiça da parte do comandante. Fiquei bolado, aí vim pra cá desestressar – Locão olhou os alvos ao longe e, ao notar a precisão dos disparos de Ulysses, comentou: – Você manda bem, viu? Aprendeu a atirar com quem? Seu pai?

Ulysses fez que sim. Locão consentiu e, após apertar o gatilho três vezes, continuou:

– É, já imaginava. A maioria aprende com o pai. Eu aprendi com a minha mãe. Você tinha que conhecer ela, mais braba que um Lobo. Pena que foi apagada por uma galera da Primeira Tropa. Vai, é a sua vez.

Locão entregou o AM-29 a Ulysses. O tiziu apontou para novos alvos e, ao imaginá-los como uma "galera" dos Barões da Morte, deu mais um par de disparos certeiros. O liberto comentou:

– É, você tem talento mesmo. Não quer invadir Iraputã com a gente, não?

O negro soltou um "hum, hum". Locão riu e se justificou:

– Eu perguntei de sacanagem. O comandante não vai te deixar ir depois de ter resgatado você, né?

O tiziu deu de ombros e Locão olhou pensativo para ele. Andou até o armário de armas e pegou uma metralhadora automática bem maior que um AM-29. Deu a Ulysses e explicou:

– Sabe, Ulysses? Tem muita gente que acha que meu apelido é por causa do nome que eu tenho ou dos grafites que eu faço. O negócio é que essa arma aqui é que me deu ele. Você não faz ideia do que eu já fiz com ela. M500 *Special*, clássica. Uma antecessora dela, inclusive, fez sucesso porque foi usada por um cara chamado Jambo, alguma coisa assim. É um personagem daqueles filmes do pré-guerra, mas muitos dizem que o sujeito existiu de verdade.

Ainda mais fascinado do que quando vira de perto a besta de Fabrício Mayer, Ulysses olhou o cano da metralhadora, o cinto com projéteis 7.62 mm e o bipé. Ouviu Locão propor:

– A gente faz o seguinte: experimenta essa. Se você mandar bem, eu tento convencer o comandante a te levar, beleza?

Ulysses concordou em silêncio e caminhou junto de Locão até uma cabine. O liberto parou atrás do tiziu e, ao notar que ele, mesmo com seus braços franzinos, não fizera questão de apoiar a pesada arma na bancada antes de mirar, franziu o cenho. Explicou:

– Você tem que acabar com todos os alvos em menos de trinta segundos. Todos, ouviu? Ninguém vai sentir falta deles mesmo daqui pra frente...

O tiziu se remexeu. Locão perguntou, por fim:

– Tá pronto?

Ulysses ergueu o polegar e o liberto ajustou o cronômetro em seu pulso.

– Vai.

Após a ordem, tudo pareceu insano para Locão. Mesmo para ele, guerreiro treinado. O suor escorrendo pela testa do negro, seu sorriso com os dentes trincados, o sacolejo frenético de seu corpo causado pelos recuos da M500 *Special*, sua respiração dificultada. Tudo aquilo parecia dar tanto prazer a Ulysses que a impressão que o liberto tinha era que aquele garoto se tornara um vulcão em erupção. E o que havia dentro dele era bem pior que lava.

Exatamente por isso, mesmo após os trinta segundos se esgotarem, tempo mais que suficiente para Ulysses derrubar todos os isopores com cabeças de harpia do estande, Locão se manteve em silêncio. Continuou, abismado, vendo o tiziu disparar, dessa vez, contra as paredes, lâmpadas e plaquetas a sua frente, como se fosse um androide de classe 77 programado para fazer somente aquilo. Ou um enviado da Morte. Talvez, a *própria* Morte.

Disparava contra o que, na verdade? – o liberto se intrigou. Tendo a certeza de que muitos radianos poderiam sofrer nas mãos daquele tiziu, deu dois tapas em suas costas, fazendo-o parar. Sentenciou, rindo:

– É, precisamos *mesmo* falar com o comandante.

***

Na sala mais bem guardada e aparatada do centro de operações, o comandante Silva terminava de contar ao segundo no comando dos Libertos o que acontecera recentemente no setor de Comunicações, inclusive as revelações de Will. Ambos sentavam-se diante de uma grande mesa, sobre a qual um mapa holográfico detalhado de Iraputã se projetava.

– Então quer dizer que a coisa mais preciosa para a L.F.M., a chave para a cura do Inquisidor, está aqui no Q.G.? – perguntou o subcomandante Paiva, com seus olhos, ligeiramente puxados, brilhando.

– Sim. O nome dele é Eduardo Costa, tem quinze anos.

Paiva estranhou a melancolia na voz de Silva e seu olhar perdido para o chão forrado por pastilhas brancas.

– Por que você está assim? Devia estar feliz! Você tem ideia que o destino do mundo pode estar agora em nossas mãos?

– Tenho, claro. Mas isso não exclui o fato de que mandei prender um de nossos melhores homens.

– Ora Silva, você agiu certo. Faz tempo que achamos que há um infiltrado no Q.G. e que esse homem é o Pereira. E, por tudo que você me contou, parece que restam poucas dúvidas agora.

Visivelmente aflito, o líder dos Libertos esfregou o lóbulo da orelha atravessado pelo brinco de marfim.

– Não sei foi a melhor decisão. Ao menos não para esse momento.

– Pois eu acho que se o espião da Radius, ou da L.F.M., for mesmo o Pereira, seu confinamento, exatamente agora, nos caiu como uma luva. Isso quer dizer que teremos algumas horas antes do ataque à Iraputã sem informações vazadas. Melhor, impossível. Até lá, podemos repensar alguns de nossos movimentos, para surpreendermos aqueles cornos. O que acha?

– Não há mais tempo, Paiva, você sabe disso. E, veja bem, se o Pereira não for um infiltrado, teremos uma perda significativa de poder ofensivo. Você conhece o respeito e a admiração que o pelotão daquele puto tem por ele. Não é à toa que chegou aonde chegou, mesmo com um histórico desfavorável. O Freitas não o substituirá à altura durante a batalha, isso é certo.

– Acho que tenho uma solução...

Silva não demonstrou qualquer interesse sobre qual solução seria essa. Apenas repetiu:

– Eu não sei, mesmo, se fiz a coisa certa.

– Ora, homem, há dez anos que te conheço e nunca vi você se remoer tanto por uma decisão! E olha que você já encarou piores.

Silva riu e desconversou, apontando para um caminho laranja marcado sobre o mapa holográfico de Iraputã:

– Mas então, o que falta?

Paiva olhou a representação em três dimensões da cidadela e se largou na cadeira com as mãos na nuca.

– Absolutamente nada.

– Tem certeza? Não há nada que o Redentor II nos passou que ainda não usamos?

– Nada. Fique tranquilo.

Silva sacudiu a cabeça.

– Não posso. Se, por acaso, não conseguirmos alcançá-lo... – apontou para um ponto branco ao final do caminho laranja, bem abaixo do paralelepípedo azul representando a torre central de Iraputã – tudo pode estar perdido.

Paiva permaneceu um bom tempo olhando o ícone. Encarou o companheiro e recomendou, com uma piscadela:

– Silva, me faça um favor? Primeiro, ouça o que faremos com o pelotão do Pereira. Depois, pelo seu bem e dos Libertos, vá dar uma volta.

***

Will, Lia e Edu. Exatamente nessa ordem os adolescentes se acomodavam, mais uma vez, aos pés de Dilios. O cronista acabara de descobrir, por meio de Mariane, o motivo da confusão envolvendo os irmãos e, aparentemente menos desalentado, não resistiu e provocou:

– Vocês, adolescentes, são realmente imprevisíveis...

A morena fingiu não ter ouvido e continuou atenta a qualquer alteração de humor da dupla ao seu lado, para encerrar prematuramente qualquer tentativa de agressão da parte dela. Já fizera tal coisa três vezes desde que apartara a primeira das brigas entre Will e Edu e estava farta de ver suas trocas de olhares flamejantes, braços cruzados e poses emburradas.

Por isso, quando notou a tensão dos garotos desaparecendo assim que eles viram Silva entrando na enfermaria, agradeceu em silêncio à presença do homem. Demonstrando estar mais calmo do que quando dera ordem de prisão a Pereira, o comandante se aproximou de Dilios.

– Como você está, meu amigo?

O cronista levantou a mão enfaixada.

– Com um dedo faltando. Mas não importa. Ainda tenho nove para contar as mazelas da vida.

– E o Diego?

Dilios sacudiu a cabeça. O abatimento tomou conta de Silva, que sussurrou:

– Meu Deus...

Nesse instante, Locão, acompanhado de Ulysses, entrou na enfermaria e Will logo percebeu que era o mesmo rapaz que ateara fogo no muro de Iraputã, momentos antes dele, Lia e Ulysses entrarem na cidadela. O liberto parou em frente a Silva e falou:

– Senhor, ainda bem que te encontrei. Tenho um pedido a...

– Tenente Freitas, por que já está de pé?

– Eu...

– Não importa. Já ia mesmo te chamar.

– Por que, senhor?

– O capitão Pereira não poderá nos ajudar na batalha. Você terá que assumir seu lugar no comando do 5º pelotão.

– Mas e os outros...

– Os outros capitães estarão ocupados conduzindo seus homens à vitória em Iraputã. Por isso, naturalmente, caberá a você conduzir o 5º. Não na tarefa de levar a cidadela ao chão, mas em uma missão especial.

– Que missão?

– Proteger esses garotos... – Silva apontou para Will, Edu, Lia e Ulysses.

Locão olhou o tiziu e respondeu, já resignado:

– Entendo, senhor. O 5º não sairá do Q.G., então.

– Negativo. Deixar esses garotos aqui é imprudente. O Q.G. não ficará desprotegido, mas estará consideravelmente vulnerável a um ataque dos Sombras, caso eles venham buscar os garotos. Você, a essa altura, deve saber que os desgraçados sabem nossa localização.

– Sim, fui informado.

Silva finalizou estudando os adolescentes ao seu redor:

– Isso é tudo por agora, Freitas. Em breve, te passarei detalhes sobre sua missão. Aproveite que está bem disposto para conhecer aqueles que, a partir de agora, você deve guardar, se necessário, com a vida. E ordene que as roupas deles sejam trocadas. Esses farrapos radianos me dão nojo.

Locão aquiesceu e viu o comandante se aproximar de Dilios. Silva sorriu e pôs a mão sobre o braço do cronista.

– Oswaldo, pode vir comigo?

– Claro, por que não? Minhas costas não estão aguentando mais essa pedra em forma de colchão.

O comandante se despediu de Locão e dos adolescentes acenando com a cabeça. Saiu da enfermaria e continuou andando pelo túnel que a abrigava na companhia de Dilios.

– Há muito tempo quero te perguntar isso: por que você usa esse nome?

– Ora, sendo um dos mais procurados do Rio de Janeiro, não posso revelar minha verdadeira identidade.

– Claro, claro. Mas por que "Dilios"? Você tirou de algum livro?

– De um filme, na verdade.

– É mesmo?

– Sim. Um que fala da Batalha das Termópilas, confronto histórico entre espartanos e persas. É verdade que o faz de forma fantasiosa, para alimentar a famigerada cultura do entretenimento do pré-guerra. Mas esse personagem, Dilios, não deixa de ser interessante.

– E quem é ele?

– Um guerreiro que, pouco antes da derrota de seus companheiros, é mandado pelo seu rei de volta à Esparta para contar o que aconteceu durante a batalha. Ganha essa incumbência porque, diferente de seus irmãos de armas, tinha o dom da oratória. Algo que seria crucial para a sua real tarefa de convencer o senado espartano a enviar todo seu exército contra os persas.

Silva ponderou sobre o tal Dilios e sua saga, antes de opinar:

– É realmente uma boa alcunha para você. O curioso é que parece que, ao escolhê-la, você sabia o que iria acontecer.

– Eu, meu amigo, simplesmente tinha certeza que esse dia chegaria. O confronto final com a Radius. E que, quando chegasse, alguém precisaria contar às futuras gerações de cariocas, ainda que não fossem os Libertos os vencedores, sua verdadeira história. Só torcia para que a batalha acontecesse antes da minha morte.

O comandante riu.

– Também não vejo ninguém melhor para fazer isso. E, já que teve sorte, só peço que capriche.

Dilios consentiu e, junto de Silva, alcançou a vila dos Libertos, um amontoado de cubículos duplex feitos de chapas metálicas e colados na lateral do túnel. Ao parar em frente à única de área maior que dezesseis metros quadrados, o cronista comentou:

– Como está a Regina?

– Tentando me enganar que não está nervosa. Ela me diz que está pronta para assumir o comando caso eu e Paiva não voltemos, mas sei que está mentindo. Ela não faz isso muito bem. Ao menos não tanto quanto eu.

– E os filhotes?

Silva olhou a janela de sua casa.

– O João, birrento como sempre. Aquele moleque ainda não fez nem três anos e parece que já sabe tudo o que vai acontecer. Fica me perguntando toda hora se eu vou voltar da "viagem" que vou fazer. A que está para chegar, a Júlia, bem, essa só espero que conheça o pai um dia.

A dupla continuou caminhando e, muitos metros após a vila terminar, alcançou uma guarita protegida por soldados armados com P12H. Ao ver o comandante se aproximar, um dos homens suspendeu o amontoado de blocos de concreto semelhantes aos da entrada B do Q.G., para liberar o caminho.

Uma nova estação de metrô castigada pelo tempo se revelou e Dilios notou, impressionado, o que ela guardava. Mas somente quando subiu a passarela de aço debruçada sobre centenas de robôs humanóides de combate, comentou:

– Confesso que estou sem palavras.

Orgulhoso, Silva se apoiou no corrimão da passarela.

– Bonitos, não?

Dilios ajeitou os óculos no rosto e fixou em um dróide específico, que possuía o mascote de uma antiga banda de *rock* adesivado na lataria do ombro direito e era o mais grafitado de todos. Leu a assinatura de Locão perto da célula de combustível, na altura da nuca do autômato, e comentou:

– São *robcoms* classe F, certo?

– Isso. Só a sede da L.F.M. e a Manchúria tem um desses.

– Como convenceu os Novos Independentes a enviá-los?

– Há dois meses, Paiva contou a eles sobre o enfraquecimento da Radius. Disseram que não só aqui, mas em muitos outros locais abaixo da linha do equador, a L.F.M. tem deixado quase órfãs suas bases operacionais e que o motivo era o vírus que eles tinham lançado na sede dela. Mas quando Paiva detalhou a situação no Rio, os chinas concluíram que o lugar onde a primeira das insurgências ocorreria seria mesmo aqui. Por isso, se apressaram para nos armar.

– Acho que agora compreendo por que você não me contou sobre esses dróides e o tal Inquisidor. Não nos falamos há mais de dois meses. Mas isso não importa, e sim que essas notícias são maravilhosas!

– É verdade. Mas, não sei...

– O quê?

– Tenho a sensação que tudo está se facilitando demais para nós agora.

– Não entendi.

– Veja bem. Por mais que os chinas saibam da importância da batalha para derrubar Iraputã, a rapidez que eles nos mandaram esses camaradas aí ainda me parece algo estranho. Diversas vezes requisitei coisas menores e eles levaram anos para mandar. Mas, dessa vez, não. Até mesmo sem eu pedir, enviaram seis Marimbondos armados e uma quantidade enorme de RPGs e TARs. Você não faz ideia de quanto tive que rebolar para convencer meus homens de que tudo era fruto de negócios escusos com o mercado africano.

– Ora, meu amigo, você mesmo já respondeu. Os NIs tem ciência do que a Batalha de Iraputã e, sobretudo, a vitória dos Libertos, representará para os focos de resistência espalhados pela Terra.

– Eu sei, mas há algo mais.

– O quê?

Silva hesitou um pouco, antes de responder:

– Nosso plano B para a batalha. Algo que, caso eu e Paiva falhemos em encontrar, talvez nem mesmo o poder de fogo que temos agora será suficiente para nos levar à vitória.

– Sobre o que você está falando?

– O míssil sob Iraputã.

Por mais cansados que estivessem, os olhos de Dilios se arregalaram.

– Míssil?

– Me diga, meu amigo: quantos deles caíram sobre o Rio em 2079?

– Como assim quantos? Sete, oras. Não precisa nem ser historiador, é só contar as crateras.

– Errado. Houve um lançado sobre o Marco Zero que não detonou. E que hoje está exatamente abaixo da torre central de Iraputã. O Redentor II descobriu ele mês passado.

Dilios não tardou a fazer a pergunta óbvia:

– Mas como, por Deus, a Radius até hoje não soube da existência desse artefato?

– É nesse ponto que queria chegar. Eu não sei, ninguém sabe. Nem mesmo o Redentor II. Você tem alguma ideia? Se não, deverá concordar quando digo que os ventos estão bem favoráveis para nós e cruéis com a Radius. Sem falar nas mortes recentes de Dantas e seu sub, o que deve ter gerado um belo atraso na organização das defesas de Iraputã.

O cronista precisou pensar em alguma explicação, no entanto, lembrou-se de algo mais urgente:

– Um momento. E o Pereira? Se ele é mesmo espião, a Radius já sabe a respeito do míssil, os *robcoms* e tudo o mais.

– Com relação aos *robcoms* e "tudo o mais", é provável. Mas o Pereira não sabe do míssil. Como sempre tratamos a existência desse artefato como uma carta na manga que, em hipótese alguma, os radianos poderiam saber a respeito, optamos por mantê-lo em segredo. Apenas eu, Paiva e o 1º pelotão, o mais preparado para nos escoltar até o local informado pelo Redentor II, sabemos dele.

– Menos mal. Agora, nesse caso, por que o próprio Redentor II não o detona? Tornaria a batalha desnecessária, não?

– O Redentor disse que só o descobriu por acaso, em um lugar que, embora pouco acessado pelos radianos, é muito bem guardado. Ele não pode voltar lá e, mesmo que pudesse, não tem o conhecimento necessário para reativar o míssil. O único jeito seria nos infiltrarmos. Depois, é claro, de criarmos uma grande distração – Silva riu. – Como uma batalha. Mas, como disse, esse é apenas um dos planos. Se eu e Paiva falharmos, ainda podemos tomar Iraputã à força.

Dilios refletiu sobre as informações dadas pelo Redentor II e a estratégia pensada por Silva. Indeciso se essa última era mesmo a mais adequada, se limitou a confortar o comandante:

– Entendi. Bem, sobre as mortes de Aurélio Dantas e Carlos Araújo, acredito que foram apenas gratas coincidências. E juro que não estou surpreso com essa descoberta do Redentor. Você sabe muito bem quem foi o mentor dele. O que impediria o aprendiz de superar o mestre?

– Sim, mas logo agora? É isso que me intriga.

Dilios suspirou e insistiu:

– É, meu amigo, suas desconfianças realmente fazem sentido. Mas ainda acho que você está procurando cabelo em ovo. Enfim, são só essas "extraordinárias" obras do acaso que te preocupam?

– Na verdade, não.

Silva retirou de seu sobretudo um pequeno cilindro, encostou uma das pontas no antebraço e apertou um botão, despejando uma grande quantidade de anfetamina em seu sangue.

– Isso ainda vai te matar. E seus homens.

– A chance de estarmos todos mortos em poucas horas é altíssima, meu amigo.

– Com isso eu tenho concordar.

Silva guardou o cilindro de volta no bolso.

– Por falar em meus homens, estou temeroso também pela motivação deles. Sei que estão inflamados como nunca, por terem a oportunidade de participar de um evento histórico. Lutarem, uma última vez, por sua liberdade. Mas a Radius é, e ainda será por muito tempo, um símbolo de tirania e poder forte demais para ser esquecido. Além do que, devemos lembrar que tudo pode estar perdido caso o míssil não seja detonado.

– Sim, mas, como você disse, seus homens não sabem disso. E me diga, a desmotivação é deles ou sua?

Silva nada respondeu. Dilios palpitou:

– Certo, não importa. Sobre essa sua última preocupação, creio que ainda temos um trunfo.

– O quê?

– Minha última crônica.

– Mas não podemos transmiti-la. O Diego está morto e, a R.R.L., destruída.

– O Diego trouxe o transmissor dele e a UAD com meu texto. Apenas isso basta, já que o aparelho tem conexão remota com as antenas da R.R.L. Só precisamos dar um pulo lá em cima – Dilios olhou o teto daquela parte úmida do Q.G. dos Libertos – e apertar o *play*.

Silva consentiu um pouco mais aliviado.

– Certo. Pedirei ao Paiva para levar uma equipe.

Virou-se e olhou a fileira de máquinas de guerra a sua frente. Depois, o túnel mais adiante, pelo qual todas elas, juntos com centenas de libertos, rumariam à superfície e ao calor da guerra. Confessou, por fim:

– Sabe, Oswaldo?

– Sim?

– Desde que a Radius começou a se enfraquecer, tenho planejado com Paiva essa batalha. E agora, a uma hora de acordar meus homens, tirarem eles de suas famílias e os levarem até ela, ainda não estou certo se a melhor decisão é mesmo atacar aquela maldita cidadela.

– Se você, líder deles há tanto tempo, não sabe, como *eu* posso?

– Ora, você conhece essa cidade como ninguém. Deve saber quando está pronta para superar um grande desafio.

Dilios olhou na mesma direção que Silva e permaneceu calado durante um tempo. Lembrou-se de Diego e respondeu de forma grave, deixando de lado sua habitual racionalidade:

– A hora é agora. O dia de derrubarmos as aves chegou.

***

No último andar da torre mais alta de Iraputã, o comandante da Radius, Mathias Figueiredo desligou o Telefone Vermelho. Rubens Trindade, o segundo no comando, estava ao seu lado e, ao notar seu esmorecimento, perguntou:

– E então?

Mathias andou até a vidraça panorâmica do centro de operações e viu a luz da alvorada se espalhando pela Vargas. Fechou os olhos e sacudiu a cabeça.

– Não podem nos ajudar.

– Realmente não sei se foi uma boa ideia levar os garotos para o 03.

O comandante suspirou.

– Também não. Só que agora devemos pôr Iraputã em alerta máximo. As caveiras estão chegando. E furiosas.

18 – Crônica para a R.R.L. – O último choro

Fluminense, avante! Marchemos
Às conquistas da paz, povo nobre!
Somos livres, alegres brademos,
Que uma livre bandeira nos cobre.

Fluminenses, eia! Alerta!
Ódio eterno à escravidão!
Que na Pátria enfim liberta
Brilha a luz da redenção!

Hino do estado do Rio de Janeiro

A hora é agora. O dia de derrubarmos as aves chegou.

Antigamente, os cariocas se reuniam em blocos para celebrar o carnaval, alívio do trabalho duro e da monotonia. Mas hoje teremos que deixar a festa para depois. Precisamos cumprir uma tarefa há muito esperada: levar abaixo Iraputã, com toda sua maldade e opressão.

A concentração será às onze da manhã, no início do Aterro das Dores e cada homem capaz de carregar um fuzil está convocado. Os Libertos terão mais armas do que combatentes e, por isso, precisarão da sua ajuda. E lembrem-se: só com ela o reinado de terror da Radius terá fim.

Deixaremos em nossos lares não só o medo, mas também as diferenças que existem entre nós, cada disputa pelo poder ilusório, para nos unirmos contra uma maldição que já dura gerações.

Seguiremos então com a luz de Deus, eliminaremos as pragas, deixaremos ainda mais vermelhas as harpias. O Senhor, cansado de ter seu nome usado em vão pelos homens de preto, estará ao nosso lado, protegendo, orientando e dando forças para que atinjamos a nossa conquista.

Assim será nosso desfile, onde dançaremos o último samba, o último choro. Choraremos pela última vez a morte de nossos amados e o luto que domina esta cidade. Porque, ao final do dia, quando as três torres negras estiverem caídas, um horizonte de paz e esperança despontará. E, sobre ele, um novo Sol para o Rio de Janeiro, iluminando seus filhos livres.

A hora é agora. A batalha final contra a Radius chegou. Onze da manhã, início do Aterro das Dores.

Nos vemos na vitória, cariocas.

Hoje é 19 de janeiro de 2189, sou Dilios Américo e essas são minhas últimas palavras para a Rádio Rio Livre.

19 – A batalha de Iraputã

Sob o Sol a pino, o coturno de Silva pisou com força o asfalto do Marco Zero. Enquanto corria, o comandante lembrava-se da última polida em seu fuzil, do discurso exaltado aos seus subordinados e da marcha pelo Aterro das Dores, desembocada na avenida embaixo de seus pés.

Lembrava-se de sua luta, coragem e fé.

Do beijo de despedida na esposa e no filho que deixara para trás.

E dos cariocas que lhe deixaram para trás.

Silva tinha a certeza de que a última transmissão de Dilios ecoara em cada canto do Rio de Janeiro e, por isso, não compreendia por que ninguém aparecera para fazer número aos seus homens.

Amaldiçoou, uma última vez, aqueles que ele jurou proteger e, mesmo sabendo que era inútil agora, especulou que tipo de carioca não gostaria de viver aquele momento de entrega e redenção.

De todo o tipo, sabia agora ele. Menos do tipo Liberto.

Sem problemas. Se era assim que as circunstâncias tinham se dado, assim seria. Seus homens sempre agiram sozinhos e, sozinhos, alcançariam seu maior triunfo. Sem ressentimentos ou temor, pois ali, naquela via apertada, não havia espaço, ou tempo, para tais fraquezas.

Nem mesmo para elucubrações. Por isso, logo que o comandante avistou um muro negro, gritou, e cada um de seus pensamentos, bons ou maus, se foram como as andorinhas pousadas na fachada de um teatro jazendo ali perto:

– Cubram-se!

E tudo que veio depois foi ferro e fogo.

Silva, Paiva e o 1º pelotão foram os primeiros a se protegerem, nas quinas de prédios a trezentos metros da entrada B de Iraputã, da chuva de balas, mísseis e lasers vindos exatamente de lá. Sem demora, quatro ruas paralelas a onde estavam foram tomadas por metade dos homens que seguiam as suas costas, incumbidos de alcançar a entrada C da cidadela.

Ao ter certeza de que iam à direção certa, Silva se inclinou e felicitou-se ao ver, ao longe, três temidas *Iron Rain*, cuspindo seus quase mil projéteis por segundo precisamente onde ele imaginava. Escondeu-se mais uma vez, ergueu o polegar para Paiva e levou a mão ao comunicador. Berrou o mais alto que pôde:

– Sabiá II, III e IV, peguem as IRs da B! V, VI e VII, as da C!

O primeiro trio de *Sikorsky G-Hunter* surgiu no início da avenida, manobrou para entrar em formação de "V" e disparou foguetes *hydra*, que atingiram em cheio seus alvos. Mas logo foram obrigados a recuar, pois cinco aeronaves radianas semelhantes surgiram para contra-atacar.

Silva viu a batalha nos céus ter início e sinalizou para que o 1º pelotão avançasse, junto ao 2º, 3º, 4º, 6º e 7º. Os homens dispararam furiosos seus AM-29 e TAR-32 e precisaram desviar de uma libélula de metal inimiga em queda para se cobrirem dois quarteirões adiante.

Agora era a vez das .30 e .50. O comandante apertou um botão no monitor de sua manopla e dois grupos de pontos vermelhos surgiram. Arrastou o dedo pela tela para selecionar o primeiro, representando os *robcoms* classe F bem atrás daquela linha de tiro. Pressionou outro ícone, fazendo com que os autônomos lhe ultrapassassem e rumassem para a entrada B.

A maioria foi despedaça no caminho, mas os robôs que conseguiram se aproximar do muro deram conta de doze das quinze metralhadoras de alto calibre nele instaladas. Porém, antes que pudessem fazer o mesmo com as guaritas abrigando as três últimas automáticas, uma enxurrada de dróides de guerra inimigos surgiu por passagens ocultas no solo para defendê-las.

Os *robcoms* dos Libertos fizeram valer sua blindagem reforçada, robustez e armamentos sofisticados acoplados nos braços de fibra de carbono para liquidar seus irmãos menores. No entanto, em desvantagem numérica, foram rapidamente abatidos e apenas a última dupla de pé conseguiu terminar o serviço. Depois, mandou pelos ares o portão da entrada B.

Silva viu a cena e vibrou. Mas se conteve ao perceber dezenas de soldados e USBM SC2 escapando da abertura recém-criada. Fez o sinal da cruz, ergueu o punho e esbravejou, antes de começar a trocar tiros com as novas ameaças:

– Morte à Radius!

***

Em um dos cantos mais obscuros do Q.G. dos Libertos, Pereira apertava as grades de sua cela e encarava o jovem carcereiro Braz.

– Qual é, Jô? Você me conhece, sabe que eu não devia tá aqui! Eu devia é tá lá no Marco Zero, com os meus homens, ajudando! Você sabe que... ô, quer parar de jogar essa porra? Tô falando com você!

Braz fingiu não ter ouvido e continuou comendo as pedras de seu Resta Um, como se todo o Rio de Janeiro estivesse na mais absoluta tranquilidade. Pereira bufou e tentou outra saída:

– Saca só, se você me deixar sair, eu peço pro comandante te promover e te levo pro 5º. Você não vai nunca mais ter que limpar merda de radiano nem ouvir as chatices deles sobre a Suprema Constituição.

O soldado respondeu enquanto pensava no próximo movimento sobre o pequeno quadrado de ardósia:

– Com todo respeito, capitão, mas acho que a sua moral com o comandante não tá tão grande assim...

– Tá bom, olha só. Sabe a Vânia, a enfermeira? Muito boa, né? Eu te arrumo uma brincadeirinha com ela fácil, fácil.

Braz riu.

– Senhor, mesmo que eu quisesse alguma coisa com ela, nem ia precisar de ajuda. Aquela lá é mais safada que...

– Minha Retalha, então. Eu sei que você sempre teve de olho nela. Não, melhor. Mando fazer uma só pra você.

– Negativo.

– Puta que pariu, homem! Pede qualquer coisa! Mulheres, homens, sei lá, cigarros, *hypes*, joguinhos que nem esse aí! Eu posso te arrumar tudo isso e bem mais! Só me tira daqui!

– Capitão, na boa? Não força a barra.

O liberto de moicano enrugou o rosto e coçou os braços de aflição. Apelou:

– Escuta, você gosta do seu namorado, né?

Ao ouvir a pergunta, Braz interrompeu o Resta Um e encarou Pereira. Levantou-se e aproximou-se da cela do capitão.

– Que namorado, senhor?

– Ora, quem. O Vieira.

– O Maurício não é meu namorado. Quem dera que ele fosse, ao menos, do ramo e... ah, enfim, por que o senhor tá perguntando isso? Ameaçar ele também não vai adiantar nada.

– Não tô ameaçando ninguém. Pelo contrário. O Vieira tá lá na guerra com o 5º e sem o líder certo. E você sabe que, se eu fosse esse líder, as chances dele seriam maiores.

Braz ficou pensativo. Pereira, mais animado para prosseguir.

– Eu conheço meus homens como ninguém. Você duvida que, comigo lá no Marco Zero, eles estariam mais seguros?

O carcereiro concordou se mantendo em silêncio.

– Além disso...

– Tá bom, tá bom! Já entendi.

Braz pegou um molho do bolso, escolheu uma das chaves maiores e a enfiou na fechadura da cela.

– Olha, tô fazendo isso pelo Maurício. O que não quer dizer, é claro, que eu não aceite de bom grado uma Retalha nova. Nova, ouviu? Não aquela do senhor, caindo aos pedaços. E os *hypes* que você prometeu.

– Fechado.

O carcereiro abriu a porta e indagou, preocupado:

– Mas como a gente vai fazer? O senhor sabe que eu já me ferrei muito com o comandante por ter dormido em serviço. Imagine se ele sabe que eu deixei o senhor sair? Ele vai comer meu...

– É muito provável que ele nem volte pro Q.G. Mas, de qualquer forma... – Pereira avançou contra Braz e lhe acertou um murro na cara, derrubando-o. – Agora você tem uma desculpa. E, antes que pergunte, isso foi por você ter demorado pra abrir a cela e falado mal da Catarina! Eu devia é te prender agora, sua bicha!

O capitão cuspiu no soldado e partiu da prisão, rumo ao túnel da entrada A. Quando alcançou a galeria onde horas antes estavam os *robcoms* classe F, entrou em um pequeno armazém, pegou sua Retalha e acelerou rumo à superfície.

***

Sob a marquise de um monumento distante um quilômetro e meio da batalha que acontecia perto das entradas B e C de Iraputã, aguardavam Will, Edu, Lia e Ulysses – Mariane permanecera no Q.G. com Dilios –, juntos dos cinquenta soldados do 5º pelotão dos Libertos.

– Cara, que tédio... – bocejou Maurício Vieira, o combatente mais próximo do quarteto.

Locão, de guarda bem ao lado do soldado, nada respondeu. Continuou atento aos sons de tiros e explosões, bem como às nuvens de fumaça se levantando ao longe, na direção da cidadela radiana. Com as pernas doloridas, Will olhou o tenente e, em seguida, o irmão. Comentou:

– É verdade. Ficar perto desse pirralho é bem chato. Muito mesmo. Ele devia é tá em casa, não dando trabalho pros outros.

Edu, já com o sangue quente por causa do calor, não resistiu à provocação. Tomou a pistola calibre quarenta e cinco do coldre do soldado Maurício e a apontou para Will. Todos ao redor se assustaram, sobretudo Lia. Locão pediu, movimentando devagar as mãos para cima e para baixo:

– Garoto, larga isso...

O moreno não se mexeu. Sua namorada tomou a palavra:

– Edu, o que você tá fazendo? Ele é seu irmão!

– Meu irmão? – retrucou o moreno, olhando a adolescente – Ele não é meu irmão! Ele é um desgraçado mentiroso!

– Ele não tem culpa nenhuma!

– Ah, não? Você tava sozinha lá na enfermaria, né? Me esqueci.

Ao notar o olhar desafiador com o qual Will encarava o moreno, Lia se desesperou e gritou mais alto:

– Ai, meu Deus! Vai começar tudo de novo? Ele não tem culpa mesmo, não! A culpa é toda minha! Quantas vezes eu tenho que repetir? – começou a chorar. – Eu que sou uma burra, se não fosse por mim, nada disso teria acontecido. É essa minha mania de não saber escolher nada. Ou carência, sei lá. Eu sempre fui sozinha, nunca tive uma família. Mas vocês não! Vocês sempre tiveram um ao outro! Vocês sempre foram a vida do outro! Eu só apareci pra atrapalhar tudo! Acho que é isso que eu sei fazer melhor...

Ao ouvir o desabafo da morena, o pelotão se entreolhou. Lia remexeu os cabelos, enxugou as lágrimas e foi em frente:

– E é por isso que ver vocês brigando desse jeito é tipo, sei lá, ver a Radius ganhando. E, quer saber? – Will e Edu olharam para ela ao mesmo tempo. – Isso eu não vou deixar.

A adolescente correu e se pôs entre o namorado e Will. Ao notar os dedos de Edu trêmulos, o soldado Maurício avançou e pegou de volta a quarenta e cinco da mão do moreno. Locão esperou seu subordinado guardar a arma de volta no coldre para reprimir o irmão de Will:

– Garoto, eu só não meto uma bala na sua cabeça porque o comandante falou que vocês eram valiosos. Não me pergunte o motivo já que, tirando esse daqui – deu dois tapas nas costas de Ulysses –, vocês não servem pra nada. De qualquer forma, presta atenção: se, por acaso, você fizer isso de novo, eu vou cagar pra qualquer ordem e te levar não pra casa, como seu irmão falou, e sim pra um lugar muito mais feio e quente. Entendeu?

Encabulado, mas não arrependido, Edu olhou a estrutura em forma de bandeja no topo do monumento próximo e nada respondeu. Locão repetiu, gritando:

– Você entendeu?

– Entendi...

– É bom. Agora vê se fica quietinho porque eu e todo mundo aqui já tá com a cabeça cheia e...

De repente, um ronco de moto foi ouvido cortando o Aterro das Dores e Locão se virou para a sua fonte. Quando notou quem pilotava o veículo, correu para impedir sua trajetória.

Pereira freou ao ver o tenente e seu pelotão se aproximando, na companhia de Will, Edu, Lia e Ulysses. Franziu a testa e perguntou:

– Freitas? O que você e o 5º tão fazendo aqui?

– Foi o comandante, senhor. Ele ordenou que a gente ficasse com esses garotos.

Pereira estudou os adolescentes e parou em Will, que percebeu seu olhar cheio de rancor. No entanto, estava mais aliviado do que receoso por ver o capitão bem, preocupado, porém, com o que ele poderia fazer para se vingar. Pereira apenas voltou a encarar Locão e respondeu:

– Pois eu tô desordenando. O que a gente vai fazer agora é ir pra Iraputã ajudar os irmãos.

Por desejar isso há horas, o tenente não protestou. Indagou só por curiosidade:

– E os garotos?

Pereira fixou novamente em Will.

– Vamo deixar eles aí. Já são bem grandes, podem se cuidar sozinhos. Agora vambora!

Todo o 5º pelotão urrou para comemorar. Locão correu até a Retalha de Pereira e, antes de subir na garupa, se virou para Ulysses. Depois, novamente para seu líder, que dava partida na moto.

– Senhor?

– Fala, Freitas.

– Esse garoto pode vir com a gente? – apontou para o tiziu.

Pereira olhou desconfiado o adolescente.

– Por quê?

– Ele vai dar uma bela ajuda.

– Tem certeza?

– Absoluta. O garoto é o cão.

Pereira cutucou o queixo com o indicador e fitou Ulysses dos pés a cabeça. Pediu ao soldado Maurício:

– Vieira, dá um capacete e um AM pra ele.

O soldado retirou os aparatos de suas costas e entregou a Ulysses. Enquanto o tiziu se equipava, Lia se aproximou e perguntou:

– Ulysses, tem certeza que quer ir?

Com um sorriso que a morena jamais vira em seu rosto, o negro sacudiu a cabeça positivamente.

– Mas, e seu pai?

Ulysses ficou introspectivo. Retirou do bolso do colete – assim como seus amigos, usava uma farda de liberto – bloco de papel e lápis. Escreveu uma mensagem e entregou à amiga.

ESTOU PERTO DO JULGAMENTO FINAL. INDO ENCONTRAR A MÃE. TE AMO.

A morena leu e engoliu em seco. Consentiu em silêncio e deu um forte abraço no negro.

– Se cuida, tá?

Will e Edu se despediram apenas acenando com a cabeça. Ulysses retribuiu da mesma forma e se virou, passando a marchar na companhia do 5º pelotão pelo Aterro das Dores. Lia esperou o grupo se apequenar, ao longe, para perguntar:

– E agora? O que a gente faz?

Will respondeu prontamente:

– Se a gente voltar pro Q.G., vão prender a gente. O outro caminho é Iraputã. Não tem lugar pra ir, vamo ter que esperar a batalha acabar.

***

Silva e Paiva, acompanhados pelo 1º pelotão, já haviam percorrido centenas de metros dentro de Iraputã. Ao deixarem para trás a horta da cidadela, alcançaram o pasto e buscaram proteção atrás de bois e cabras mortos.

O comandante observou a torre central e, por mais que muitos homens seus estivessem guerreando naquela área, soube que precisaria contar com uma boa dose de sorte para chegar vivo até ela. Inspirou fundo e ordenou:

– Agora! Me cubram!

Correu o mais rápido que pôde afundando a bota na grama coberta por esterco para fugir dos canhões dos carros de combate radianos mais próximos. Os disparos foram derrubando, um por um, os bravos do 1º pelotão, que formaram um cordão para isolar seu líder.

Apenas Silva e Paiva alcançaram o pátio sul da torre principal. A dupla se escondeu ao lado de uma escadaria e o comandante olhou novamente a tela encaixada em sua manopla:

– Por aqui!

Atirou na fechadura de uma porta a alguns passos de distância e a abriu com um encontrão. O lugar que se revelou estava vazio e parcamente iluminado por luzes vermelhas de emergência. Mesmo assim, Silva percebeu que se tratava da casa de um dos geradores de Iraputã.

Continuou seguindo o caminho laranja no visor em seu antebraço, até parar em frente a um diagrama composto por sulcos e lâmpadas de diodos. Bem abaixo, havia uma escotilha. Foi por ela que, orientados pelas informações do espião Redentor II, ele e Paiva seguiram.

Alcançaram um duto e rastejaram sobre um emaranhado de tubos para seguirem adiante. Em certo momento, os cilindros se curvaram para o alto e a dupla precisou realizar uma curta acrobacia para alcançar o chão.

A poucos metros de onde caiu, Silva notou um pequeno tapete empoeirado. Moveu-o com o cano de seu TAR-32 e um buraco de 70 cm de diâmetro seguindo na vertical se revelou. Paiva estudou-o e perguntou:

– E então? Chegamos?

O comandante conferiu pela última vez o monitor em sua manopla.

– Sim, essa é a passagem mencionada pelo Redentor. Só pode ser.

Acendeu um sinalizador e largou na abertura. Em queda livre, o objeto cortou a escuridão e parou aproximadamente vinte e cinco metros abaixo. Silva agachou e se preparou para fazer um rapel.

Enquanto descia, na companhia de Paiva, ligou a lanterna de seu fuzil e mirou ao redor. Percebeu que onde estava era amplo e uma corrente gelada de vento soprava. Quando voltou a pisar, bem ao lado de seu sinalizador, ligou os outros que tinha e arremessou longe.

E o que viu depois, iluminado pela luz fúcsia e cintilante, foi a coisa mais arrebatadora de sua vida.

Era uma igreja em ruínas. Uma diferente de todas as igrejas arruinadas que Silva havia visto. Era enorme, com colunas e paredes revestidas por um mármore cuja policromia, mesmo castigada pelo tempo, ainda saltava aos olhos. Assim como as pinturas rachadas nos painéis do teto.

Eram tantos ornamentos que o comandante estava zonzo. Silva se aproximou dos altares e reparou que até mesmo os púlpitos quebrados lhe pareciam fascinantes. Perto deles, havia a estátua de Nossa Senhora da Candelária e, além, um vitral estilhaçado. O comandante olhou o rosto, intacto, da mulher e comentou:

– Meu Deus, ela é linda. E como é engraçado... O mesmo símbolo religioso que os putos da Radius fizeram questão de esmagar abriga, agora, exatamente aquilo que vai destruir eles.

Paiva, não aparentando estar impressionado com a beleza do lugar ou o significado de toda a situação, interrompeu o encanto do comandante puxando-o pelo braço.

– Vamos, Silva, vamos procurar o míssil. O Redentor não nos disse onde encontrar ele aqui embaixo e não temos muito tempo.

***

Ulysses invadiu Iraputã sentindo *aquela* vontade aflorando em toda sua plenitude. Nunca fora tão fácil discernir o Bem do Mal e, por isso, o tiziu sentia-se, de uma forma jamais experimentada, livre para fazer o que sabia de melhor. O que nascera para fazer.

Livre para escrever, naquele terreno maculado por gritos de dor, sangue e cheiro de carne queimada, seu poema mais belo. E assim foi. Cada farda negra tombada, um verso, que rapidamente formaram estrofes, repletas de tropos fumegantes. Segurando seu AM-29 com as mãos suadas, estava apenas começando quando Pereira, ao ver um liberto caído, ordenou:

– Alto!

O capitão correu até o homem e se abaixou, enquanto o 5º pelotão o cercava.

– Soldado, onde está o comandante?

O sujeito cuspiu um punhado de sangue no rosto de Pereira, que sequer piscou. Apenas repetiu, sacudindo o homem:

– Sabe onde ele está?

– Ele precisa de ajuda. Todos do 1º se foram. Ele está na torre principal. Embaixo dela. Toma... – o homem lhe entregou um *minipad*. – O míssil tem que ser detonado...

Pereira olhou Locão, o aparelho e, mais uma vez, o rosto quase desfalecido do soldado.

– Mas que míssil?

– O míssil...

Antes que explicasse, o liberto fechou os olhos e Pereira sentiu seu peso largando-se sobre seus braços. Acomodou, com cuidado, o homem na grama e estudou a tela em suas mãos. Viu o mesmo caminho laranja seguido por Silva e Paiva minutos antes e gritou:

– Bora!

***

Silva já vasculhara cada parte escura da igreja arruinada e estava quase desistindo de encontrar algo semelhante a um grande canudo metálico quando ouviu seu companheiro gritar:

– Aqui!

Aproximou-se correndo de uma fenda no chão, entre a última fileira de bancos revirados e a porta de bronze, e viu algo brilhante sob dezenas de blocos de concreto. Com os braços fadigados, retirou o colete à prova de balas para removê-los mais depressa e se surpreendeu.

– Mas isso não é um ICBM chinês! É uma...

Ouviu um barulho e se virou. Da passagem para o subsolo da torre principal de Iraputã, desciam Pereira, Locão e Ulysses. Ao ver o trio se aproximando, Silva vociferou:

– Capitão? O que está fazendo aqui?

Pereira normalizou a respiração e perguntou:

– Não é óbvio?

Arregalou os olhos e sacou sua quarenta e cinco. Uma fração de segundo depois, Silva fez o mesmo para se defender. No entanto, antes que pudesse dar o seu disparo, outro soou. Não em sua direção, mas na de Pereira. O comandante se virou e, incrédulo, notou Paiva com a pistola erguida.

Aí sim, sentiu uma bala lhe perfurar, no lado direito do tórax.

20 – A senhora da destruição

Pereira, caído sobre uma crosta de pó e sentindo a garganta pesada, rastejou até Silva, na mesma situação, e revelou:

– Eu vim aqui pra provar, mais uma vez, que o senhor tava errado. Não podia ficar esperando a batalha terminar. Tinha que ajudar os irmãos. Proteger o senhor, de qualquer forma.

Imensuravelmente arrependido, Silva se aproximou e levou os dedos à boca, pedindo silêncio. Em vão.

– Eu já errei muito. Só queria que o senhor confiasse em mim. Pelos Libertos.

– Eu que te peço desculpas, capitão. Eu...

– Vietnã parte dois...

Silva desistiu de se justificar e completou:

– Para sempre.

– Morte...

O comandante colou as costas de seus dedos com os de Pereira.

– À Radius.

Antes que perdesse a vitalidade, o liberto de moicano deu um último sorriso cínico. Silva, inflado de cólera, mas sem forças para externá-la, se virou e notou que Paiva já rendia Locão e Ulysses. Logo soube que o subcomandante não podia disparar, pois ambos estavam com os fuzis apontados para ele e, certamente, aquele que permanecesse vivo reagiria à queima roupa.

– O que você está fazendo? Por que está traindo seus irmãos?

Paiva respondeu sem tirar os olhos de seus alvos, tão pasmos quanto o comandante:

– Vocês nunca foram meus irmãos! Mas deixa isso pra lá. E, em vez de levar horas falando sobre cada missão que me foi passada, posso resumir elas em duas palavras: busca e equilíbrio.

Silva meneou a cabeça, sem entender.

– Me diz, comandante: por que você acha que os chinas enviaram toneladas de poder de fogo? Tem certeza que era com eles que eu negociava? E sabe por que nenhum carioca apareceu para a batalha?

– Seu desgraçado. Você não transmitiu a...

– É isso aí. Como disse, a ordem por trás de todas as outras que recebi nesses últimos dois anos, a respeito dos Libertos, era de provocar o equilíbrio, e nada mais, entre nós e os radianos. Até que o dia de hoje chegasse. O dia em que nós e eles seríamos extintos. E tudo terminará com essa ogiva ao seu lado. Só estava esperando o momento certo para detonar ela. Falando nisso, você não faz ideia do trabalho que deu trazer essa coisa para cá. Principalmente sem que a Radius soubesse.

– E o Redentor? Ele...

– Aquele pivete está morto desde a primeira semana que pôs os pés em Iraputã. Não tinha nem metade do talento do original. *Eu* sou o Redentor II desde que o verdadeiro foi eliminado. Diga-se de passagem, mais uma tarefa difícil que precisei dar conta. Sem falar, é claro, na dor de cabeça que aqueles garotos estão me dando. Mas tudo vai ser recompensado em breve. Ah, vai.

Silva refletiu por alguns instantes, enquanto tentava ignorar a ferida em seu tronco e controlar a respiração. Por mais que estivesse confuso, sabia que, de alguma forma, as confissões de Paiva faziam sentido.

Um sentido escabroso, é verdade, mas faziam. Dezenas de perguntas surgiram na mente do comandante e a mais urgente a ser feita era para quem, de fato, Paiva trabalhava. Mas Silva, por culpa ou tristeza, apenas atentou novamente ao cadáver de Pereira e comentou o óbvio:

– O capitão estava dizendo a verdade.

Paiva soltou um muxoxo.

– Esse homem é tão burro que, em momento algum da missão Carga Mirim, reparou que seu comunicador tinha sido trocado. E outra coisa: tudo bem não saber que era eu do outro lado, mas não perceber que falava com uma simulação? Bravo ele era, sim. Mas tão ignorante quanto.

– Por que o Pereira?

– Ora, Silva. Você já sabe a resposta.

O comandante sabia. Sabia que não havia candidato melhor a espião da Radius do que o capitão. Sabia que sua desconfiança sobre ele sempre fora justificável. Sabia, até mesmo, que ao lhe dar ordem de prisão agira corretamente. Mesmo assim, naquele momento, cercado de pó e pedaços de santos, o temido e respeitado Marcelo Silva sentia-se o homem mais injusto.

Como não percebera a verdade? Pois tempo não lhe faltara para isso. Nos últimos três anos comandando os Libertos estivera ao lado de um traidor, sendo que há dez lhe conhecia. Inúmeros foram os sumiços de Paiva, longos e repentinos, assim como suas desculpas, a respeito de tais desaparecimentos e conversas secretas com sabe-se-lá-quem. Não obstante, sua estranha insistência em monopolizar as transmissões com o Redentor II e os Novos Independentes.

Tudo encoberto, deixado sem relevância pela fala mansa e frieza do subcomandante. Características opostas a de Silva e que, justamente por isso, faziam dele e Paiva os líderes mais qualificados da história dos Libertos.

Ou ao menos era isso que Silva acreditava.

– Seu filho da puta! Para quem...

– Dizer para quem eu trabalho e suas intenções não importa agora. Tudo está perto de acabar mesmo. Aliás, me desculpa, Silva, mas eu preciso ir. Só precisei te acompanhar até aqui para você não desconfiar de nada. E, bem, porque não havia também lugar melhor para te dar um fim. Saiba que não foi nem um pouco prazeroso fazer parte dos Libertos. Você sempre disse que nós tínhamos algo pouco presente nos cariocas: visão. E que, através dela, poderíamos conseguir coisas maravilhosas. O fato é que, se você visse o que eu vi, longe da merda que é essa cidade, saberia o que é maravilha de verdade. Mas como isso nunca vai acontecer, adeus.

Cauteloso e sob a mira concentrada de Locão e Ulysses, Paiva andou lentamente para trás, até alcançar a corda pela qual chegara ali. Porém, enquanto prendia o mosquetão em sua *baudrier*, teve um breve momento de distração. Ulysses aproveitou e disparou.

A rajada acertou de raspão a coxa do subcomandante, que revidou na hora, atingindo Locão na perna e obrigando Ulysses a correr para se abrigar atrás de uma coluna. Paiva apertou um botão na cintura e a corda presa em seu uniforme se recolheu, elevando-o depressa até a abertura no teto da igreja. Ao alcançar o subsolo da torre principal de Iraputã, cortou a que Silva utilizara e varou em direção ao pátio sul da cidadela.

Locão, ao ter certeza de que não havia mais ameaças, engatinhou para fazer os primeiros socorros em seu comandante.

– Esquece isso, Freitas. Não vou durar. Estamos sem sinal, não podemos nos comunicar com ninguém lá de cima. Temos que desarmar a ogiva, antes que o Paiva detone ela...

Locão olhou o artefato ao lado de Silva.

– Mas como vamos fazer, senhor? Mesmo se eu soubesse desligar, não consigo ficar em pé.

– Ele... – Silva apontou para Ulysses – fará isso.

Ao ouvir a sentença, o tiziu tremeu. O comandante revelou:

– Eu sei como desativá-la. Estudei muito para esse momento. Desculpe não ter contado a todos sobre essa ogiva e...

– Isso não importa agora, senhor. Só diga pra ele como fazer.

Silva consentiu e tomou fôlego para dar as instruções:

– Primeiro, garoto, abra ela. Essa não é uma bomba H, como esperava. É uma de fissão. Mas vamos lá...

Ulysses se aproximou da ogiva. Olhou os parafusos que prendiam a tampa na carcaça e procurou algum objeto afiado para retirá-los. Já sentia falta de sua Predadora S&W Platinum quando ouviu Silva sugestionar:

– Toma, usa minha faca. E tenha cuidado.

***

Esbaforido, Paiva alcançou o monumento perto do qual Will, Edu e Lia aguardavam o término da batalha de Iraputã. O mulato, embora o tivesse visto apenas durante a marcha dos Libertos pelo Aterro das Dores, o reconheceu na hora. Só estranhou sua cambalearia, cabelos desgrenhados e olhos temerosos. À primeira vista, o homem lhe parecera tão sereno e altivo...

– Seu Paiva, o que...

– Vamos, precisamos ir.

– Ir pra aonde?

– Atravessar a Baía Morta. A batalha está perdida e o comandante ordenou que eu levasse vocês a um lugar seguro.

– Mas...

– Anda! Ele nos encontrará depois!

O trio de adolescentes se entreolhou. Edu tomou a palavra:

– Senhor Paiva, a gente quer ir pra casa.

– Garoto, isso vai ter que ficar para depois.

Foi a vez de Lia protestar:

– A gente não vai e...

Paiva enrubesceu e sacou sua quarenta e cinco.

– Vocês vão, sim! E agora!

Os adolescentes arregalaram os olhos e ergueram os braços. O liberto cutucou as costas da morena e começou a conduzi-la com seus amigos até um píer não muito distante dali.

***

Silva continuava guiando Ulysses:

– Isso, agora você está vendo o núcleo?

O tiziu fez que sim.

– Em volta dele, tem vários painéis explosivos.

Ulysses estudou o cilindro cheio de espuma a sua frente e fez sinal de positivo.

– Os fios que estão saindo deles vão até uma caixa preta?

O negro soltou um "hum, hum".

– Você tem que abrir a caixa e quebrar a antena dentro dela.

Ulysses, em um primeiro momento, tentou desunir com cuidado a tal caixa preta da carcaça. Como não conseguiu, foi gradativamente aumentando a força. Já estava arfando e com os braços rígidos quando Silva perguntou:

– O que foi?

– Não consigo.

***

Na proa de uma pequena lancha que cortava a Baía Morta a toda velocidade, Paiva sentava-se indiferente aos olhares irados de Will, Edu e Lia, vindos do outro lado da embarcação. Após atentar a uma ponte com diversos vãos faltando, ao longe, e à água cor de chumbo ao seu redor, checou mais uma vez seu relógio de pulso e vibrou. Havia chegado a hora.

Porém, quando puxou do bolso da calça um dispositivo em forma de "C", sua animação se foi. O detonador da ogiva sob Iraputã estava com um rombo do tamanho de uma moeda e Paiva logo deduziu que fora causado pelo disparo de Ulysses, ocorrido ainda na igreja em ruínas.

Ainda assim, acionou o aparelho e apertou, repetidamente, o botão vermelho no topo. Como nada conseguiu além de cliques inofensivos, se desesperou:

– Filho da puta! Aquele neguinho filho da puta!

***

Ulysses expirou com força ao desatar a caixa com a antena da ogiva. Silva e Locão vibraram e o comandante reuniu as forças que ainda tinha para lhe dar as últimas diretrizes:

– Isso, agora...

Calou-se ao ver uma luz verde acender no painel do artefato. Repentinamente, sua expressão se tornou amedrontada o bastante para fazer Ulysses e Locão entenderem o que acontecera. O trio se entreolhou, abaixou a cabeça e, quase ao mesmo tempo, fechou os olhos.

Em seu derradeiro momento, o tiziu ainda teve tempo para três coisas: primeiro, apertar com força o bolso do colete que guardava o seu indestrutível "Sangue e Dor".

Segundo, lembrar-se dos pais. E, terceiro, imaginar quanto tempo levaria para que todos ficassem juntos novamente.

***

Paiva continuava xingando e apertando enlouquecidamente o botão do detonador quando notou um clarão surgir na direção do Marco Zero. Will, Edu e Lia giraram e viram um cogumelo de fogo gigantesco se erguendo do solo. Estarrecidos, os irmãos levaram a mão à boca e a adolescente deixou escapar uma lágrima, enquanto estendia a mão para o céu cor de apocalipse.

***

A alguns quilômetros dali, sobre o baluarte de uma fortaleza enjeitada do outro lado da Baía Morta, uma mulher observava a aproximação da lancha. Sorria com seus lábios grossos pintados do mesmo vermelho da harpia dos uniformes radianos, cor também de seu terno e prendedor de cabelo em forma de lança.

Em seu rosto, via-se a beleza embusteira das cascavéis.

Nos olhos, o verde do urânio radioativo.

E, nas mãos, um objeto idêntico ao de Paiva.

21 - Luz para a humanidade

– Então foi assim que aconteceu? – perguntou Edu.

– Sim – respondeu o cientista com cabelo de algodão, sentado ao lado do mulato.

– Caraca...

– É uma pena não podermos conversar mais. Agora ouçam: apenas façam tudo, tudo mesmo, que eles pedirem e ninguém se machucará. E não esqueçam de mandar lembranças à esposa do Guimarães, quando essa loucura tiver fim.

Logo após o homem fazer o pedido, uma dupla de Sombras entrou na sala de exames médicos onde ele, Will, Edu e Lia estavam e conduziu todos pelo átrio daquilo que parecia ser, a princípio, uma base militar subterrânea.

Mas só a princípio. Pois quando os adolescentes alcançaram um *hall*, viram algo tão distinto de todos os passadiços insossos que percorreram desde que chegaram àquela instalação, que não acreditavam que ainda estavam nela. Na verdade, tinham a certeza de que haviam saído, sem notar, do Rio de Janeiro.

Era a sala de estar de uma mansão, onde tábuas extraordinariamente enceradas compunham o piso e dezenas de quadros ornamentavam as paredes cor de creme. Edu foi o único a notar, devido ao seu interesse de longa data pelo livro sagrado cristão, que a maioria retratava passagens bíblicas.

Para Lia, embora desconhecida, a música ambiente era agradável. Só um pouco monótona, se comparada às canções de Richard Brassan. A morena reparou também que, tanto no térreo quanto no segundo andar, havia diversas passagens marcadas por vasos de cimbidios. Os objetos eram lustrosos e sua graciosidade superava a das plantas que eles abrigavam.

Will atentou à longa escadaria central, a uma dezena de metros da entrada. Mais precisamente, ao par de esculturas nas laterais. Embora lhe parecessem de rara beleza, o que chamava mesmo atenção eram os braços cortados da moça esculpida, à direita dos degraus e, do lado oposto, a pose introspectiva de um homem apoiando o queixo com a mão.

Fez uma careta e olhou o teto. Bem atrás do lustre, caía uma flâmula vinho ostentando o mesmo símbolo que o mulato vira na testa da harpia encravada na torre principal de Iraputã. Desta vez, bordado de branco:

Mas aquele não era o único detalhe que o fazia lembrar que ainda estava nos domínios da Radius, ou da L.F.M., Will não sabia mais. Havia coisas piores.

Bem no centro do *hall*, aguardavam, lado a lado, nove cientistas e todos os dezessete Sombras operantes no Rio de Janeiro. Assim que o mulato, com Lia e Edu foram postos à frente daquele que os observava no centro da fileira, o sujeito retirou o capacete. Will disparou:

– Seu filho da puta! Traíra! Desgraçado!

Paiva achou graça.

– Garoto, você não devia estar chateado comigo. Por causa de mim, você e seus amigos vão mudar de vida.

Will não compreendeu. O ex-liberto desconversou:

– Deixa pra lá. Em breve, vai acontecer, aí você me agradece. Agora, queria que soubesse de outra coisa. Algo que, talvez, faça seu ódio por mim diminuir. Você sabe que a nossa história é muito parecida? É verdade. Assim como você, eu morava em Grota IV e tinha um irmão da mesma idade. A única diferença é que, digamos, nós não éramos tão parecidos quanto vocês são – Paiva apontou para Will e Edu. – Eu nunca achei aquele túmulo bacana para se morar. O Genilson, vocês devem ter conhecido ele, não. Gostava tanto daquela merda de caverna que queria até aprimorar ela. Pena que não durou muito no topo quando chegou lá.

Will lembrou de Gê, chefe de Grota IV até ser "deposto" por Dinho e seu bando. Paiva continuou:

– Eu não quis nem saber. Bem antes dele morrer, saí fora e fui para os Libertos. Mas, na boa? Acabei saindo de um buraco para entrar em outro. Mas não teve jeito, precisei ir em frente. Minha sorte é que sou bom no que faço. Foda a proposta da L.F.M. só ter chegado há dois anos. Mas, mesmo assim, valeu a pena. Conheci lugares bem melhores que esse, ganhei um senhor treinamento e logo me tornei o segundo na hierarquia da base operacional do Rio de Janeiro. Acima até do comandante Dantas, veja só! Líder do G.T.O.E. daqui *e* o subcomandante dos Libertos! Quer moral maior que essa? Como agradecimento, até contei à L.F.M. onde ficavam o Q.G. dos Libertos e a R.R.L., mas, por incrível que pareça, os caras me disseram que essas informações não eram mais relevantes. Que o "plano de equilíbrio de forças" deles já era bom o suficiente. Falaram para eu me preocupar só com as minhas duas missões. As duas tarefas para eu me aposentar. A primeira era fácil, liderar os Sombras na captura de um monte de pé-rapado. A segunda, casca-grossa, fazer com que os Libertos e a

Radius se destruíssem. Era difícil, mas eu tinha certeza que ia conseguir. E quando soube que seu irmãozinho tinha se saído bem com as vacinas, aí mesmo que pensei: pronto, virei herói!

Will encarava Paiva com uma expressão assustadora.

– Mas, sabe, garoto? Pensando melhor, não somos tão parecidos, não. Eu só cheguei até aqui porque ralei muito. Você e seus amigos nasceram com o cu para a Lua. Eu realmente não faço ideia do que vocês ganharão da L.F.M. Mas acho que, no fim das contas, vocês merecem. Você, por exemplo, não é tão ignorante. Sua explicação para o Silva, lá no Q.G., foi perfeita. Só faltou acusar a pessoa certa. A história do dedo machucado e tal. Ah, falando nisso, 09!

Um homem de cobra-rei nas costas tão robusto quanto um *robcom* classe F deu um passo à frente. Quando se pôs diante de Paiva, descobriu o rosto cor de chocolate e viu seu chefe apontar para Edu.

– Ele é todo seu.

O sujeito caminhou até o moreno sacudindo a mão esquerda.

– Moleque, sabe que meu dedo ainda tá doendo por causa daquele chute? A sorte é que, agora, nem tanto.

09 preparou um murro e Edu, aterrorizado, congelou. Antes que fosse golpeado, ouviu uma voz partindo do segundo andar:

– Basta!

09 entrou em forma e, tanto os cientistas quanto os demais Sombras, em posição de sentido. Edu olhou por cima do ombro de Paiva e notou, descendo a escadaria, quem dera a ordem. Não levou dois segundos para concluir, assim como Will, que era a mulher mais bonita que já vira.

No entanto, encantada mesmo estava Lia. Ao reparar naquela pele sedosa, cabelos mais negros que a noite de Grota IV e roupas exuberantes, imaginou que, se todos estavam em um lugar que não parecia fazer parte do Rio, aquela moça desconhecida era de outro planeta.

O que mais impressionava a morena era sua autoridade. Chegava a ser cômico ver os gestos de aflição dos Sombras e cientistas se intensificando à medida que ela se aproximava. Era como se soubessem que um Lobo estivesse as suas costas, pronto para o bote, e eles nada pudessem fazer.

O mais inquieto era 09. E foi diante dele que a mulher parou. Sua voz saiu branda, porém, não menos ameaçadora:

– Não preciso dizer o que teria acontecido a você caso tivesse agredido este *niño.*

09 engoliu em seco. Foi a vez de Paiva ser reprimido de perto.

– Nem a você.

– Sim, senhora.

A mulher se virou e olhou Edu. Depois, o cientista que estava com o moreno, Will e Lia na sala de exames médicos minutos antes.

– E então?

– A vacina falhou. O garoto é imune. Recomendo, novamente, estudos mais aprofundados na matriz.

A mulher pareceu desapontada. Mas logo abriu um sorriso e se apresentou:

– Meninos, muito prazer, meu *nombre* é Luzia Quadros. Por favor, me acompanhem.

Por algum motivo, talvez o fascínio gerado por aquela figura singular, o trio de adolescentes obedeceu sem chiar. Subiram a escadaria e, ao entrarem em uma antessala, a espanhola continuou:

– Antes de irmos, preciso dar a vocês algumas informações sobre a L.F.M. Para vocês, *cómo voy a decir,* se ambientarem.

Will protestou:

– Ir pra aonde? E por que a gente precisa saber disso?

– Porque, a partir de agora, vocês fazem parte dela.

***

Paiva relaxou e falou aos companheiros:

– Tá vendo por que eu chamo essa mulher de Espanhol? Ela até que é gostosa, mas parece macho. Pior que isso, o capeta. Ou vocês acham que ela só usa vermelho porque é a cor da L.F...

Parou ao ouvir um estampido e olhou a passagem mais próxima. Uma película de *plexiglas* a selara. Se virou para as demais saídas do *hall* e notou que ele todo já estava isolado por barreiras idênticas.

– Mas que merda é...

Viu pequenos tubos surgindo em cada um dos quatro vértices do ambiente, que passaram a expelir, com enorme pressão, um gás esbranquiçado. Paiva recolocou o capacete e correu, com metade dos Sombras, para a primeira passagem fechada que vira. O restante se dirigiu a outro portal e, por não estar portando armas de fogo, tentou quebrar os *plexiglas* com chutes. Os cientistas, por sua vez, iniciaram uma algazarra que não tardou a irritar Paiva.

– Cala a porra da boca!

Mas o descontentamento do ex-liberto não durou. Os homens de jaleco foram os primeiros a tombarem, sufocados. Depois os Sombras, um por um. Paiva reparou que seria inútil continuar tentando quebrar os *plexiglas* e procurou alternativas. Avistou um duto de ventilação, cortando o teto bem acima da escadaria, e solicitou a 09:

– Rápido, me dá uma ajuda aqui!

O Sombra entrelaçou os dedos e o ex-liberto os utilizou para saltar e se agarrar no lustre. Ergueu-se novamente e tomou impulso para alcançar o duto. Pendurado, puxou sua faca e fez uma alavanca para soltar uma das grades presas à estrutura de metal. Quando entrou nela, ouviu 09 falar, já com dificuldade por causa do gás:

– Ei, patrão, dá uma mão! Tá ficando brabo.

Paiva assistiu indiferente ao sofrimento do homem e de todos ao redor dele e se virou. Começou a rastejar até a saída mais próxima, certo de que as coisas não terminariam daquela forma.

***

Will, Lia e Edu foram conduzidos por Luzia até uma pequena sala, onde um telão ocupava, quase por inteiro, uma das paredes. A espanhola pediu:

– Por favor, sentem-se.

Os adolescentes tomaram um sofá aveludado e Luzia caminhou até o telão. Antes de ligá-lo, ouviu a voz de Fidélis Quintana, chefe de sua guarda pessoal, soando nos alto-falantes do recinto:

– *Embajador, la descontaminación de la sala de espera había terminado. Uno de ellos logró escapar.*

Luzia fechou os olhos e espremeu o tecido de seu terno.

– *Sólo tienes que resolver, ¿no?*

– *Sí, señora.*

Acalmou-se e ligou o telão. A primeira imagem que apareceu foi a de uma multidão de homens barbados, em volta de uma bandeira branca com listras vermelhas em chamas. Então outras de cunho sócio-político que, de alguma forma, também tinham a violência como essência:

fotos de massacres, charges e reportagens. A espanhola explicou:

– No início do século XXI, inúmeras divergências políticas e episódios de intolerâncias religiosas apontavam que o mundo se encaminhava para um *terrible* fim. Sete nações possuíam arsenais nucleares e, algumas delas, necessitavam de não muito mais que um líder corajoso, ou *loco* o suficiente, para apertar um botão e levar a humanidade a uma era de trevas. Desejando evitar isso, um grupo ligado a vários campos profissionais se reuniu. Os Fundadores, aqueles que criaram a *Light For Mankind* e a Suprema Constituição.

Uma foto dos indivíduos apareceu no telão e Will reparou em quanto, fisicamente, eles eram distintos entre si. Embora a maioria possuísse a pele branca e olhos claros, como Luzia, havia também orientais e pardos. Uma negra sorridente, inclusive, lembrava bastante Tia Azaleia.

– Os Fundadores acreditavam que se toda a humanidade fosse regida pelas ideias dos chamados filósofos iluministas, entraria em uma época de *prosperidad*, além de se manter protegida contra as mazelas do fanatismo religioso e políticas beligerantes. É certo que diversas outras associações, ao longo dos anos, compartilharam desse sonho. Porém, já em seu nascimento, a L.F.M. contava com integrantes de fortíssima influência sócio-econômica, e a nível global, um trunfo *inconcebible* por qualquer outra organização operante em outras épocas. Não se tratava, dessa vez, de conspirações fantasiosas, e sim de visionários com condições reais de implementar algo parecido com as utopias imaginadas por *ellos*.

Luzia apontou para o telão e os tais filósofos iluministas apareceram. Will demorou a escolher quem era o mais esquisito e acabou elegendo um velho narigudo de cabelos longos.

– No entanto, por mais poderosos que fossem, os Fundadores sabiam que as mudanças pretendidas ocorreriam apenas a longuíssimo prazo e de dentro para fora do sistema. Com esse *modus operandi,* agiram por três gerações. Até perceberem que as relações entre certos países do clube nuclear estavam quentes o suficiente para provocar uma guerra mundial muito antes do esperado segundo século das luzes ter início. Foi então que os conselheiros vigentes reformularam a estratégia de seus antecessores e iniciaram algo muito mais radical, a campanha Novo Alfa.

O estranho "A" visto por Will no *hall* de Luzia apareceu novamente, mais nítido do que nas outras vezes, preto sobre branco.

– Essa letra representou, para nós, algo doloroso, porém necessário. Novo Alfa. Novo início. Embora a L.F.M. soubesse que não podia construí-lo sozinha, tinha poder para manipular aqueles que podiam. E assim foi. Em 2078, um ano antes da primeira fase da campanha ser finalizada com sucesso, a organização possuía um número de membros equivalente ao de uma pequena *nación*, e um exército, indústrias e outras propriedades semelhantes aos de um país em desenvolvimento. Assim como abrigos nucleares espaçosos o bastante para abrigar boa parte de seus bens e membros. Ou seja, já estava preparada para governar a *Tierra* que se revelaria algum tempo depois.

Lia se remexeu no sofá.

– Peraí, deixa eu ver se entendi. Então foram vocês que destruíram o mundo? Quer dizer, provocaram o fim dele?

– *Como ya lle dicho*, a Guerra dos Três Dias aconteceria de qualquer forma. Apenas a antecipamos para o momento que queríamos. E não destruímos *el* mundo. Nós o reconstruímos.

– Matando mais de sete bilhões de pessoas?

– Entenda, minha querida, que todas elas morreriam. Encabeçando um dos pólos de poder, havia os Estados Unidos da América, *viviendo* uma recessão sem precedentes, amedrontado por sucessivos ataques terroristas e com o orgulho ainda ferido por não ser mais a maior economia do planeta. O outro, o país que havia lhe roubado tal título, a China, governada por um ditador tão megalomaníaco quanto o mais famoso de sua história. Não obstante, aliada à Coreia do Norte e Paquistão, nações chefiadas por homens com ojeriza à civilização ocidental. O nível de tensão era tamanho que podia ser comparado ao experimentado durante a Guerra Fria. Tropas já estavam sendo movimentadas, alianças eram feitas, a mídia alardeava o inevitável disparo dos mísseis. A L.F.M. apenas precisava garantir que *esto* não aconteceria em vão. Que as gerações futuras pudessem usufruir de uma ordem *maravillosa* o suficiente para encobrir as cicatrizes deixadas pelo holocausto.

Lia notava, enojada, a frieza com a qual a mulher narrava a história.

– Fala sério, vocês se prepararam sei lá quanto tempo para os ataques! Quem garante que tudo não se ajeitaria? E por que, já que eram tão poderosos, não se esforçaram pra evitar a guerra, em vez de causar ela?

– Ai, minha querida, se...

– Para de me chamar assim!

– Como queira. Se você, Liliana Torres, tivesse um por cento do conhecimento geopolítico de nossos conselheiros da época, não perderia tempo com dúvidas *tontas*. Apenas aceite que, em um determinado momento, a única salvação éramos nós. E que fizemos o que estava ao nosso alcance.

– Sei...

Luzia fingiu não ter ouvido e deu mais um comando ao painel abaixo do telão, fazendo surgir o retrato de uma base operacional sendo construída. Lia espremeu os olhos e reparou que, não fosse por uma cordilheira coberta por neve ao fundo, passaria muito bem por Iraputã.

– *Después* que a guerra acabou, a segunda fase da campanha Novo Alfa teve início. Os lugares onde as bases operacionais seriam instaladas já haviam sido definidos, bem como a arquitetura das Radius, como elas foram nomeadas. Nada mais óbvio que se tratasse do mesmo desenho da matriz. Três torres, representando, cada uma, um pilar da Suprema Constituição. A principal, o mais importante deles, o progresso. O edifício da esquerda, abrigando os profissionais de cargos administrativos, a razão. O da direita, com o poderio militar, a força.

Razão, progresso e força, pensou Will. Nada de Deus, nada de fé. O mulato lembrou-se do pastor Rogério dizendo que o Todo Poderoso jamais habitara o coração de um radiano e que os discursos de Dantas sobre Ele eram meros artifícios para conquistar membros. Palpitou se a cretinice da L.F.M. teria limites, enquanto via fotos de apertos de mãos surgirem.

– Após as cidadelas serem estabelecidas, foram selecionados seus primeiros embaixadores, de acordo com sua proximidade cultural, sobretudo idiomática, em relação à região ocupada, e lhes passado atribuições. A mais importante delas, depois de, obviamente, adequar a *población* local à Suprema Constituição, foi de manter sigilo sobre a L.F.M. Por quê? Simples. Qualquer indivíduo, quanto mais livre se julga, com menos questionamentos e mais prazer age. Consequentemente, ocorre o mesmo em uma instituição, em relação a sua autonomia. E a motivação dos radianos foi algo que *siempre* prezamos, pois tínhamos pressa e a sinergia era fundamental. Por sua vez, os intermediários entre nós e eles, os comandantes, receberam tratamentos especiais. Um deles foi um sistema de recompensas que, diga-se de passagem, mostrou-se altamente eficaz. Sobretudo para a manutenção do segredo envolvendo a L.F.M.

As fotos das mãos foram substituídas por uma de plano americano onde uma jovem se encontrava com os pulsos presos, o coro cabeludo raspado e os olhos fechados. Will notou que a cadeira na qual ela se sentava lembrava as famosas elétricas do pré-guerra. O que lhe era estranho era o ambiente à volta da adolescente, de um branco enlouquecedor.

– Mas, como previsto, problemas surgiram. O pior deles, os Incursões Falhas. No entanto, nada que não pudesse ser contornado, mesmo em bases operacionais com tantos IFs quanto a do Rio de Janeiro. É curioso como não só a cultura carioca, como toda a *brasileña*, se mostra tão resistente à ordem e à lógica. Mesmo se comparados a outros povos de tradições fortes, vocês são, como direi, teimosos. Mas isso é outra história. O fato é que nossas ações estavam indo conforme o planejado, cada vez mais pessoas procuravam a Purificação e o disfarce da L.F.M. permanecia praticamente intacto. Tudo estava *perfecto*. Até a chegada do Inquisidor.

Ao ver a próxima imagem tomando o telão, Will pulou do sofá. Era a de um homem cheio de escaras definhando em um leito, com uma máscara de oxigênio e *medbots* em volta. Luzia olhou com pesar a foto e prosseguiu com a voz ligeiramente rancorosa:

– Nós fomos imprudentes em achar que a Manchúria não tinha condições de realizar experiências biológicas e pagamos caro. O vírus que eles criaram foi catastrófico para a *campaña* Novo Alfa, a ponto de nossos conselheiros deixarem-na temporariamente de lado para garantir a continuidade de nossa própria existência, através de uma nova campanha, *llamada* Prioridade Zero.

Um vídeo com cientistas manipulando pipetas e centrífugas se sobrepôs à foto do enfermo.

– A função da matriz, como vocês já devem saber, era desenvolver vacinas contra o vírus. A das filiais, recolher cobaias e testar as vacinas. Mas isso não seria para sempre. Dentro de dois anos, as primeiras Radius seriam desativadas. O tempo estava, ou melhor, está contra *nosotros* e precisamos nos focar na manutenção da matriz. Seria um tiro no pé continuar gastando tempo e recursos com as bases operacionais enquanto nosso próprio centro murcha.

O telão ficou inteiramente azul e nada mais foi visto nele. Will vibrou, pois achou que a explanação enfadonha havia terminado.

Palpite errado.

– No entanto, o abandono das Radius não seria feito de forma irresponsável. Pelo contrário, deveria ser planejado e, sobretudo, seguir três *reglas*: o segredo sobre a L.F.M. deveria ser mantido, o maior número possível de vidas, poupado e, possíveis resistências futuras, eliminadas. A segunda e terceira regra podem ser consideradas conflitantes, no entanto, ao meu ver, nelas residiram o verdadeiro desafio para os embaixadores. Saber selecionar e eliminar os mais resistentes à dominação e, ao mesmo tempo, preservar os mais "dóceis". Uma tarefa que finalmente completei, posso lhes dizer com orgulho. E com maestria. Afinal, quase não precisei da ajuda da L.F.M. para extinguir os Libertos e Iraputã. E agora, com eles e os G.T.O.E. exterminados, não há força nessa *ciudad* que, nem mesmo em muitos anos, possa se tornar capaz de se opor ao retorno da L.F.M. Uma volta que, com sua *ayuda*, acontecerá mais breve que imaginávamos. Não é, *señor* Eduardo Costa?

Edu nada respondeu e permaneceu olhando torto para Luzia que, depois de um bom tempo sorrindo calada, confessou:

– Você sabe, *ninõ*, que, por muito pouco, não perdi você e seus amigos? *Sí*. Tudo por causa do comandante Figueiredo. O homem ficou tão transtornado em saber a *verdad* sobre a Radius que desobedeceu minha ordem de trazer vocês para cá, logo que Dantas e Araújo foram assassinados. Não matou vocês, é verdade, mas, ao levá-los ao Posto 03, me deu uma grande dor de cabeça. Como sabia que o G.T.O.E. não tinha condições de resgatar vocês daquela prisão, minha única saída foi pedir ajuda ao nosso infiltrado nos Libertos. Depois que o resgate orquestrado por ele acontecesse, aí sim, nosso esquadrão de elite deveria entrar em *acción*. Todos falharam, admito, mas o que importa é que, agora, vocês estão bem e comigo.

A espanhola desligou o telão.

– *Bueno*, muito mais sobre a gloriosa L.F.M. vocês saberão quando chegarem ao seu novo lar. Alguma pergunta antes da viagem?

Lia levantou o braço.

– Eu tenho uma. E se a gente mandar você tomar naquele lugar e não ir pra lugar nenhum?

Luzia encarou séria a morena, mas logo desabrochou outro sorriso simulado.

– Já esperava essa *reacción*.

Nesse momento, um casal de crianças de não mais que sete anos de idade entrou correndo na sala. O menino usava gel em seus cabelos louros e, sua irmã, um vistoso macacão cheirando a lavanda.

– *Mamá, Orítia nos dijo que estabas aquí con el niño que salvará al L.F.M.!*

A espanhola olhou Edu e confirmou:

– *Sí*, minha querida, ele vai nos ajudar.

– *Si hubiera llegado antes, podría haber salvado a papá.*

Embora o trio de adolescentes não houvesse compreendido as últimas palavras da garota, reparou que elas tinham conseguido, ao menos por um instante, dissolver a austeridade repulsiva de Luzia. A espanhola se virou para Lia e desconversou:

– Vamos mostrar a casa a eles, queridos. Quem sabe eles não mudam de ideia, *no*?

22 - Irmãos

A quebra do pescoço de um dos guardas pessoais de Luzia foi rápida e soou, para Paiva, como a sinfonia mais bela que ele já ouvira nos aposentos da espanhola. Isso aconteceu após o ex-liberto alcançar, pelo duto de ventilação, o átrio da base subterrânea e pouco antes dele se dirigir às instalações dos Sombras, para buscar suas armas e equipamentos.

Oculto atrás de caixotes, notou que a entrada estava bem guardada. O que significava, no mínimo, duas coisas: que sua fuga do *hall* já era sabida e que precisava seguir outro caminho.

Qual, ele só decidiu ao acessar um terminal no átrio que, por sorte ou incompetência, ainda não havia sido bloqueado para seu acesso. Através dele, ficou sabendo que a embaixatriz da base operacional do Rio de Janeiro ainda estava em sua mansão e que, por isso, não poderia encontrá-la imediatamente. Deveria aguardar e fazer isso em um local menos vigiado.

Embora soubesse que local seria esse, não fazia ideia o quão árduo seria chegar lá, portando apenas a pistola de energia dirigida de baixa potência que conseguira com sua vítima mais recente.

***

Primeiro fora a cozinha, com uma mesa maior que qualquer barraco de Grota IV, abarrotada de iguarias servidas em porcelana. Depois, o salão de entretenimento, ostentando uma piscina do tamanho da cozinha, *halogames*, *brainapps* e outros divertimentos que Will, Edu e Lia não conheciam. Por fim, um minizoológico com espécies de aves e mamíferos extintas há dezenas de anos.

Quando os adolescentes achavam que nada mais podia lhes impressionar, Luzia os levou até os quartos de Paloma e Enrico, seus filhos. Neles o trio compreendeu, enfim, a dimensão da riqueza da L.F.M. Como magistralmente, segundo a espanhola lhes dissera, a organização se preparara para o fim do mundo.

Na suíte da menina, havia uma coleção de bonecas que Lia somente vira em anúncios decompostos e sonhos de infância. A morena lembrou-se de Mariane e seu coelho encardido e riu. Como ela se divertiria ali... Não só com os brinquedos, experimentando também cada um dos sapatos do abastado guarda-roupas de Paloma, quem sabe gastando horas na penteadeira de cedro ou no piano de cauda da simpática filha de Luzia. Suspirou e apenas desejou que Dilios estivesse cuidando bem de sua pequena ajudante.

O quarto de Enrico era sóbrio e um pouco menor, mas também abrigava artigos que fascinavam Will e Edu, mesmo eles sendo mais velhos que o menino. Alguns deles se enfileiravam em três prateleiras, um em cada: potes com bolas de gude, jogos de tabuleiro e bolas de futebol novíssimas.

Luzia pegou uma das bolas e pôs na mão de Edu.

– Como a companhia de seus amigos será fundamental em sua nova casa, isso tudo e muito mais será dado não só a você, mas a eles também. Na matriz, tenham certeza, vocês receberão *tratamiento* especial. Serão reis!

Edu e Lia estavam assombrados e, Will, pensativo. Continuou assim por muito tempo, até sua cabeça doer. Quando falaria algo, viu sua amiga ser mais rápida:

– Não importa nada disso! A gente quer ir pra...

– Beleza, a gente vai.

Lia se virou para Will como se tivesse sido ofendida.

– O quê? Depois de tudo que esses caras fizeram? Você tá ma...

– Você é que tá maluca! Quando, em Grota IV, a gente vai ter isso tudo? O que passou, passou! Como a moça aí falou, eles fizeram o certo! Você quer voltar pra aquela merda de caverna?

Os dizeres de Will deixaram a morena e Edu tão atônitos que a dupla não o retrucou. Luzia aproveitou a deixa:

– Excelente! Muito sábio de sua parte, senhor William Costa, em não dificultar as coisas. Agora vamos, está tudo pronto para a partida.

Will continuou sendo observado por seus amigos como se fosse um fantasma – e fingindo que não percebia – até chegar a uma sala anexa ao primeiro andar da mansão. Nela, uma senhora carnuda de feições árabes aguardava. Luzia se abaixou para ficar na altura de Paloma e Enrico e os abraçou.

– *Comportarse y obedecer a la Orítia. Muy pronto usted me encontrará en la matriz y no vamos a volver aquí más. Te amo.*

Os meninos aquiesceram. A espanhola abraçou sua governanta e caminhou até uma porta dupla de aço. Falou seu nome completo, fazendo a passagem correr para os lados e revelar uma cápsula. A mesma que, segundos depois, deslizava sobre um carril em altíssima velocidade, carregando um trio de adolescentes apreensivos e uma embaixatriz deleitada.

***

Paiva continuava usando o que aprendera com a L.F.M. contra ela, de forma precisa e violenta. Após dar conta de meia-dúzia de oponentes e despistar aqueles que insistiam em eliminá-lo, chegou até a uma porta, ao final de um corredor de serviço.

Ao abri-la, viu Orítia, Enrico e Paloma e lhes apontou a pistola a laser. A governanta se assustou e abraçou os filhos de Luzia como se fossem os seus. Ouviu Paiva gritar:

– Onde eles estão?

A mulher apontou para a porta de aço e o ex-liberto correu até o painel ao lado dela. Desatou-o da parede e cortou um fio, fazendo a passagem se abrir. Atentou novamente às crianças e, em um primeiro momento, pensou em levá-las como moeda de troca. Mas sabendo que qualquer companhia, àquela altura, somente lhe atrapalharia, apenas ameaçou:

– Tenham pena da mãe de vocês.

E partiu veloz sobre o carril que cortava o túnel a sua frente.

***

Quando a cápsula que os transportava se abriu novamente, Will, Edu e Lia, acompanhados por Luzia, notaram que estavam em um hangar e eram esperados por uma dupla de pilotos.

– *Vamos, señora.*

A passos largos, a espanhola e os homens seguiram na frente, na companhia de Edu, em direção a um pequeno jato com as turbinas ligadas. Will olhou Lia e, em seguida, os pilotos.

Sentindo-se desorientado e impotente, mas, ainda assim, com tanta urgência de agir quanto no momento em que soubera do sequestro de Edu, inspirou com força. Então, como um punguista experiente, apanhou a *hyperglock* do coldre de um dos pilotos e apontou para o irmão.

– Vamo parar aí!

Lia se apavorou. O homem que tivera a pistola roubada virou-se, junto de seu companheiro, Edu e Luzia. A espanhola pediu:

– Menino, devolva a arma.

Edu franziu a testa e disparou:

– Ah, tava demorando pra você revidar! Ficou chateado com que eu disse lá no Aterro, né? Mas é tudo verdade! Você é um fura-olho, quer ficar com ela pra você, acha que eu não sei? – apontou para Lia.

Luzia insistiu, mais alto:

– Menino, me dê ela.

Will continuou firme. Seu irmão foi em frente:

– Eu sabia! E não é só isso! Tá com inveja por *eu* ser o imune. E por eu ter conhecido meu pai e você não!

– Cala a porra da boca...

– Eu? Calo nada! Quer atirar? Atira, pô! A gente já tá fodido mesmo! Nunca mais vamo voltar pra casa! Tanto faz se vou me dar bem ou morrer na droga de um laboratório!

– Não! – pediu Luzia pela terceira vez, dessa vez, em uníssono com Lia.

Edu estufou o peito e abriu os braços.

– Anda! Você me odeia, que eu sei! E eu também te odeio! Então, aperta essa merda de gatilho! Vai!

Suando frio, Will engatilhou a *hyperglock*.

– Atira lo...

E disparou, no lado esquerdo do peito de seu irmão.

Apavorada, Luzia viu a maior esperança de salvação da L.F.M. desabar e esmorecer; seus subordinados, a embaixatriz ficar histérica e xingar Will; Lia, seu namorado deixando-a, dessa vez, para sempre.

23 - O Acidente

Três horas antes.

A lancha pilotada por Paiva levando Will, Edu e Lia atracara na antiga fortaleza, do outro lado da Baía Morta. Um elevador e muitos passadiços subterrâneos depois, os adolescentes separaram-se do ex-liberto e os demais Sombras que os escoltavam e adentraram uma sala de exames médicos. Apenas um senhor os aguardava, o qual pediu, apontando para uma cadeira reclinada, ao moreno:

– Senta aí, garoto.

Ainda perplexo com a visão do cogumelo de fogo se erguendo sobre Iraputã, Edu obedeceu como um cão adestrado. O homem andou até ele, posicionou seu braço sobre o encosto lateral e pegou um garrote.

– Grande Edu, muito bom te ver. Vocês também, Will e dona Lia.

O mulato indagou:

– Você conhece a gente?

– Não só conheço como já livrei você e seu irmão de um mau bocado.

A revelação fez algo estalar na cabeça de Edu. Sua apatia se foi e ele perguntou:

– Peraí, então foi você...

– Sim, eu coloquei isso aí dentro de você – o senhor apontou para o peito do moreno, antes de lhe dar uma agulhada.

Edu, Lia e Will ficaram pasmos. O primeiro perguntou:

– Quem é você?

– Meu nome é Humberto Malman, sou cientista e médico da Radius.

– E como foi que você fez?

Com um tubo preenchido pelo sangue de Edu em mãos, Humberto caminhou até um microscópio e respondeu:

– Em uma noite, três anos atrás, seu pai, que Deus o tenha agora, com alguns IFs, trouxe você e Will para Iraputã. Disse que tinham sido gravemente feridos por Lobos em Inhaúma. E, bem, grave era a palavra certa mesmo. Ao menos para você. Seu irmão estava com escoriações e ossos fraturados, nada que antibióticos e imobilizações não curassem. Agora, sua situação rapaz, essa sim era complicada. Você estava com uma baita hemorragia no tórax. Eu disse para o Carlos que não podia salvá-lo, mas ele implorou, pediu para fazer tudo que estava ao meu alcance. Foi quando eu tive uma ideia e... ah, como imaginava.

– Hã?

– Nada, a análise do seu sangue.

O cientista desligou o microscópio, sentou-se de frente para os adolescentes e prosseguiu com as revelações:

– Um ano antes, tinha chegado à Iraputã um contêiner com artigos bem interessantes. Algo que logo concluí ser sua única salvação.

– O quê?

– Corações e rins artificiais. Dantas nos disse que eram apenas os primeiros órgãos e que em breve chegariam não só outros, como uma equipe vinda da América do Norte para nos tornar aptos a utilizá-los na recuperação de radianos feridos. Mas eu não quis esperar e logo procurei saber tudo a respeito dos tais *Intelligent Artificial Organs*. Eram realmente fantásticos, com uma nanocapacidade que lhes davam uma característica quase *plug and play*. Extremamente adaptáveis. Seu pai sabia desse meu conhecimento e achava que ele, somado ao meu autodidatismo em biorobótica, era suficiente para que eu realizasse o transplante em você. Eu disse a ele que a cirurgia tinha menos de vinte por cento de chance de sucesso e ele respondeu que era mais que suficiente, que só o fato de vocês ainda estarem vivos já era um milagre. Fui obrigado a concordar e coloquei a mão na massa.

– Por que a gente não lembra de nada?

– Natural. Vocês chegaram inconscientes ao centro médico e saíram da mesma forma. Muito antes do tempo correto, diga-se de passagem. Mas não tinha jeito. Era muito arriscado manter uma dupla de não-Purificados na CTI. A única solução foi, como vocês já devem saber, levá-los para casa e criar um manual explicando como a manutenção do IAO deveria ser feita. No final das contas, isso seria algo bom para o Carlos, porque vocês continuariam sem saber a respeito dele e permaneceriam longe de Iraputã – Humberto riu. – Bem, eu, pelo menos, não consegui deixar vocês assim tão fácil.

– Como assim?

– Minha curiosidade em saber como você se saía com o IAO era tamanha que fui várias vezes até Grota IV para tirar a dúvida, secretamente. Em uma dessas visitas, fiquei amigo de um grande costureiro chamado Sérgio Guimarães. O problema é que ficou cada vez mais difícil sair de Iraputã, a desconfiança da cúpula se tornou imensa. Quando fui chamado para chefiar o grupo que auxiliaria nas pesquisas contra o Inquisidor e fiquei sabendo sobre a L.F.M., aí mesmo que precisei abandonar a ideia de vez.

– Por que você aceitou fazer parte?

– Eu fui obrigado. Mas logo descobri que não era uma tarefa difícil, apesar de horrível. Aplicar vacinas, monitorar resultados e reportá-los à matriz. Somente isso. Quando estava agradecendo a Deus por toda a loucura estar perto do fim, qual não é minha surpresa ao te reencontrar? A última cobaia capturada.

A explicação a respeito do episódio conhecido por Will, Edu e Lia simplesmente como "O Acidente" fazia um peso enorme abandonar os ombros dos adolescentes. Humberto percebeu o alívio em seus rostos e finalizou:

– Porém, por uma feliz, ou triste, coincidência, aqui estamos, juntos uma terceira vez. E, o mais importante, bem. O que eu espero, de coração, é que assim continue.

24 - Última chamada para a liberdade

– *No, usted tiene que vivir. Deberá salvarnos. Prometí a Osírio.*

Luzia continuava se lamentando sobre o corpo sem pulsação de Edu quando, repentinamente, encarou Will. Andou até ele e, sem se intimidar com a *hyperglock* em suas mãos, pegou a arma e a devolveu ao dono. Esmagou o braço do mulato e começou a arrastá-lo até o jato. Lia protestou:

– Ei!

Antes que se aproximasse de Will, um dos pilotos avançou contra ela e lhe deu uma bofetada. A adolescente caiu de joelhos e viu a espanhola vociferando a centímetros do ouvido de seu amigo:

– *Eres su hermano! La inmunidad puede ser hereditario! Tiene que ser!*

Chorando e sem poder evitar o sequestro de Will – lhe faltavam forças e duas pistolas eram apontadas para ela – a morena ouviu as últimas palavras de Luzia antes de entrar na aeronave:

– *Su niño estúpido! Perdió una oportunidad de oro! Ahora vem con nosotros solo!*

A porta da cabine fechou e o som das turbinas intensificou-se. Lia enxugou as lágrimas e sentiu um vazio. Antes, porém, que a esperança lhe abandonasse de vez, reparou que, bem próximo a ela, seu namorado começava a se mexer.

– Edu?

Com a pressão arterial normalizando, o moreno abriu os olhos devagar e sentiu a namorada abraçá-lo com força.

– Mas... como?

– Quando ele piscou pra mim, sei lá, só sabia o que tinha que fazer...

– Quer dizer que vocês tavam fingindo?

– É, por aí...

Edu tirou a parte superior da farda de liberto que vestia. Depois, a área de pele sintética do seu tórax, revelando, por baixo dela, um pequeno cubo de titânio esmigalhado. Tocou o objeto de leve, fazendo-o rolar pelo seu abdômen, com um projétil amassado.

– Eu achei que você tinha morrido, caramba!

O moreno pôs de volta o pedaço de carne artificial e explicou:

– Não, o tiro só acertou a bateria externa. O sistema do IAO teve que reiniciar e, por isso, eu apaguei. Onde tá o Will?

Lia apontou para o jato, que começava a taxiar. Edu se desesperou e tentou se levantar, mas uma forte dor no peito o impediu. Conseguiu apenas sussurrar:

– Não...

Os adolescentes escutaram um ranger sobressaindo ao barulho da aeronave e se viraram. A cápsula pela qual eles haviam chegado ao hangar se abriu e, de dentro dela, surgiu Paiva, esbaforido.

O ex-liberto ignorou a dupla e varou até o jato, o alcançando já na pista de decolagem. Antes que o avião acelerasse novamente, escalou o trem de pouso e agarrou-se a ele com desenvoltura.

Pouco depois, em prantos, Edu e Lia viam a aeronave, com seu passageiro oculto, decolando rumo a um céu de brigadeiro raramente visto no Rio de Janeiro.

***

Sem mais planos, sequer uma ideia suicida na cabeça. Era assim que Will estava, com o corpo paralisado por um ruído de altíssima frequência emitido pelo *headphone* militar preso a sua cabeça.

Apenas conseguia, com dificuldade, mexer os olhos e algumas partes da face, como os lábios. O suficiente para sorrir sarcasticamente e reparar no busto de harpia marmorizado, acomodado sobre um pedestal no corredor do avião.

Ela havia vencido.

Perguntou a si mesmo se, ao menos daquela vez, Edu lhe agradeceria e se ele e Lia sentiriam sua falta. Se cuidariam bem um do outro, como se lembrariam dele. Era engraçado como não sentia mais ciúmes. Nem medo. Na verdade, nada mais importava, pois tinha, finalmente, cumprido sua missão: salvado seu irmão.

No entanto, ainda havia algo, uma ponta de curiosidade sobre o seu futuro. Mas era tão insignificante que deixou o mulato assim que um vulto passou rente ao seu ombro direito.

Com o indicador nos lábios, Paiva chiou, lhe pedindo silêncio. Will achou graça novamente, dessa vez pela incapacidade de desobedecer ao ex-liberto. Por alguma razão, não sentia raiva dele e, mesmo que pudesse alertar sobre sua presença, não o faria.

Afinal, embora não soubesse por que Paiva estava ali, tinha um pressentimento de que ele não era bem-vindo e, como diziam os antigos, queria ver o circo pegar fogo. Muito mesmo. Seu último pedido. Custava Deus, mesmo sendo alguém em que Will ainda não sabia se acreditava, realizá-lo?

A resposta veio logo a seguir.

– Ei.

Luzia conversava com os pilotos no *cockpit* e se virou assustada.

– O que *usted* está fazendo aqui?

Antes de explicar, o ex-liberto matou a vontade que carregava desde que fugira do *hall* da espanhola: disparou sua pistola de energia dirigida contra Luzia, na perna. Apontou para os pilotos, impedindo-os de sacarem suas *hyperglocks*.

– Isso é por você ter tentado me matar, sua vadia. Agora vamos lá. O que eu estou fazendo aqui? Fácil. Quero que você cumpra sua palavra e me ajude.

– Idiota! Por que acha que a L.F.M. te deixará vivo?

– Você acha mesmo que sou burro, né? Agora eu só quero uma coisa de você: que mude o destino desse voo para a Manchúria. Eu sei que esse avião tem combustível para dar a volta ao mundo cinco vezes.

– O quê? Os NIs jamais deixarão um avião da L.F.M. pousar em *su* território!

– Ah, comigo a bordo eles vão sim. Esqueceu que, enquanto estive nos Libertos, fiquei amigo deles? Eu posso dizer que roubei o jato. Seria um belo ato heroico, algo que os chinas gostam muito.

Caída, Luzia permaneceu um tempo arfando por causa da coxa em brasa e fuzilando Paiva com o olhar. O ex-liberto se impacientou e atirou novamente, atingindo o carpete da cabine.

– E então?

– É, *creo* que podemos negociar isso...

Ligeira, a espanhola sacou sua própria *hyperglock* da saia e disparou contra o ombro de Paiva. Desequilibrado, o ex-liberto reagiu, acertando as costas do piloto, que desabou sobre o manche.

O avião despencou vertiginosamente, fazendo Luzia e Paiva serem lançados para trás. O mesmo somente não aconteceu a Will porque o mulato estava preso ao cinto de segurança.

O copiloto correu até o companheiro e o retirou de seu assento. No entanto, quando tomou o controle, o oceano já estava muito próximo e só o que conseguiu foi reduzir a velocidade da aeronave, que atingiu a água de barriga. Com o choque, o homem bateu a cabeça no vidro frontal e desmaiou. Luzia e Paiva, por sua vez, rodopiaram de volta até o *cockpit*.

O bico do jato logo apontou para baixo e começou a afundar. Atordoado, Will tentou se libertar de sua prisão invisível, mas somente quando as quinze toneladas do avião partiram ao meio e a água o invadiu, fazendo o *headphone* entrar em curto, ele conseguiu se mexer.

Puxou a maior quantidade de ar que pôde, pouco antes da cabine de passageiros submergir totalmente. Debateu-se. Quando começou a subir, algo lhe apertou o tornozelo.

Era Luzia, mas em uma forma totalmente diferente de quando Will a vira pela primeira vez. Seu rosto estava coberto de hematomas, os cabelos desgrenhados e, a mandíbula, deslocada. Nem mesmo o verde hipnotizante de seus olhos se conservara na água turva.

Estava em transe, à parte das dores e obstinada a manter perto de si, até o fim, o maior candidato a salvador da L.F.M. Will movimentou com mais rispidez os braços e as pernas, o que de nada adiantou. A força da mulher era equivalente à dos touros que simbolizavam o país de seus antepassados.

De repente, algo a distraiu. Will se inclinou e percebeu que era Paiva, prendendo a mulher da mesma forma que ela fazia com ele. O mulato segurou-se em uma poltrona e aproveitou para tentar se desvencilhar.

Novamente em vão.

Fechou os olhos, pois eles já ardiam por causa do sal.

Ideia idiota, ideia idiota, pediu.

Quando os abriu, viu a harpia de mármore com o Novo Alfa na testa, ao centro do corredor, encarando-o.

Pássaro idiota.

Tomou impulso e, desejando ter a mesma força inexplicável de Luzia, empurrou o pedestal com a ave sobre a espanhola. O par de objetos atingiu a testa de Luzia, fazendo-a, enfim, largar sua perna e afundar com Paiva em direção às profundezas daquilo que nem mesmo os filósofos iluministas haviam conseguido explicar.

Morte à Radius, Will lembrou-se do lema dos Libertos.

Como era bom, agora ele sabia.

Já sufocando, o mulato voltou a agitar desesperadamente o corpo. Quando alcançou à superfície, engoliu o ar como se fosse néctar.

***

Dois dias se passaram até que Will, agarrado a um pedaço de fuselagem, ouvisse o apito de um cargueiro.

25 - Diário de Oswaldo Américo - Novo Rio

É pau, é pedra, é o fim do caminho
É um resto de toco, é um pouco sozinho
É um caco de vidro, é a vida, é o sol
É a noite, é a morte, é o laço, é o anzol (...)

(...) São as águas de março fechando o verão
É a promessa de vida no teu coração

Tom Jobim, Águas de Março

Escrevo na casa dos Azevedo, onde ficarei até que as cinzas de meu lar sejam varridas e outro seja construído. Ao meu lado, brinca a caçula da família, Mariane. Ela ainda não sabe ler, estou ensinando a ela. O que, ao menos nesse momento, é algo maravilhoso.

Pois se ela pudesse, com sua curiosidade ímpar, certamente saberia sobre o que divago. E se espantaria. Pois agora digo, sem um pingo de dúvida: jamais o futuro de uma criança me pareceu tão incerto.

É engraçado que, há alguns meses, disse o mesmo sobre o samba após a morte de Seu Souza. O quão enevoada minha visão estava, sob meus óculos de graus já insuficientes. No entanto, nada se compara a isso. Nada se compara ao novo Rio que se desenha.

Após a batalha de Iraputã, tudo está se transformando tão rápido que me sinto em um liquidificador, com poucas apostas e muitas dúvidas. A maior delas: quem assumirá o controle da cidade?

Ao que tudo indica, os conflitos entre as facções se acirrarão, pois não há mais uma instituição regulando suas ações e conquistas maiores estão em jogo. O que não significa que os Libertos, comandados por Regina Silva, não possam fazer frente aos seus novos inimigos. Mesmo com seu quadro de combatentes reduzidos a um sexto do original, não tenho dúvidas que aproveitarão seu treinamento superior e conseguirão bons resultados. Isso, claro, se não perderem sua ideologia e reduzirem-se a mais uma corja egoísta. Quanto de Marcelo Silva terá restado a eles?, me pergunto.

Assim como me pergunto no que a interação entre essas frentes resultará. Alianças? Revolução? Ou apenas infindáveis banhos de sangue que, por muitos anos, apenas perdurarão a nova anarquia?

E a L.F.M.? Voltará com seus cargueiros negros para retomar o que era seu?

Retornará por Eduardo e William Costa?

É melhor eu parar por aqui e olhar meus próprios botões. O que *eu* farei daqui para frente?

Bom, acho que o de praxe: pesquisas. A boa notícia é que não se mostra mais necessário o auxílio de crianças para o recolhimento de HDs e servidores. A má é que, quem, porventura, vier a substituí-las nesse trabalho, o estará fazendo em um terreno ainda mais arriscado do que quando a Radius dominou o Rio.

Com minha casa, se foi tudo aquilo que eu poderia usar como barganha para conseguir ajudantes. Por isso, creio que esse "quem" será eu mesmo. O velho contador de histórias, continuando, agora solitário, sua árdua busca pelo passado, a fim de melhor se preparar para o futuro. Mesmo que ambos, passado e futuro, signifiquem um pote de merda tão grande quanto o presente.

Ah, velhos tempos novos, novos tempos velhos. A ciclicidade é assustadora. Ainda mais para quem é velho. A esperança só emerge para se afogar novamente, assim como o medo, dentro da loucura do bem e do mal que há em nós, com pesos diferentes para cada um.

Sempre haverá uma utopia pela metade, anos dourados, quedas e aves gorjeando após. Oásis, como o Rio já foi, de uma insustentabilidade que apenas os sábios têm conhecimento. Razão e superstição, com seus poderes destrutivos proporcionais à ignorância dos homens.

Sempre haverá os que desejam explodir bombas e os que desejam desarmá-las.

Mariane continua brincando com seu coelho encardido como se vivesse em um eterno jardim-de-infância. Não tenho certeza de qual lado ela estará, mas, a julgar pelo brilho de seus olhos, tenho um palpite.

Hoje é 15 de março de 2189 e sou Oswaldo Américo, dessa vez, apenas confessando a fantasmas.

Epílogo

– Tem certeza que não quer cair?

– Não, valeu.

– Falou, então!

Sentado nas pedras do Arpoador, Will observou Fabrício Mayer, com sua prancha de surfe, mergulhar em um mar que lhe parecia, enfim, tão sedutor quanto o sonhado por ele na Restinga da Marambaia.

Atentou à linha do horizonte. A brisa soprando lhe acariciava, as ilhas ao longe pareciam de serenidade e o espelho d'água refletia em seu rosto o sempre potente sol do Rio de Janeiro. Mas o calor, dessa vez, estava diferente, revigorante. Não queimava mais como o gelo de certas harpias.

Edu, ao lado dele, olhava a mesma direção. Em certo momento, retirou a gargantilha com o pingente de turquesa e arremessou às ondas. Will viu o gesto e não precisou perguntar para ter uma explicação.

– Chega desse lance de pai. Agora ele vai sempre me lembrar Radius, que vai me lembrar coisa ruim.

O mulato consentiu e, junto do irmão, permaneceu um longo tempo meditando. Até ouvir a célebre voz da discórdia:

– Ah, vocês tão aí!

Lia sentou-se entre a dupla e a abraçou.

– Aqui é lindo! É tão bom poder vir aqui sem ninguém pra encher o saco. A gente, qualquer dia desses, tinha que vir com todo mundo: a Tia Azaleia, a Mariane, o Oswaldo, o pastor Rogério. Ia ser legal.

Will e Edu permaneceram em silêncio. A morena prosseguiu:

– Sabem que eu amo vocês, não sabem?

Só então os irmãos olharam para ela. A adolescente se afastou e começou, simplesmente, a dançar. Nada de escolhas, ao menos não naquele momento. Afinal, naquele pedaço de costa onde a natureza carioca – a mesma presente em suas cores e curvas – milagrosamente se conservava, a morena só queria rodopiar e sorrir.

Os irmãos Costa soltaram um muxoxo e encararam novamente a linha tênue e distante, de onde o Sol já se aproximava. Edu perguntou:

– Será que eles vão voltar?

Will levou um bom tempo para responder, simplesmente:

– Não sei.

Não sabia e não importava. Pois ele e Edu eram groteanos, sobreviventes com "S" maiúsculo e, se a L.F.M., um dia, quisesse retornar pelo seu sangue, precisaria, novamente, mandar o que tinha de melhor.

Lutar muito para consegui-lo.

Muito mesmo.

Este livro foi impresso
em papel pólen bold na
Printing Solution
& Internet 7 S/A
em abril de 2012.